中国小小说名家档案

神秘电话

墨　白◎著

吉林出版集团股份有限公司

总 策 划：尚振山
策划编辑：东　方
责任编辑：杨　洋
封面设计：三棵树
版式设计：麒麟书香

图书在版编目（CIP）数据

　神秘电话/墨白著. —长春：吉林出版集团
股份有限公司，2010.4
（中国小小说名家档案）

　ISBN 978 - 7 - 5463 - 2835 - 5

　Ⅰ. ①神…　Ⅱ. ①墨…　Ⅲ. ①小小说 – 作品集 –
中国 – 当代　Ⅳ. ①I247.8

　中国版本图书馆 CIP 数据核字（2010）第 069635 号

书　　名：神秘电话
著　　者：墨　白
开　　本：710 mm×1092 mm　1/16
印　　张：16.5
版　　次：2010 年 5 月第 1 版
印　　次：2017 年 6 月第 2 次印刷
出　　版：吉林出版集团股份有限公司
发　　行：北京吉版图书有限责任公司
地　　址：北京市西城区椿树园 15–18 号底商 A222
　　　　　邮编：100052
电　　话：总编办：010-63109269
　　　　　发行部：010-63104979
印　　刷：北京一鑫印务有限责任公司
书　　号：ISBN 978 - 7 - 5463 - 2835 - 5
定　　价：32.00 元

一种文体和一个作家群体的崛起

——《中国小小说名家档案》序

最近几年，由于工作的关系，我开始接触并关注小小说文体和小小说作家作品。在我的印象中，小小说是一种非常古老的文体，它的源起可以追溯到《山海经》《世说新语》《搜神记》等古代典籍。可我又觉得，小小说更是一种年轻的文体，它从上世纪80年代发轫，历经90年代的探索、新世纪的发展，再到近几年的渐趋成熟，这个过程正好与我国改革开放的30年同步。我觉得这是一个非常有意义和非常有意思的文化现象，而且这种现象昭示着小说繁荣的又一个独特景观正在向我们走来。

首先，小小说是一种顺应历史潮流、符合读者需要、很有大众亲和力的文体。它篇幅短小，制式灵活，内容上贴近现实、贴近生活、贴近群众，有着非常鲜明的时代气息，所以为广大读者喜闻乐见。因此，历经20年已枝繁叶茂的小小说，也被国内外文学评论家当做"话题"和"现象"列为研究课题。

其次，小小说有着自己不可替代的艺术魅力。小小说最大的特点是"小"，因此有人称之为"螺丝壳里做道场"，也有人称之为"戴着镣铐的舞蹈"，这些说法都集中体现了小小说的艺术特点，在于以滴水见太阳，以平常映照博大，以最小的篇幅容纳最大的思想，给阅读者认识社会、认识自然、认识他人、认识自我提供另一种可能。

还有非常重要的一点，小小说文体之所以能够迅速崛起，离不开文坛有识之士的推波助澜，离不开广大报刊的倡导规范，离不开编辑家的悉心栽培和评论家的批评关注，也离不开成千上万作家们的辛勤耕耘和至少两代读者的喜爱与支持。正因为有方方面面的共同努力形成"合力"，小小说才得以在夹缝中求生存、在逆境中谋发展。

特别是2005年以来，小小说领域举办了很多有影响力的活动，出版了不少"两个效益"俱佳的图书，也推出了一批有代表性的作家和标志性的作品。今年3月初，中国作家协会出台了最新修订的《鲁迅文学奖评奖条例》，正式明确小小说文体将以文集的形式纳入第五届鲁迅文学奖短篇小说奖的评奖。而且更有一件值得我们为小小说兴旺发展前景期待的事：在迅速崛起的新媒体业态中，小小说已开始在"手机阅读"的洪潮中担当着极为重要的"源头活水"，这一点的未来景况也许我们谁也无法想象出来。总之，小小说的前景充满了光耀。

在这样的历史背景下，《中国小小说名家档案》的出版就显得别有意义。这套书阵容强大，内容丰富，风格多样，由100个当代小小说作家一人一册的单行本组成，不愧为一个以"打造文体、推崇作家、推出精品"为宗旨的小小说系统工程。我相信它的出版对于激励小小说作家的创作，推动小小说创作的进步；对于促进小小说文体的推广和传播，引导小小说作家、作品走向市场；对于丰富广大文学读者特别是青少年读者的人文精神世界，提升文学素养，提高写作能力；对于进一步繁荣社会主义文化市场，弘扬社会主义先进文化有着不可估量的积极作用。

最后，希望通过广大作家、编辑家、评论家和出版家的不断努力，中国文坛能出更多的小小说名家、大家，出更多的小小说经典作品，出更多受市场欢迎的小小说作品集。让我们一起期待一种文体和一个作家群体的崛起！

中国作家协会党组成员、书记处书记

中国作家协会副主席　　　何建明

中国作家出版集团管委会主任

目　录

■ **作品荟萃**

■ 作品评论

中国小小说

名

家 档案

■ **创作心得**

■ **创作年表**

哑 巴

你的目光如一床冰凉的河水
在无边的漫漫的长夜里闪烁

——墨白《苦难》

　　一个夏日的中午，我穿过颍河镇那条最为繁华的小街，应邀到一个名叫天堂的餐馆里去。

　　街道两旁没有一棵树，阳光洒满了那些灰色或红色的屋顶，把那些白色的遮阳伞烤得几乎失去了影子。人们像一些狗，在屋里的电扇下喘息。于是，我感受到了阳光的焦毒，渴望着早一点赶到那家据说装有空调的房间里去。

　　在十字街的东北角，我看到了那家餐馆。我两步登上台阶，正要穿过门洞，却被一个高大的汉子挡住了去路，接着，我闻到了一股酒气。我抬起头，发现那酒气来自他那双黑色的鼻孔，这使我感到厌恶。我说，闪一闪。那人没动，他用充满血丝的眼睛居高临下地盯着我。我抬手擦汗，手腕却一下子被他捉住。那只手十分有力，像一把铁钳，像干我们这一行常常使用的手铐。我说，放开我！呼——回应我的，是从他鼻孔里穿出来的污浊的酒气。我说，放开我！他不但没有放，反而拉着我走下台阶，来到了大街上，他高大的身材和我瘦弱的身体形成了一种鲜明的对比，在我的面前，我看不到自己的影子。我说，你放开我！我的呼叫声引起了人们的注意，人们很快围拢起来，都躲在街道两边的房影里。

　　这时从餐馆里走出四五个人来，他们我都认识，全是我刚刚接触到的办案人员。其中那个红脸汉子，是镇派出所的老王，老王冲到我们面前，朝那个铁塔般的中年汉子喝道，哑巴，放开手！你知道她是谁吗？她就是来处理案子的刘处长！

哑巴？我心里一震，这就是那个不明不白死在井里的女孩子的哥哥？这几天，我老听人们左一个哑巴右一个哑巴地说，我几次想找他都没找到，这会儿他倒自己出现了。我抬头望着他，他两眼微闭，一点也不想看我的样子，他铁一样的皮肤在阳光下闪闪发亮。汗水从我的毛孔里涌出来，湿透了我的衣衫，我感到了口渴。我说，你放开我！

哑巴一动不动，老王上前帮我掰哑巴的手，那手真的像铁钳，老王掰得大汗淋漓也没掰开，他朝我尴尬地一笑，就退到阴影里去了。接着，从他们中间又走出来一位白净瘦弱的中年人，他是镇司法所的孙所长。孙所长朝那汉子说，哑巴，你这是犯法。我们到你妹妹打工的脱水厂调查过，她没结婚就怀了孕，情况很复杂。哎，你放开刘处长，你这是妨碍公务，犯法。

可哑巴一动不动，牢牢地卡住我的手脖子，我感到他的手有些微微地颤抖。太阳十分焦毒，晒在我身上，像是轻轻地很有耐心地剥着我的皮肤，这使我感到了疼痛。我的皮肤仿佛一块干裂的土地，被置放在阳光和众多的目光下，我十分艰难地咽下一口唾沫，我渴望喝到一口水。

这时老王在房影里喊，你放不放？反了！不放我马上把你抓起来！老王正要再过来，被他们中的络腮胡子老谭拦住了。老谭是镇里抓政法的书记，他走过来，目光严厉地盯着那汉子说，放开她！你这样是来威胁上级领导吗？你这样做，不利于案子的侦破，现在是自杀是他杀还不能确定，情况很复杂，我们要有足够的证据，才能判定这个案子。你以为这个案子是你自己的事吗？不是，是我们大家的事，整个镇里的人都很关心这个事。就拿赵群来说吧，你妹妹在他厂里打工，死了，赵群的厂子一下停了十多天，十多天能生产多少蒜片？少往镇里交多少税？这不是损失？赵群的老婆整天在我们面前哭哭啼啼，人家就不亏？老谭一边说一边用手臂擦着汗。放开她，我们也知道你的情况，可这得慢慢来，要把情况查清楚……

老谭的话像秋日里的落叶，在我的耳边哗哗作响，我感到有些头晕，我的头皮被火一样烧烤着，我有些支撑不住，我无力地说，水……

老谭朝人群里挥一挥手说，赵群，给刘处长端碗茶水来。赵群哈巴狗似的小跑进了餐馆，小心翼翼地给我端出一碗茶水。这个小个子小耳朵小嘴巴红鼻子的赵群，这个今天请客的脱水厂厂长赵群，把一碗映着太阳光芒的茶水送到了我面前。我颤抖着手接过来，这时，我感到哑巴的手狠狠地用了一下力，这使我感到疼痛。阳光下，我看到哑巴那双微闭的眼睛里，流下了两行泪。我的心一抖，那碗端到嘴边的水又放下来，而后，我吃力地把那碗水送到他的面前。哑巴慢慢地睁开眼，我感到他的手在剧烈地抖动，那只抓我的手，慢慢地松开了。他高大的身子，慢慢地矮下去，最终在我的面前跪下了。我的手一抖，那碗落在地上摔碎了，水像银色的珠子四处飞溅。

这突然的变化，使我难以承受，我拉住他的胳膊说，起来，起来。脚下的路面，如烧红的铁板一样烤着我和哑巴。哑巴站了起来，高大的汉子哑巴，擦了一把眼泪，然后转身，沿着街道走去，他的身影在阳光里不停地晃动，如同纸一样单薄。

鼠　王

　　鼠王像一个幽灵行走在五月的田野里，太阳光如空气布满四周，蛇腹一样的土路边没有一棵绿色的树，黄色的麦子仿佛海一样把一望无际的土地覆盖了。麦子因接近死亡而散发出来的焦躁气息灌透了鼠王身上的每一个毛孔，这使得鼠王的眉头紧紧地锁在一起。鼠王感到头脑有些晕胀，他立住身子，欠了欠挂在肩上洗得发白的挎包，挎包里的酒瓶就发出叮当叮当的响声。他抬起手罩在眼上往前方瞭望，那所孤岛一样的粮仓出现在他有些模糊的视线里。他在那条土路上没有看到一个活物，哪怕是一条狗。鼠王转回身，他在半小时前离开的那座村庄也只有一个淡粉色的轮廓了。鼠王在阳光下静立了一会儿，又转身朝前走去。

　　鼠王在中午的烈日下一点点地接近那所现在已经显得有些陈旧的粮仓。在许多年前，那所建在旷野上的粮仓仿佛一座坟墓把他罩住了，鼠王像一个幽灵终日厮守着这粮仓。白天他昏昏沉沉，像一个影子在自己的房间里晃来晃去，他在焦躁不安地等待着黑夜的来临。只有到了夜晚，他才会像一只猫那样变得敏捷起来。他爬上梯子，从某一个窗子里钻进粮仓，然后在那些散发着霉变气息的粮食上蹲下来，两眼放着绿光，开始和老鼠们展开战斗。鼠王捕鼠从来不下药，也不用其他的器具，就用他那双手。许多年来他就一直这样在消火着粮仓里的鼠患。他用自制的铁夹夹住一只只老鼠的脖子，然后扔到腰间的袋子里，等回到住所，在微弱的油灯下他用锋利的尖刀把捕获的猎物一只只地剥开。他把剥好的鼠肉丢在一只红瓦盆里，一只只地码好。他每顿要吃掉十只老鼠。许多年来，鼠王每天每顿都是这样。他从来不吃其他动物的肉，只吃鼠肉。他把吃不完的鼠肉腌在老大的条缸里，一缸又一缸。鼠王把剥下的鼠皮一张张晾在粮仓外边的水泥晒场上，等晾干后再五十张一捆五十张一捆地捆在一起。那些捆好的干鼠皮几乎堆满了他住室右侧的那间小房子。这些无声的鼠皮曾经使他名扬四海，这些无声的鼠皮也像一个钉子把他钉在这里。一个个好奇的女人看过这些鼠皮之后感叹一声就疾退而去。鼠王望着那些女人远去的身影心里就生出一种仇恨，他就拼命地在这些老鼠的身上发泄。有些时候他就坐在被盐水吃透的湿漉漉的缸壁前静静地发呆，仿佛坐在一个长长的梦境里。他在梦境里一次次地渴望再次捕到那只从他手里逃走的真正的鼠王。那是一只什么样的老鼠呀，肥硕的身子如同一只灰色的羊羔，它尾巴的根部快有他的大拇指一样粗了，足有一尺来长。五年前那个黑夜里当他用手电照住它的时候，鼠王的手就哆嗦不止，他从来没有见过这样的老鼠。当他朝它扑过去的时候，它却从他的裆下逃脱了，它的尾巴重重地抽打在他的睾丸上，他用双手捂着他的命根子在粮食上打滚，那疼痛使他刻骨铭心。从那时起他就发誓一定要捉住它！那个鼠王也像仇敌一样带领它的属下在远处或近处发出咯咯吱吱的磨牙声。鼠王在那咯咯吱吱的挑战声中更加渴望捕到那只鼠王。长久的渴望几乎变成了一种绝望的等待，这种等待使他迅速地变老，他明显地感到自己的体力大不如以前了。他现在已经不能像过去那样每夜都到粮仓里去，有些时候他也捕到几只小老鼠，可他越来越吃不到新鲜的鼠肉了，他不得不动用他的库存，也不得不动用捕鼠的器械了。他把一只又一只鼠夹下到粮仓的各个角落，使得那些渐渐张狂起来的老鼠走起路来不得不小心翼翼。

现在，他立在粮库的大门前，打开锈迹斑斑的大锁，把大门推开一点缝隙。粮库满院子除了水泥抹成的车道和晒场到处都长满了青草。那些青草静静地立着，等待着乡民的脚步和装粮的车轮来践踏。鼠王立在大院的门口，望着坐落在院子后面的那所高大的粮仓，他突然听到一种咯咯吱吱的声音，这声音他太熟悉了，这熟悉的声音立刻使他兴奋起来。他细心地分辨着那声音来自何方，而后他朝粮仓走去。

在五月的阳光下，鼠王渐渐接近那所高大的粮仓，在粮仓前他放下提包，他扶椅子的手都有些颤抖。他慢慢地沿着梯阶往上爬，当他驼背的身子滑坐在粮食上，眼睛还没有适应粮仓里的光线的时候，那咯咯吱吱的乱叫声突然停止了，他仿佛看到无数的老鼠灰灰的一片卧在一根房柱前。他站起来，那些老鼠立刻四处逃散，老鼠的爪子在粮食上滑过的时候发出了沙沙的声响，最后，他看到了那只久违的鼠王。鼠王已经苍老，它的毛发浑身通白，它在看到鼠王的时候也想逃跑，可是它的左腿已经被一只铁夹死死地夹住，铁夹被一根铁丝系在那根房柱上。逃脱不掉的鼠王在粮食上卧着，它两眼充血地望着他。鼠王的突然出现使得他的脑海一片空白，他突然感到有些累，就在粮食上坐下来，双手扳着膝盖望着那只鼠王。苍老的鼠王圆圆的眼睛里似乎有一种绝望的神情，它趴在那里肚子一鼓一鼓地喘息着，而后又跳起来疯狂地去啃它腿上的铁夹。

我来帮你吧。鼠王对鼠王说。他站起来，走到墙角拿出一把铁钳，他在那根柱子前费了很大的劲才夹住了鼠王的脖子。他用手拉了一下那根粗长的尾巴，他的睾丸就不由得往上缩一下。长久以来积存在体内的仇恨涌上来，他就用一根铁丝把鼠王的尾巴穿透，而后拧死了。他说，我要让你享受一下。鼠王从来没有今天这样的感受，鼠王的出现使他有些恍惚，他仿佛深陷在一种梦境里，一种无可着落的现实里。他来到粮仓外，把鼠王系在一棵树桩上，而后从屋里拿出那把锋利的刀子。他来到鼠王的身边静立了一会儿，把刀子刺进了木桩。他说，咱不能就这样完结了。他取来酒，在鼠王身边的草地上坐下来，一口一口地慢慢地喝着，他一边喝一边和它唠唠叨叨地诉说着他多年以来的愿望。太阳不知不觉地滑到西天，黄昏的霞光把院子照得一片迷离，在鼠王醉醺醺的视线里，到处都充满了红色的光芒。多么美好呀！他对它说，我不能杀你，就这样留着你！鼠王卧在那里，它似乎感到了末日的来临，它变得猩红的眼睛仇恨地望着鼠王，而后发疯地去啃它尾后的铁条。咯吱咯吱……那声音在黄昏里格外的清晰。鼠王静静地坐在黄昏里，听这熟悉的声音，那声音越来越响，慢慢地遍布了他的四周。有一个东西从他的腿上穿过去，他吃了一惊，一个激灵站起来，这才看到四周到处都是灰色的老鼠。成群的老鼠吱吱地向他发出叫声，那声音像洪水一样朝他漫过来，钻进耳朵，使得他的头颅嗡嗡作响。那嗡嗡声像锥子一样刺着他的神经，使他难以忍受。他一下子把手里的酒瓶子摔在地上，拎起一把铁镐疯狂地朝那些老鼠砸去。老鼠四下里惊逃，有的在他的铁镐下瘫倒了，有的蹿到他的身上。可是四周的老鼠越来越多，仿佛泥浆一样在他的面前流淌。他拼命地舞动着手里的铁镐，老鼠的血液涂红了他脚下的土地。可是那吱吱声越来越强烈，四周的老鼠像水浪一样涌动。黑夜早已降临，鼠王已经没有力气举起手里的铁镐，他真想倒在地上。鼠王感到有一股热热的东西涌进他的脑海，他支撑不住一下子摔倒在树桩前。他的脸正对着那只鼠王，他看到它的眼睛里放着绿光。鼠王咬着牙挣扎着站起来，他吃力地从树桩上拔出刀子，颤抖着刺向鼠王。鼠王手里的刀一点点地接近鼠王，可那刀最后却砍在了鼠王的尾巴上，他用力切去了鼠王的尾巴，鼠王感到一阵刺心的疼痛，它跳起来，钻进草丛不见了。

鼠王无力地平躺在地上，他的身下积满了老鼠的死尸，没有完全死去的老鼠还在他的身下蠕动。由于鼠王的离去，那吱吱的叫声渐渐地消失了，四周最终归于一片宁静。鼠王闭上眼睛，他感到世界一片空白，散发着血腥的气息布满了黑色的天空。

风 景

　　叶坐在雪地上，回头望着她刚刚走出的医院，她想，要是能堆一个大雪人该有多好呀！可是到哪里去堆呢？她仰起脸，痴痴地想，到哪里去堆个雪人呢？她伸出舌头舔舔落在嘴角上的雪花，慢慢地闭上眼睛，她仿佛看到了空旷洁白的原野，看到了奶奶拄着拐杖立在村头眺望。有两行热乎乎的泪水从眼角里溢了出来，但她没有去擦，依旧那样仰着脸，感觉着雪的飘落。

　　在一个大雪纷飞的下午，一个名叫叶的女孩在城市的街道里乘上了开往乡村的客车。她面色苍白，身穿红色羽绒服的售票员很同情这个瘦小的女孩，她没让她买票，一直把她送到她要去的那个名叫楸树庄的地方。叶站在雪地上，一直看着那辆客车顺着公路远了，才转身走进村里。飘扬着雪花的村道上很少有人走动，叶的身影在寂静的村道上显得很单薄。她费力地穿过村子，来到村头一所被树枝围成的院子前。叶目光越过柴门看到了院子深处的房屋，就忍不住叫了一声，奶奶——她一边喊一边朝房子奔跑。叶在奔跑的过程中，看到那扇黑色的门打开了，她看到奶奶拄着拐杖颤巍巍地出现在门口。

　　奶奶说，叶，是叶吗？叶不顾一切地扑到奶奶的怀抱里。奶奶用苍老的手抚摸着叶冻得冰凉的小脸，忙不迭地叫着，乖，是你吗？乖，真是你吗？奶就要去看你哩，鸡蛋都弄好了，可奶走不动，奶又晕车……你爸哩？

　　泪水从叶的眼眶里涌出来。奶奶说，他又把你一个人丢在医院里了？这个赖种！乖，别哭……你妈呢？咋，离了婚就不管了，就一推六二五了？就不是你闺女了……别哭别哭，乖，给奶说，好点了吗？叶说，奶奶，白血病能治吗？能治……老人把叶紧紧地搂在怀里，苍老的泪水从她的眼里流出来。她说，能治，能治，我苦命的孩子……叶慢慢地推开奶奶，说：我想堆个大雪人。奶奶说：乖，你歇着，奶去给你堆。叶说：不，奶，我自己堆。奶说，中，你自己堆，奶去给你做饭好吗？

在一个大雪纷飞的傍晚，一个名叫叶的女孩在奶奶苍老的视线里吃力地堆着雪人，她的脸色越来越苍白，在天色暗淡下来的时候，那把铁锹从她的手中滑落下来，她无力地坐在雪地上。奶奶走过来扶起自己的孙女，奶奶说，乖，回屋歇会儿，明儿个再堆。叶在奶奶的搀扶下回到了屋里，她在奶奶温暖的地铺上很快就睡着了。

叶醒来的时候，天已经亮了，她在屋子里没有看到奶奶的身影。她拉开门，眼前出现的情景使她愣住了。她看到一个老大老大的雪人坐在院子里向她微笑，在雪人的旁边，她看到了奶奶。奶奶盘腿坐在那里，好像很累很累，她的身上和四周落满了厚厚的积雪。叶叫着跑过去，可是奶奶没有说话，她一动不动地坐在那里，好像睡着了。叶不敢惊动奶奶，她悄悄地在奶奶身边坐下来，一直坐了很久很久。冬季白雪的风景在她幼小的脑海里化成了一幅永恒的图片。

偶　然

　　骄阳下一道浑黄的河流。北岸是一带绿色的草，毯子一般斜铺在河坡上。岸上没有一棵树，远处和近处都晃动着曲曲上升的水汽。

　　中午时分，我们看到有三个孩子出现在北岸的河道里，红裤头白裤头黄裤头仿佛几只扇动着翅膀的蝴蝶。留着长发的男孩走在前面，他在混沌的水边停住了，他说，水又涨了。留着平头的男孩没有哼声，他把拦网扔在地上，转身朝后面的男孩喊，快点。

　　后面的男孩三四岁的样子，听到喊声就往前跑，没留神被脚下的草绊倒了，倒下去的时候手里的小桶飞出老远在草地上滚动，同时他惊怕地叫一声，哥——

　　平头男孩十分烦躁，他说，不叫你来你偏来，滚——

　　小男孩不敢再喊，他乖乖地从地上站起来，去捡那只小红桶。小红桶和他的裤头一个颜色，在平头男孩看来那颜色非常的刺眼，他不再理他，转身朝混沌的水面上瞭望。河道里没有一只船，他看到了对岸那长得茂密的柳丛野野莽莽像一墙深绿伏岸而去，有风吹过便浪一般地摆动，发出"呼呼"的声响。男孩顺着东去的河流看到河道逐渐宽阔，再远，就是苍白一线，那就是如海一样汪洋的湖水了。

　　长发男孩说，看啥哩？

　　湖。

　　长发男孩也受到了感染，他把小棍插在水边，站起来一同和平头朝东眺望。长发说，那不叫湖，俺爸说是水库。

　　你去过吗？平头瞥了他一眼，说，俺爸说有三四十里那么大，俺爸天天都在那里捕鱼，他不知道？他说是湖。

长发男孩有些不服气，他说，我没去过，你去过吗？

平头把目光收回来，他弯腰拾起一块土坷垃奋力朝河道里扔去。一道黄色的弧线出现在空中，片刻，有一小朵浪花在水面上跳动了一下，接着，他们听到河水里发出啾的一声，声音很沉闷。平头说，我会去的，到时候我游着去，从这里一直游过去。

别吹牛。三十多里地，淹死你。

淹死你。小男孩不满地用小红桶撞着长发男孩。

咦，乖乖，还是一窝老鼠，不嫌臊。长发男孩说，刚才不是还不叫你来吗？这会儿又跟他一势哩。

平头男孩这回没烦，他笑了一下，但又很快板起了脸，对男孩说，听话，不听话你就滚。

小男孩收回小桶，伸了伸舌头。

长发男孩说，来吧？

平头男孩说，来。

他们就开始撒网。那是一张用绿色的纱窗做成的拦网，有丈把长，两边分别绑着一根木棍子。他们一人抓着一头就往水里去。长发个儿高，走在里面，混沌的水很快淹到他的胸口，他叫着，乖乖，水还怪急哩。平头走在边上，他把网竖起来，一只胳膊探到水里，另一只胳膊扶住上面的网头，由长发男孩往岸边赶。绿网如风吹一样在水里鼓着肚子被他们拉上来，网里除了一些杂草和小棍什么也没有。平头说，这样。他对长发做了一下示范，摁着，不然，鱼都跑了！

等第二网拉上来的时候，网里就有一条白鱼在舞动，他们一齐扑上去，那条鱼却从他们的手边滑出去蹦了两下跳到水里去了。但他们仍然很兴奋，他们把网里的几条小鱼扔到小男孩的红桶里，小男孩就叫起来，蹦哩蹦哩，哥，鱼蹦哩。

平头男孩说，喊啥，一会儿就不蹦了。果然，那鱼就不蹦了，一条条躺在桶底喘着粗气。

长发男孩说，真是，鱼儿离不开水。

平头男孩说，我们要是鱼多好。

长发男孩说，顺水游，一直游到水库里去是不是？

湖！平头男孩纠正道。仍然接着说，那才快活是不是？

是，一个劲儿地游一个劲儿地游也游不到边，那才快活哩。

他们就一齐停下来，朝极远的一线白光眺望。那一线白光仿佛一条巨大的银蛇在他们的想象里平躺着，把淡淡的天和深深的湖水轻轻划开。

他们很兴奋，可是太阳却十分毒辣地照着他们。小男孩说，哥，热。

平头说，滚！不叫你来你偏来，热，热死你！

小男孩就不敢出声，看着他们又重新蹚进水里一网一网地拦，渐渐地往东移动。这期间他们捕了十多条小鱼，他们都被这些激动着。长发男孩说，小的不要，不逮着大的不要！平头男孩也十分赞同，他们又一网一网地拦。

太阳仍旧十分焦毒，汗顺着小男孩的脸流下来，他感到口渴，但他没敢吭声，他感到太阳光像针一样刺着他的脸，他放下小桶把裤头脱下来顶在头上，这使他感到适意，但口渴仍然折磨着他。他跟在他们身后，在岸边的草地上走着。他看着他们把捕到的小鱼重新扔到水里去，这使他对捕鱼失去了兴趣。他想对哥说，我渴，可是他不敢。这期间他对一只黄色的小蝴蝶发生了兴趣，那只小蝴蝶在他的面前舞动着，最后落在了不远处的一棵小树上。他放下小桶朝蝴蝶追去，一阵风把他头上的红裤头掀落下来，那裤头在阳光下单薄得像一片蝉翼落在草地上不动了。小男孩没有理睬那片红色的蝉翼，去追那只黄色的蝴蝶了。黄色的蝴蝶在他来到时又舞动起来朝前飞了。那只蝴蝶好似一个黄色的幽灵把小男孩引上了堤岸，这使小男孩看到了不远处的国防大堤，国防大堤下的树荫吸引着他。他穿过一片花生地来到大堤的树荫下，他看到一个满脸皱纹的老头刚刚在一条小兜床上醒来。老头惺忪着眼睛看着站在他身边的小男孩问，这孩子，咋跑这来了？

小男孩说，我渴。

老头穿上鞋朝小男孩走过去，又问，跟谁一路来的？

小男孩说，我渴。

老头不再言语，他拉着小男孩顺着大堤朝西边的林子里走去。

在河道里，两个男孩终于捕住了一条一尺多长的白鲢鱼。他们兴奋地叫起来，快来，快来！这时候他们没有看到那红色的裤头被一阵风吹落在水里，正好落在一团杂草上。红色的裤头迅速地被水改变着颜色，一部分没跑掉的空气把裤头的一面吹鼓起来，仿佛一个小屁股。平头男孩没有听到弟弟的回应，他回头朝岸上望去。河边空荡荡的，只有一只小红桶放在不远处的草地上，好像一幅静止的画。

平头男孩喊道，小弟——

平头男孩的声音在中午炎热的河道里显得那样的疲弱。他们没有听到回声。这时长发男孩猛然发现了水里的裤头，他惊叫道，你看！他们便一同看到露出水面的小裤头迅速地从他们面前的河水里漂过去，那团红在混沌的河面上是那样的醒目。平头男孩清醒过来，他叫了一声小弟，扔掉手中的鱼就朝水里扑去。

平头男孩在追那件红裤头时，几乎用尽了自己的力气。河岸迅速地朝后退去，他看到长发男孩在岸上追随着，当他抓住那件裤头时，下面的那团杂草缠住了他的腿，他蹬了两下，却在那团杂草里越陷越深，他的身子沉下去。在水里他感到闷气，就挣扎着探出水面。他看到长发男孩朝他游过来，他神志模糊地看到长发男孩的脸，那脸仿佛是一片能承受他身子的河岸。当长发男孩的手抓住他时，平头男孩一下子紧紧地搂住了他的脖子，他手里的裤头搭在了长发男孩的脖梗上，那团红在阳光下晃一晃又往下沉去。平头男孩紧紧地搂住长发男孩的脖子，水底黑暗无光，但他感觉到身边有许多游动的鱼。他在恍惚之中变成了一条鱼，长发男孩也变成了鱼，他们一同在水底朝那片湖快乐地游去，那片湖水广阔无垠，如同一片茫茫的大雾神秘而诱人。

神秘电话

蜡　烛

"谁呀?"老人颤巍巍地从凳子上站起来,打开门。一股寒风夹杂着雪花迎面扑来,接着,他看到门口立着一个中年人。老人说:"中勤,是你。"

"我来给您送碗饺子。"

"咦——真是。"老人把中勤让进屋来,指着墙下的案板说,"你看你看,送了十来碗了,咋吃?"案板上果真摆着十多碗饺子。

中勤说:"过年哩,都兴。"

"看你,还拿馍。"老人接过中勤递过来的馍兜,驼着背走到桌前,把馍一个个放到篮子里去。老人说,"你看,满了。"

"送来就吃,大家的心意。"

"年年这样,叫我咋还情哩?"

"看您说哩!您恁大岁数了,谁家的活没做过?"中勤接过老人递过来的手巾说:"歇着吧,我走了,明个儿一早来给您拜年。"

"拜啥年,不兴了。"

"咋不兴,兴。您别出来了。"中勤站在门口又说,"谁来给您贴的门神?"

"几个小学生,一早就来了。你看,还有墙上贴的画。送的就贴不了,我叫几个老师拿走了。"

"应该应该。"中勤说,"一年到头找您麻烦,喝茶哩,修桌凳哩,几百个学生,应该。"

"就这平常也不叫你动手呀,扫地哩,压水哩,见天水缸满满的。青菜给你送的吃不了,盐啦啥东西,你不知道就称回来了,这些小孩子。"

"回屋吧，天冷。"中勤说完就"嚓——嚓——"地走进雪地里。

老人弯弯地立着，看着中勤渐渐地走过操场，最后消失在大门外边。老人猛地想起了什么，一只手拍在苍老的额头上，自言自语地说："看看，我这记性，咋就忘了中勤的锅盖哩？唉……"老人上了门，走到床头在一堆木板里抽出几块桐木板来，在柔和的灯光下反反复复地看了几次，说："就这几块吧，就这几块。"他抱着木板来到长长的工作凳上，坐下来，开始刨板子。刨了两下，刨子太饿，就用斧头退退，又接着刨。刨子吃进木板"哧——哧——"的声音很平和。有一丝透明的鼻涕流过他花白的胡须，滴落在刨得平整的木板上。老人擤了一把鼻涕后呆呆地坐着，他目光淡淡地看着一个地方。

远处传来的鞭炮声把他从木呆里赶出来，他手中的刨子又开始走动了。"哧——哧——"在接下来冗长的劳作过程中，他就这样动动停停，停停动动，不时地从现实里走进幻觉，又从幻觉里走进现实，他在似醒非醒的状态里，最终完成了那件圆形的锅盖。就在这时，他头顶上的电灯灭了。他摸摸索索地点亮一支蜡烛。他在跳跃的烛光里思索了一会儿，自言自语地说："送去吧。"而后，他掂起锅盖往门边走去。

拉开门，雪在老人的面前呈现出一种壮丽的景象。洁白而美丽的厚厚积雪覆盖了昔日喧闹的校园，但老人却没注意到这种风景，他被暗淡下来的光线所迷惑。没有风，雪仍在悄无声息地飘落，这使老人产生了一种孤独感，他怀念起那些喧闹的日子来。老人静静地立在雪地里，他看到一头猪从他的面前大摇大摆地走过，那头猪的嘴上沾满了酒糟。老人朝猪吆喝一声，然后说："看看，到底拱进去了不是?"老人放下锅盖，顺着教室朝西走去，最后在二（1）班教室的门前停住了，教室的门框已经被猪拱断了，门也半歪着。老人说："不叫放吧，偏放，看看。"老人伸头看看，教室里灰黑一团。他站在那里思索了一会儿，又往回走。他回到屋里一手提着工具篮，一手掌着蜡烛又重新回到门边。在烛光里，他看到在教室的西边有一溜厚厚的积雪，但他没有弄明白这不同别处的积雪从何而来，他也没有看到那一根被积雪压断的电线。在他修复那扇门的过程中，除夕的鞭炮声远远近近地响成了一片。他费了好大的劲才把那扇坏门修理好，他气喘吁吁地立在屋檐下，一手拿着蜡烛，面无表情地望着那扇恢复了原样的门。就在这时，他听到一种声音从天而降。起初他误认为那是学生跑操的脚步声，整齐的脚步声时常把他从梦中惊醒，当有雪砸在他头上的那一瞬间，他才明白那是积雪的滑动声。可是他没有看到那支蜡烛的火苗在风中挣扎好久才熄灭。在蜡烛熄灭的最后一刻，有一股细小的，淡淡的白色烟丝在飘荡的雪花里轻摇直上，最后被寒冷吞噬了。

大年初一，起早来学校拜年的人没有看到老人，他们都以为老人被谁家老早地请去了。太阳出来的时候，一群孩子来到了学校里，他们一进校门，就看到了二年级那排房子上的积雪滑落了，在房檐下堆起了高高的一长溜。房顶上秋天里才苫上去的麦莛子，在阳光里闪闪发亮。

神秘电话

在融融的六月，半夜之时，
我在神秘的月下伫立

——爱伦·坡《睡美人》

黄昏降临的时候，我独自一人立在窗前望着西天那片最后的光亮，感觉到了那只孤独残忍的手无情地在我的思想里舞蹈。楼道里静悄悄的，我渴望有尖细的脚步声敲击在光滑的水泥地板上。在整个春季的黄昏里，我就像一只蜗牛盘踞在那座灰色楼房最底层的一间屋子里。偶尔我也会披着我那件枣红色的夹克踱到电话间去，在那台白色的电话机前一坐就是很久。有些时候我拿起电话听着蜂声长久地在我的耳边鸣叫我就无所适从，我渴望着有声音从那里面响起来。

已经记不清是哪个夜晚了，突然有电话铃声把我从梦中惊醒，我迟疑了一下还是匆匆地披上衣服踱到电话间，我抓起电话的手都有些颤抖。我听到电话里传出一位低沉的男中音，喂？

你要哪里？

我是广州，我要商河。

错了，我们这是颖河市。

哎，怎么回事？我这是直拨呀，你们的区号不是03851吗？

是的，是03851。你拨的电话是多少？

44368。

噢，我明白了。商河是一个县城，在颖河市的管辖下，可是现在我们市里的电话号码还是四位数，而商河县城里的号码却是五位数，所以你只能拨到我这里。

你是什么单位，电话号码是多少？

我是市文联，电话号码是4436。

噢。那男人在电话里沉思了瞬间说，看来我是拨不通的。

那样，我说，你可以通过长途台嘛。

那样太麻烦了。哎，朋友，麻烦你转告她往广州回个电话好吗？你一听口音就应该知道我是你的老乡。

这，我听得出来，她知道你的地址吗？

知道。

你叫什么名字？

林夕秋。

好吧。我挂了电话后就拨通了往商河的电话号码，蜂声在话筒里间隔地响了两下，就传出了一个女人的声音，那声音有些嘶哑，她好像一直就等在电话边，又像是刚刚睡醒。我说，喂，刚才有个广州的长途拨到我这里，有个叫林夕秋的男子让你给他回个电话。

噢，知道了。说完，电话就断了。我拿着电话愣愣地立在那里，听着那种单调的蜂声在我的听觉里盘旋。

我回到屋里，躺在床上，望着漆黑的屋顶，没了一点睡意，我的思想仿佛一股黑色的旋风在禁锢的墙壁里奔跑。当太阳又一次光临这个世界的时候，我几乎把夜间的事给遗忘了。可是出乎意料的是，那个电话在第二天的深夜里再度响起，仍旧是从广州拨来的长途，仍旧是那个林夕秋。

我说，我已经转告了，是个女的，她已经答应给你回电话了。

可是没有，我一直都在等她的电话，麻烦你再给她挂一次吧。

我可以拒绝你的要求。我说，因为这和我没关系，但是看来你确实需要帮助。那样吧，我提一个条件，你能把她的名字告诉我吗？

对方沉默了一会儿说，可以，她叫秋。

秋？

随后我又拨通了44368，接电话的仍旧是那位仿佛刚从梦中醒来的女子，她果然叫秋。我向她又一次转达了从南方来的电话内容，之后我回到了住室，我随手把他们两个人的名字写在了一张纸上：林夕秋，秋。

我望着这两个名字愣愣地坐着，没了一点睡意。我用笔在纸上随便地写着他们两个人的名字，先是横着写，而后竖着写。当我竖着写的时候，林和夕组成了另一个字：梦

这样林夕秋就变成了梦秋。这个发现使我很兴奋，我想这一定是一对相隔千山万水的情人了。那天夜里过了很长时间我才蒙蒙地入睡，第二天精神一直不好。不知是天阴还是别的什么。那个时候我并没有把我的这种情绪和夜间的电话联系起来，当第三天夜里那电话又一次响起的时候，我烦躁的心突然平静了，果然还是从广州打来的电话，电话的内容没有丝毫的更改。他说他仍没有接到秋的电话，希望我再转达一次。我又按照他的话做了，但那个时候我没有意识到他们已经毫无理由地走进了我的生活。在往后的十几天里，我天天都被那电话闹醒，到后来，在那电话没来之前我怎么也不能入睡，天一黑我就在焦急不安地等待着那个电话，我仿佛成了他们的总机。每一次都是林夕秋或者说是梦秋从广州打来电话，向我抱怨秋不给他打电话。那个时候我很同情林夕秋，对秋有些气。当我转告秋的时候，自己仿佛变成了林夕秋，我说你为什么不回电话？她的声音从话筒里传过来仍是那样的微弱，她的声音使我想到她一准儿是个非常瘦小的女子，每次她总是对我说，好好，我回。可是她每次都不回。那些日子我几乎变成了另一个人，白天昏昏沉沉，一到晚上我又变得焦急不安，等待着电话的来临。可是到了半月头上，那电话一夜都没响起，我恐慌不安地在电话间披着大衣等了一夜，长久毫无结果的等待使我几乎变成了一头困兽，我终于忍耐不住抓起电话，拨通了44368，但是没有人接。我的精神防线几乎一下子被那间接不断的蜂鸣声冲毁了，我木呆地坐在那里，望着那台白色的电话机。不知过了多久，我感觉到有一束红色的光照在了我的脸上，我抬起头，看到了明亮的窗子。我知道我不能再这样待下去了，我要到商河去，去看看那个名字叫秋的女人。不然，我就忍受不了这种莫名其妙的折磨了。我几乎是不假思索地走出屋子，在如潮的人群中行走。而后我到了车站，乘上了去商河的汽车。

商河距颖河市十公里，在很短的时间内我就到达了商河县城，但是我

犯了一个严重的错误，我只知道秋的电话号码，却不知道她的具体地址。我在大街上徘徊了好一会儿才想到在电话号码簿上去查找，我果然在电话号码簿上找到了44368，顺河路西段207号。

我要了一辆三轮，三轮沿着顺河路一直走出了城区才来到了207号。站在207号的大门前，我愣住了，207号是火葬场。迟疑了一会儿，我还是朝里走去，我向那位满面皱纹的看门老人询问了秋。

老人抬起头，用迟钝的目光望着我说，秋？谁是秋？她的号码是多少？

44368。

老人没有再说话。他提着钥匙领我走进了一所阴森森的房间。那所光线暗淡的房间四周都立着存放骨灰盒的木架子。老人在一个架子前停住了，我看到了44368号，那个格子里空荡荡的，什么也没有。

老人猛拍一下脑门说，咦，你看我这记性，44368号昨天就被人取走了。

我的后背穿过一股凉气。我在恍惚之中走出那间昏暗的屋子，到了屋外，灿烂的阳光铺天盖地而来，刺得我睁不开眼。

井

他听到一阵低沉的咆哮声从远方传过来，不由得停住了脚步。西天那丝仅存的光亮已被乌云所吞没，风仿佛一匹野马在广阔的田野里奔驰而来，天陡地黑了下来，黄昏来不及躲避就跌落在庄稼地里，跟在他身后不远的妻子也一下子模糊起来。

妻子？不！她现在已经得不到法律的认可了。三年来漫长而苦难的时光，终因今天的一张离婚判决书结束了。可当他接过那张单薄而沉重的小纸的时候，他并没有体会到解脱的快慰，而是无限的惆怅。他曾经设想过那一刻他会振臂高呼，我自由了——在幻想里他看到了在城里等待着他的情人——琳，他在心中这样叫道，明天我就要回到你的身旁了！可是那一刻真的来的时候，他却没有快乐起来。他知道，三年的大学生活和三年的城市生活并没有改变他的血液，他想要彻底摆脱生他养他但又贫穷落后的肮脏愚昧的乡村，还要付出更沉重的代价！

身后的咆哮声越来越大，几乎没有容他想一想，稠密的雨点已经把他裹住了。沉闷的雷声仿佛石块一样从头顶滚下来，闪电剑一般地刺亮了旷野。在闪电里，他又一次看到了她，那个和他生活了十年的女人，光亮里，她粗壮的身子如同一座雕像，他的心再次沉下来，毕竟在一起生活了十年呀，可是……我不能再这样生活下去……梅兰，请你原谅我吧。真的，三年来自从他打算离婚那一天开始，这种忏悔就一直伴随着他，折磨着他。他想再看一眼梅兰，可是闪电已经消失，暴雨毫不费力地就打湿了他的衣服，他慌乱地在乡间的土路上奔走，但他的脑海里却想着梅兰的样子。许多往事在他的脑海里一闪而过，这种情景的呈现使得他脚步踉跄。

他在满是泥泞的土地上走着，突然，他的一只脚踏空了，他还没有明白过来怎么回事，身子就坠落下去了，他仿佛一块石头从山崖上滚下来，在着地的时候，发出了一声闷响，泥水四处飞溅。他挣扎着爬起来，我在哪？他慌乱地往前走，伸出的手却触到了一堵湿漉漉的墙壁。他沿着墙壁走，那墙壁好像没有尽头，这是一个什么样的墙壁呢？这时一道闪电打过来，他看到那墙壁在他的四周高高地筑起，他一下子明白了，他掉进路边的枯井里了！雨水从四周灌进来，已经淹没了他的小腿，四壁的泥土也在雨水的冲刷下一块块地脱落，他慌乱地贴近井壁往上爬，可是他又一次次地随着泥土滑落下来。井里的雨水越来越深，泥浆越来越深，泥浆已经像一块巨大的磁铁吸住了他的双腿，使他行动起来很困难。他猛地明白了自己的处境，用不了多久，他就会被灌进来的雨水所吞噬。死亡的恐惧立刻笼罩了他，死神的逼近使得他浑身发抖。他挣扎着把颤抖的手指抠进泥土里，一把一把地剥着墙壁，他突然感到了疼痛，他知道有坚利的东西划破了他的手指，他好像看到了鲜红的血小溪一样从他的体内流出来。他想，我就要死了。

绝望的情绪在他的头颅里涌动，他仰起头，任雨水撞击着他的脸，而后他疯子一样用头去撞那井壁，一下，又一下。他真的成了身处绝境的困兽，他撞呀撞呀，井壁上坚利的瓦块刺伤了他的头皮，可他仍在一下又一下地撞，他的血涂染了井壁，井壁却无声地挺立着。雨水仍旧从四处灌下来，雨水已经淹到了他的胸膛，他绝望地想，我就要死了……

就在这个时候，他听到了脚步声，他立刻想到了梅兰。是梅兰，他听着梅兰的脚步声从枯井边吃力地走过去，她就要走过去了，不，从他的体内猛地爆发出求生的渴望。

梅兰——救我呀！梅兰——我掉到井里啦——

他的呼叫声在暴雨里是那样的单薄，可他的喊叫却使梅兰的脚步声消失了。

一道闪电从空中闪过，他看到身体强壮的梅兰就立在他的头顶上，他没有听到梅兰的声音。他想，她不会救我的，她怎么会救我呢？他不由得想起了琳那微笑的脸，他像绝望的野兽一样嘶叫着，救我呀——我就要死了……

接着绳子。

　　不知过了多久，他听到了梅兰的声音从头顶传下来。突然出现的情景使他一下子冷静了，在闪电里，他真的看到了有一根绳子从空中吊下来，他用双手死死地抓住在空中摇摆的绳子，像在茫茫的大海里抓到了一根救命草。他先艰难地从泥里拔出双腿，而后在那根绳子的拉力下，一点点地蹬着古井的墙壁往上爬，当他的身子从井里爬上来的时候，他一下子瘫在了那里。

　　又一道闪电从空中闪过，他看到了梅兰，梅兰一丝不挂地立在他的身旁。他突然明白了，那根救他的绳子就是用梅兰身上一件又一件衣服接成的。梅兰赤裸裸的身子仿佛纯洁的圣母立在他的面前，他一下子搂住梅兰的双腿，他说：梅兰，梅兰……

　　梅兰用满是泥土的手抚摸着他的头发，她从来没有像今天这样抚摸过他。梅兰说，走，跟我回去。

　　他的手一下子僵硬了，眼前的事实让他难以承受，他把手从梅兰的腿上收回来，生硬地插进自己的头发里，他痛苦不堪地叫道，哎呀呀……

　　他一边哭叫一边抬起头来，梅兰洁白的躯体在雨水里放射出一种强大的力量，那力量一下子就把他给打垮了。他哆嗦着站起来，用流血的手捂住自己的脸，他甚至没有勇气去看梅兰一眼。

　　梅兰朝他伸出双手说，走，我们回家。

　　梅兰朝他一步步走来，他一步一步地退着，他猛地举起自己的双拳，疯狂地捶打着自己的胸口……突然，他的脚下又一次踏空了，他听到了自己重新落进枯井里的巨大声响……

　　梅兰无声地立着，她用一只手抚摸着自己隆起的肚子，雨水从无垠的空中滑落下来，冲洗着她身上的泥泞……

冬 景

冬日的阳光照得袁家屯懒洋洋的。袁家祠堂灰头灰脑地仿佛多年没洗过澡的汉子，蹲在村子中央，用它黑洞洞的目光懒懒地注视着门前那片人。袁家屯的男人们全都木偶样地袖着双手蹲在墙根享受着阳光，唯有二爷坐在一把陈旧的朱红色的太师椅上，他昏花的眼睛注视着由南向北穿村而过的黄土路。那条黄土路已被风雨剥蚀得千疮百孔，而在二爷的眼里，那条黄土路却像一条苍龙卧在那里，只等一阵暴风骤雨升腾而起。

一辆吉普车荡着一路黄尘驶进村来，在祠堂前停住了。一群人都生生地站起来，微微地笑着，望着顺子从车里钻出来，无话。顺子笑一笑，穿过众人，径直走到二爷面前，说："二爷。"

二爷坐在太师椅上没有动，他用手捋着下颌上的银须，说："回来了。"

"回来了，有事给您老人家说。"顺子转身朝众人看一眼，说："咱这条土路要改修柏油马路了。"

二爷说："好事呀，从哪到哪？"

顺子说："从南边的火车站，通往北边的颍河镇。再从颍河镇路过咱村，往商丘。"

二爷说："好事，大家进镇都方便了。"

众人都兴奋起来，嚷嚷地叫着，仿佛又回到几年前一起去看火车的时候。火车道在离袁家屯二十多里的地方由西向东而过，夜里躺在床上，就能听见火车"吭吭"的鸣叫声，众人坐不住，就结伴儿一起跑去看火车。那时修火车道的消息也是顺子带回来的，现在顺子又带回了修路的消息。

顺子对二爷说："二爷，路要开宽。"他犹豫了一下，抬头看看二爷身后的祠堂。1938年的黄河水淹没了它，是袁二爷一砖一瓦用了五年才盖起来的，那时候新祠堂在村子里如鹤立鸡群，而现在，袁家祠堂却显得又瘦又小，丑陋不堪。二爷颤巍巍地站起来，回身顺着顺子的目光凝望着祠堂。

"二爷。"顺子又说，"说不准这祠堂也要扒掉。"

二爷脸上的肌肉颤抖了一下，说："顺子，修路，我双手赞成，可这祠堂里敬着你爷、你太爷、你祖宗的灵牌呀！"

"这我知道，可是……"

"你是乡长，就不能让它改改道？"

"二爷，这路线是县里定的，我……"

二爷不再说话，凝视着祠堂，那祠堂仿佛多年前的那场黄水扑面而来。二爷感到一阵眩晕，倒下了。二爷能下床的日子，村里来了勘测队，几个戴眼镜的人用三脚架支着的镜子在村道上照来照去，镜子在阳光下闪闪发光。二爷叫儿子扶着，又坐在了祠堂前，他看到一个青年提着一个小桶走到祠堂的墙壁前写了几个字：

    扒掉，后开五米！

那红漆写成的字，在阳光下如同一团火在燃烧，那火灼伤了二爷的眼睛，也烧痛了二爷的心。那火在二爷的感觉里越烧越旺，把祠堂烧成一片废墟，那火也烤干二爷的身子。二爷久久地坐在那里，忍受着那火的炙烤。太阳移到他的背后去，天开始慢慢地冷起来。儿子说："爹，回去吧，天冷。"

"滚——"二爷嘴里吐出一个字，那声音很轻，很微弱，却仿佛打了一个响雷，儿子不敢再吭声。儿子看着父亲从太师椅上站起来，慢慢走到那几个字前停住了。儿子急忙把太师椅移到他的身下，二爷在墙边坐下来，儿子看着父亲毅然地伸出他的右手，去抠墙上的字，一下，两下，三下……每一下都好像抠在儿子的心上。寒风吹过来，掀扬着二爷的白发。夕阳残余的红光照在祠堂的墙壁上，呈现出一片寒冷的瑰丽。

黄昏来临了，跟着黑夜也来临了，村里人都来到祠堂边，但没有人敢去劝二爷。村里人都知道二爷的脾气，静静地立着，听着二爷的指甲在古老的墙壁上走动，那声音没有间隔，"沙——沙——沙——"那声音在他们的感觉里仿佛已经走了好多年。

冬夜异常的冷，村人站在祠堂前哆嗦成一团。后来不知是谁弄来了柴火，在二爷的身后燃起了熊熊大火，那火光把二爷的身子映得十分高大，二爷高大的身影在墙上摇来晃去。二爷的手指始终没有离开两个字，二爷要把那两个字从墙壁上抠下来，二爷的手指已经把墙上那两个字挖出了一道深沟。可是在火光里，村人仍然能清楚地看到墙壁上那两个鲜红的字：扒掉！

夜一点点地深了，二爷的儿子叫一声："爹——"

二爷没有回答，只见他的手在墙上一晃一晃。二爷的儿子轻轻地走过去，在父亲的耳边叫一声："爹。"

二爷仍然没有回答，他的手在墙上一晃一晃。儿子去拉爹的胳膊，父亲的胳膊停住了。儿子看到父亲的五个手指甲已经没有了，手指已经被血染红了。

儿子说："爹。"父亲没有回声。

儿子又叫："爹。"父亲仍没有回声。

父亲的手像冰一样凉，没了一点感觉，儿子叫一声："爹。"儿子再也忍不住，哭泣起来。儿子一边哭一边把父亲从椅子上抱起来，他们身后的火光越来越旺，他们面前的祠堂，在火光里慢慢地低矮下去……

最　后

　　昏暗的光线终于在这个城市里漫延，这仿佛是秦俑的思想。从昨天起，秦俑的头脑里就涌动着一种渴望着 9 月 4 日夜晚到来的思潮。现在这个具有不平凡意义的夜晚终于到来，他的身体里有一种隐隐不安的躁动。他把碗推到桌子上对妻子说，我到单位去一下。

　　妻子说，有事吗？

　　有事。秦俑一边从桌上拿起一本书一边往外走，但他能感觉到妻子审视的目光在他的后背上扫来扫去。

　　妻子说，明天办不中吗？

　　秦俑停下来，他回头看着妻子，犹豫一下说，不中。说完，他转身走进夜色里。他听到屋里有东西掉在地上，摔碎了，那是妻子手中的茶杯。但他没有停下来，他感到昏暗的夜色如空气一样塞满了他的肺腑。秦俑穿过一段没有灯光的满是臭泥的胡同，来到宽阔的大街上。大街两侧的路灯仿佛一些瘦弱的老妇在夜色里喘息，昏黄的光线使秦俑产生了一种安全感。现在秦俑如一只出笼的鸟儿穿过汽车荡起的尘土和嘈杂的声音去寻找他渴望的窝巢。秦俑转过两个街口，最终来到了一处被灯光笼罩着的白色大理石门柱前，他看到绿色的铁门已经关闭，那棵因时光而改变了颜色的塔松显然比白天高大了许多，然而在那里他没有看到等他的人。他抬起胳膊看看手表，正好七点半。他缓缓地出了一口气，慢慢地踱过去倚在大理石门柱上，佯装着去看手中的书。《往事与断想》，他没想到会是这样一本书。他心不在焉地翻看着《往事与断想》，那些陈旧的铅字如同时光悄悄地在他的身边流逝，他渐渐地变得有些焦躁不安。他忍不住从兜里掏出一张信纸来，信上的文字又一次走进了他的视线：

……闲来无事爱涂抹的琳娜祝你秋天里有更多成熟的灵感。虽然你是一张白色的纸，我却不是一位丹青妙手。但你是一个拼命写作的疯子，我乃成了读你作品的傻子。我不想说我崇拜你，因为我没有崇拜过任何人，但我仍然冒昧写信给你，是否想见我是你的事，但我特别想见你，我想见你是我的事！你说是吗？能否9月4日到社科院门前一会儿？咱们找个清静的餐馆，你请我一顿，怎样？记住，晚上七点半，手拿一本书……

重温上面这些具有刺激性的文字使秦俑更加焦躁不安。是不是哪个环节出了问题？他想。他又重新审视一下门柱上的牌子，是社会科学院。他抬手看表，时间已快接近八点，他开始有些憎恨那个写信的女子了。你有勇气写出9月4日七点三十分这样的字样，却没有勇气穿越这段时光，结果害得我像个傻子站在这里苦等。他突然感到所有路过这里的人都在用冰冷的目光剜他，他就有些心虚，忙把目光落到手中的书上。就在这个时候，有脚步声朝他走过来，高跟鞋敲击水泥路面的声音使秦俑的身上涌过一阵热浪。秦俑抬起头来，他看到一个身穿黑色长裙的女人向他款款而来。等看清了那女人的脸，秦俑手中的书在不知不觉之中滑落在地，他吃惊地说，你来干什么？

女人说，我怕你白等一场。

我等谁？我谁也没等。

没等？女人冷笑了一声说，你还在骗我，那信就是我找人写的。

你……秦俑的身子在颤抖。

我咋了？我说谎了？我背着你来赴别人的约会了？

秦俑的心哆嗦起来，他颤颤抖抖地弯下腰，从地上拾起那本《往事与断想》。他有些尴尬地把书在身上拍打了两下，说，真没想到。

他一边走一边嘟嘟囔囔地说，看来我们真该离婚了。他低着头，用眼睛的余光扫了一下那个女人的黑色长裙，他瘦弱的身子在女人呼出的气息里移到树影里去了。

飘　逝

在没有你的日子里

我将变得沉默无语

——墨白《最后的午餐》

是我，我对你说……

他停顿了一下，他感觉到了她在电话的另一端微弱的呼吸声。对他来说，那是一个陌生的地方，自从她离开他到了那个陌生的地方之后，他就再没有见到过她。没有她的日子里他过得灰暗无光，时光漫长得如同梅雨的季节。有一天他实在没有办法，就拨通了她的电话，他对她说的第一句话就是，我想你！可是她在另一端停了瞬间就把电话挂上了。他感到非常忧伤，他拿着话筒站在那里仿佛一尊铜像，他一边听着话筒里的蜂鸣一边想象着那个陌生的地方，想着她的模样，可是无论怎样努力，他都想不起她的芳容。现在她就站在那个陌生的地方听他说话，他说，我要出个远门，到很远很远的地方去。

他渴望着她的询问声，他想她一定会问，你去哪儿？他渴望着她说，你不能走。可是她没有说，她只嗯了一声，从电话里传来的微弱的声音却强烈地震撼着他的心，他彻底绝望了。

他说，我会把你的照片一张一张地寄给你。

照片？她说，随便吧。

他感到四周的空气变成了浑黄的水朝他涌过来，片刻间，就把他淹没了。他有些绝望地冷笑了一声，就挂上了电话。现在他已经没有一点想和她说话的欲望了。他想，我真的要出远门了。

他拎起旅行袋走出门，和几个同事擦肩而过。他没有在意他们的问话，他仿佛一个影子或者一个幽灵走出机关来到大街上。他毫无目的地行走在人群里，他连十字路口的红灯都没理会，径直地穿过马路，一辆银灰色的轿车在离他不到半尺远的地方刹住了，轿车带来的风掀动着他的风衣，他闻到了一股强烈的汽油味，这使他感到厌恶。他盯着车里的司机说，你不是有种吗？轧呀，你为何不轧？

说完就再不理他，他在街道里众多目光的注视下，又独自朝前走去。空中的气息潮乎乎的，不知为什么，他走着走着眼里就含满了泪水。

他在心里对她说，我就要走了，你往后再也见不到我了，你也别想得到有关我的任何消息了。可面对前途，他感到一片茫然。他就那样不知走了多长时间，到了一个丁字路口，他看到有几个外出打工的农民背着包裹在路边等车，他想，这里一定会有客车路过，于是他就在那几个农民不远的地方停下来，把旅行袋放在身边，望着来往车辆荡起的尘土四处飞扬。我就要走了，他在心里对她说，你往后再也别想见到我了，可是，无论他怎么努力，就是想不起她的模样来。他站在那里犹豫了一会儿，最后蹲下来，拉开旅行袋，从里面拿出一沓照片来。他一张一张地看，那些照片又一次把他带回到一些流逝的时光里：她在一片洁白的雪地里朝他微笑，但他却感到那微笑十分陌生。

喂，你的照片掉了。

有个女孩的声音把他从往事里拉出来，在潮乎乎的空气里他看到了一个女孩，一个穿着米黄色风衣的女孩。可他没有看清她的脸，有半个面孔被她的长发所遮盖，但他却闻到了一股淡淡的脂粉气，这种气息他十分熟悉。

你的照片。

噢……他仿佛刚从梦境里走出来，他说，谢谢。

他自己也搞不清楚，从他的嘴里怎么会冒出这两个字来，他并没有去接她递过来的那张照片，而是对她扬了扬手里的那一沓说，想看吗？

女孩犹豫了一下，但还是从他的手里接过那沓照片，一张一张地看。

他说，等车吗？

她一边看照片一边说，等车。

她往后甩了一下垂在脸上的长发，然后看着他说，你朋友吗？

不知为什么，他却对她点了点头。

那个女孩说，她很漂亮。

女孩的这句话使他突然感到肚子沉，他说，是吗？

他本想和面前的女孩就这个话题说下去，可是他的肚子却沉得难受，他四下里瞅一瞅，看到不远处有一个公共厕所，于是他就朝那女孩扬了扬手，你觉得漂亮，那就送给你吧。

说完，他转身就朝厕所走去。

他几乎是小跑着来到了厕所，他在便池上蹲下来，他屙呀屙呀，可他的肚里老有排不完的东西。最后他突然想起他的旅行袋，他的旅行袋还放在刚才他等车的路边，一想起旅行袋，他不得不下决心站起来，尽管他仍然感到肚子沉，可他还是一边系着腰带一边往外走。

他刚走出厕所，就看到他刚才等车的地方停着一辆大客车，他就跑过去。路边上，他却没有看到那个女孩和他的旅行袋。他想，一定是她帮我拿车上去了。没想到在他离车还有二十米的时候，那辆车却把车门关上了。他心里十分焦急，一边摆手高喊着一边赶过去拍打着车门，嘴里不停地叫着，开门开门！

车门打开了，售票员站在门口拦住他说，去哪儿？

他说，去哪儿？你说去哪儿？

售票员说，我怎么知道你去哪儿？

他说，你去哪儿我去哪儿。

一听他这样说，售票员说话的语气就变了。他说，这可是你说的，上车上车。

他们说话的时候，那客车已经慢慢地往前滑动着，在他挤进车门之后，那辆车已经跑了起来。可是在那辆车里他没有找到那个女孩，他前前后后找了个遍也没有看到那个女孩的身影，他想，这下完了。

突然之间，他的脑海里变得空荡荡的，他在一个空座上坐下来，他想，这回我真要去出远门了。客车的机器在嗡嗡地叫着，车窗外的景物在不停地变换着，他觉得自己仿佛一片叶子在一场浓雾里往下飘落，一直往下飘落，在那浓雾里，他怎么也看不到大地。

出车祸了，出车祸了……

他被乱哄哄的喊叫从迷雾里拉出来的时候，那辆客车已经停了下来。他看到车里的人一边叫嚷着一边往下拥，他也站了起来，他有些身不由己，他的身子被夹在拥挤的人群里，走下车，来到公路上。在公路上，他看到了一起刚发生不久的车祸，一辆拉煤的大卡车和一辆白色的面包车撞上了，面包车的前半部被撞扁了，坐在前排的两个人都被挤在车里。他看到有一只苍白细小的手从左边的车门里垂下来，那手里还握着一沓照片。那照片吸引了他，他走过去，看到那个女孩满脸是血，无比恐惧的痛苦凝聚在她的脸上。可在面包车里，他没有看到他的旅行袋，这使他很失望。他想从那个女孩的手里拿过那沓照片，他的手还没碰到那只从车门里垂下来的手，那沓照片已从那个女孩的手里滑落下来，如同一把新牌，在他的脚下散开了。

后来他去了一个很远的城市。在一家小旅馆的柜台上，他却意外地看到了一张他曾经生活过的那个城市里的晚报，那张晚报已经过时，在那张晚报上，他又看到了一张照片，那张照片他十分熟悉，那是他准备寄还给她的那些照片里的其中一张。可遗憾的是，那张照片已被印刷厂搞得模糊不清。尽管如此，他还是一眼就认了出来。他在那幅被揉得皱巴巴的照片旁，看到了一行标题，那标题是：

车祸，一女郎当场毙命

他把那张旧报纸平摊在柜台上，用手一卜一卜地往外推着，他企图抚平那张报纸上的褶皱。他一边抚推着一边想，这里怎么会有一张这样的晚报？是谁把这张晚报带到这里来的呢？但最后他想抚平报纸上褶皱的企图落空了。他久久地望着那张照片，突然间，照片在他的视线里变得十分模糊，他无论怎样努力，都记不起那个女人的模样了。

现实的颠覆

　　一个炎热的上午，谭渔穿过市中心那条繁华的街道，默默地行走在陌生的人群之中，他要到一个叫做国王大酒店的地方去。那个时候，在他的感觉里，那些穿着各种漂亮衣裙的少妇和女孩子的目光，如同周围的空气一样烤着他的皮肤，然后化作一些细小的汗水流下来。这种感觉莫名其妙地影响了他的情绪，就在这个时候他想起了他的妻子。这是一种奇妙的现象，在那个炎热的上午他要去和一个名叫秦君的女士聚会，可他心里却想着他远在乡下的妻子。他的妻子在炎热的阳光下锄着禾苗，汗水已经浸湿了妻子的汗衫。妻子停住手，一边擦汗一边朝远处的土路上眺望，妻子在炎热的阳光里很孤单。他脑子里的图画没人知道，那个时候他的肉体行走在城市的人群中，而他的思想却走进了洒满阳光的田野，谭渔不知道这两种情景哪一种更接近真实。

　　许多日子之后，谭渔回忆起了这个炎热的上午。那个上午的具体时间是 1993 年 7 月 5 日，可是在他后来的回忆之中，这个具体的数字已经在流逝的时间里丧失了意义。由于回忆的缘故，那个上午在他的思想里变得越来越清晰，如同近在眼前，回忆使他永远拥有那个上午。这种情景使他一度陷入深深地静思之中，他感到了隐隐的凄伤，他不知道现实更真实还是想象更真实。谭渔坐在桌前，在一张白纸上用文字记录着他的这些感受和那个上午的经历。后来那个名叫秦君的女士读到了这段文字，她用一种严厉的甚至有些恶毒的语言剖析了他的这些观点，但她又被那天上午谭渔所经历的往事所吸引。

　　现在请你注意一下这两个字：往事。

那个头戴一顶礼帽好像从内蒙来的马贩子一样的谭渔有时候很固执地对他所熟悉的文友们演讲他的一个论点，他说历史存在于现实之中，而现实的意义就是时间的一瞬，他说能用文字记录下来的事件都是往事。所以在讲述1993年7月5日上午他的经历的时候就把她称做往事。1993年7月5日，谭渔沿着那条繁华的街道一边想着他在炎热的田间耕作的妻子一边默默地穿行在人流之中。他从那条繁华的大街向右拐上了一条更宽阔的路边栽有花草的大街，远远地看到了一座乳白色的建筑。那座建筑的门廊上全部装上了茶色的玻璃。这个时候他看到了一个身穿黑色裙子的女士出现在门口，这位女士就是和他聚会的秦君。秦君在本市的一所师范院校里讲授写作课，她那总是闪烁着让人难以描述的目光的眼睛总使谭渔感到，在她的面前即使阴沉的天气也充满阳光。秦君朝他淡淡一笑说，来晚了。

谭渔说我十一点二十就往这儿赶。

秦君说这就对了，昨天我在电话里告诉你十一点整的嘛。

谭渔不好意思地笑了一下说，我记错了。

没关系。秦君说，好在你没让我白等半小时。

可是后来秦君在读到这段文字的时候对谭渔说，错了，那天我穿的不是黑裙子。谭渔想，或许是吧。由于一次次的回忆，他所描写的经历已经基本上改变了事实的原貌。秦君说，走吧。他和她一同穿过茶色的大门，走进大厅。大厅里幽暗的光线和深赭色的墙壁使他们陷进一种情调里，他和她一同来到一个靠墙壁的圆桌前坐下来。一个身着大红旗袍的小姐走过来给他们沏上两杯茶，然后把菜谱递过来。秦君每点一个菜都要征求一下谭渔的意见，谭渔很专注地看着她，她每看他一次他就朝她点点头。点完菜后秦君就关掉了亮在他们桌子上面的壁灯，幽暗的光线如无声的水一样把他们淹没了。

秦君说，你今天好好地坐着，我要好好地慰劳慰劳你。

看你说的，我有什么功劳。

哟，还这么谦虚，告诉你，你的那堂课讲得真不错。

我只讲了一些创作感受，有什么不错。

绝对棒，因为你充满真情。说实在的，当你在台上流泪的时候我也在台下流泪。

说真的，当回忆起那些苦难经历的时候，我就忍不住地掉泪。

是的。我读你的作品就有这种感受。你对生活有自己独特的认识。

这个时候，他们的菜上来了。秦君说，好了，不谈这些了。她又说，要不要白酒？不，谭渔说，有啤酒就可以了。好，来，干杯。他们把高脚杯举起来，碰了一下，各自喝干了。他们相互亮了一下酒杯，秦君说，够意思。

谭渔感到秦君的目光穿过幽暗的光线落在他的脸上沙沙作响。他们就那样相对而饮，很快，两瓶啤酒就喝光了。秦君又要斟，谭渔按住她的手说，再喝会醉的。是吗？秦君说，我倒要看看谁先喝醉。她又斟了两杯，说，来，我给你来两杯。

谭渔说，真没想到，你喝酒的功夫还真行，来吧。他们的手就拉在了一起，一股热流穿过他们的手臂传到对方的身体里去，他们握在一起的手没有松开。秦君痴痴地望着他，她用左手端起一杯酒递到谭渔的面前，说，不要接，就这样喝下去。谭渔像个听话的孩子喝下了秦君的酒。秦君放下酒杯，把头倚在他的胳膊上说，我真喝醉了……

谭渔抚摸着她的头发，一下又一下，一支悠悠的曲子从大厅的深处传过来。

后来他们一同坐在黄昏来临的窗子前。秦君读完了上面的一段有关那个上午谭渔对他的经历的描写，秦君沉默不语。谭渔知道她已经深深地陷入了对那个炎热的上午的回忆。1993 年 7 月 5 日的上午，谭渔穿过城市的街道默默地行走在陌生的人流之中，去和一个名叫秦君的女士聚会，可他的脑海里却想着在田间劳作的妻子。他有些恍惚地在一个十字路口拐向另一条宽阔的大街，之后他看到了那座乳白色的建筑。那就是他要和秦君聚会的国王大酒店，他匆匆地迈上台阶，穿过茶色的玻璃大门。一位身穿大红旗袍的小姐朝他微笑着说，请。但是他立在那里没动，他的目光寻遍了大厅也没有找到秦君。他看了一下挂在服务台上的钟表，心一下子凉了。钟表的指针已经无情地指在了十二点半上！他看了一下自己的手表，他手表的时针却恶魔般地指在十一点半上。那指针像冰凉的气体一下子穿透了他的全身，他满面羞愧地朝那位小姐苦笑了一下说，对不起。

他转身走出大门，燥热的气流一下子扑过来，谭渔久久地立在阳光里，他有些眩晕。

孤独者

我们所见或似见的一切

都不过是一场梦中之梦

——爱伦·坡《梦中之梦》

一个暮秋的傍晚，孤独者逐渐接近一个黄色的村庄。在这之前，孤独者沿着一条土路从某个方向走来，在他的前面是一片无垠而又陌生的旷野。他立住，回头望去，身后仍是一片无垠的旷野。在这个阴沉沉的日子里，他完全丧失了方位和时间感。他拖着沉重的双腿在路上走着，他渴望看到一片可供休息的地方，因为在他的脚下到处都是泥泞。就在这个时候，那个黄色的村庄出现在他的视线里。村庄的出现，使孤独者的心中涌出一股暖意。

在接近村子的路途中，孤独者看到一辆毛驴车停在路旁，那头高大的毛驴正在专心致志地啃着路边一棵杨树的干枯的树皮。在土路的右侧，有一个裹着绿色军大衣的汉子蹲在一座孤坟前，坟头上春季里生长的青草现在已经枯败。汉子听到孤独者的脚步声慢慢地立起身子。孤独者看到那是一位老人，脸上长着很长很浓的花白胡子，那胡子在孤独者的感觉里和坟上的枯草没什么两样。老人越过浅浅的路沟，来到土路上，他伸出颤抖的手说，你可回来了，我一直在这儿等你，天没亮我就来了，一直在这儿等你。

等我？

对，等你。

你怎么知道我要来？

知道，今天不是九月二十五吗？每年的这个时候我都来这里接你，去年你回来的时候是个晴天，那会儿西天里一片红光，你就从那红光里走过来……

老人喃喃的话语，使孤独者意识到他沉溺在一种想象里。他上去用冰凉的手拍了拍老人满是胡须的脸，老人一下清醒了，泪水立刻涌满了他的眼眶。老人怔怔地望着他，突然在泥泞里跪下来，双手搂住孤独者的腿，仰起脸，用乞求的目光望着他。老人说，求你啦，帮我个忙吧，她就要死了，她就要死了……老人的胡须在不时吹来的秋风里拂动。

我能帮你什么呢？孤独者吃力地把老人拉起来。

老人说，她等你，她一直在等你，这是她活在世上仅存的一点希望了。你快跟我回去，让她感到幸福吧。

孤独者拍了拍老人的脸，老人又回到了现实里。老人说，我求你啦，求你帮我个忙。

孤独者想了一下说，那好吧。

老人立刻被孤独者的话语所感动，他忙拉正毛驴车，让孤独者坐上去。毛驴车的轮胎挤压着路上的泥泞，一点点地接近那个黄色的村庄。

孤独者说，我是她的什么人呢？

她男人。

不可能。

是不可能，她男人已经在那里睡三年了。

老人指了一下那座已经离他们很远的孤坟说。老人的话语使孤独者的眼前呈现出一场浩荡的大水。在一个漆黑的夜晚，那场大水从西方的天际漫过来，淹没了无边无际的土地，冲毁了他的村庄，把孤独者和他的情人抛进一片激流里。他吃力地托着她，可是她一次次地沉下去，她死死地搂住他的脖子，他挣扎着，挣扎着……他知道再这样下去他和她都会沉下去，孤独者不得不用拳头击打她的太阳穴。情人的手松开了，正当他伸手去拉她的时候，一个浪头打过来，她就消失了，永远地消失了。无边的悔恨使孤独者不愿意再留在村庄里，无限的思念催促着他去寻找他的情人。多年以来，孤独者就这样在连绵不断的陌生的土地上行走，行走逐渐地演变成了他的一种义务。现在那渴望又从他的心中冒出来，他渴望见到就要出现在他面前的那个女人。

现在他们已经接近村庄。黄昏像一场雾从四处漫过来，孤独者看到前面的房舍和树木如同一片灰色的剪影。有狗叫声从某处房舍里传出来，使得驴子很兴奋。驴子停下来高高地扬起脖子嘶叫一声，驴子的叫声像号角一样在村子的上空回荡。黄昏抖了一下又继续淹没过来。驴子不愿再走动，老人无奈只得从车上跳下来。他一边吆喝着一边用力拉着缰绳，驴子只得跟着往前走，老人牵着驴子走在泥泞里，发出扑哧扑哧的声响。村里的房舍胡乱地摆放在黄昏里，村子的格局没有在孤独者的记忆里留下任何印象，因为那个时候他的脑海里正想着他将要见到的女人，当那辆架子车在一个院子里停下来的时候，他还没有从想象里走出来。

到了，到了。

老人一边说一边把毛驴拴在一棵粗大的但已枯死的桐树上。接着，孤独者跟着老人走进了一间漆黑的屋子里。老人朝黑暗里说，妮儿，他回来了。

在黑暗里，孤独者听到有一种声音慢慢地接近他，当有一双手紧紧地搂住他的腰时，他才知道那是一个女人急促的呼吸声。女人丰满的乳房挤在他的胸脯上，一股热流涌遍孤独者的全身。孤独者用手去抚摸那女人，使他惊恐的是，他在那个女人的头上没有找到一根头发。接着，他又发现那颗头颅上既没有耳朵，也没有高高的鼻梁，那颗头颅像一个葫芦那样光滑。这是一颗什么样的头颅呀？

啊，你可回来了，你到底又回来了……

凄泣的声音从女人的头颅里飘出来，这使孤独者十分感动。他用手再一次去抚摸她的脸，孤独者感到有两行热泪小溪般地从那头颅里流出来，孤独者就紧紧地把她搂在怀里。女人的身子在剧烈地颤抖着，凄厉的哭诉声仿佛一场小雨淋湿了孤独者的思想，响……响……

孤独者想，响是谁呢？就是她在等待的人吗？孤独者抱着那个女人摸索着在床边上坐下来，他的眼前是一片漆黑而陌生的世界。他不知道那个老人现在到哪里去了，他不知道这所房子是什么结构，他不知道这个女人是什么样子。孤独者想，是什么样的灾难毁掉了这个有着纯真情感的女子的面容呢？他又一次用手去抚摸她的头颅，她的头颅上是一块又一块光滑的皮肤，他突然意识到那是一些伤疤，伤疤，伤疤……孤独者想，只有火才能留下这样的伤疤，难道是一场大火毁了她？一场大火……现在孤独者多么渴望光明，他想看一看这个女人的面容，可他又是多么的惧怕光明，他想，不要看到她的面容，你独得了一份真情，难道还不满足吗？世上还有比这更幸福的事情吗？

那女子的呼吸声渐渐地平静下来，她的泪水打湿了他的衣服。她在他的怀抱里慢慢地睡着了。

孤独者就那样抱着她坐在那里，长年的游走使孤独者渴望有一个安定的地方居住下来。现在他苦苦地思索着，明天自己是在这里留下来，还是在情人呼唤他的声音里再走向远方呢？

怀念拥有阳光的日子

车停了，站牌前的人都拥挤着往车门边来。乘务员用尖细的声音喊道，先下后上先下后上……车上的人鱼贯而出，接着，车下的人鱼贯而入。在车门快要关闭的时候，车门里伸进来一根竹竿。乘务员又说，慢点慢点。我和萍同时看到了一位盲人。盲人摸索着走上来，把竹竿揽在怀里，伸手探摸着头上的吊环，他高大的身子仿佛一道墙贴在我的身边，他的衣襟被车外的风扬起来，撩着我的脸，这使我生出几丝不快。我看了身边的萍一眼，身子往里挤了挤。萍突然说，让他坐吧。说完她就站了起来。

那个时候我和萍正在热恋，萍的善意驱走了我心中的不快。我也跟着站了起来，拉着盲人的衣服说，来，你坐。盲人很感激，说，谢谢。在行驶的汽车上，我指着盲人身边的座位对萍说，你坐吧。萍伸手揽住了我的腰，萍说，就这样。我的手抓在吊环上，萍的身子在行驶的车上不时地靠在我的怀中，她那光滑而散发着菠萝香味的长发使我感到无比的幸福。恋爱使我身边的一切都变得美好，我用祥和的目光来看待世间的一切，那段日子里的阳光无比明媚，我成了世上最幸福的人。那些日子里，我和萍几乎每个星期都要乘6路车到河滨公园去，到那里度过我们有着浪漫情调的周末。

就在那年的春季里，我开始注意到那位盲人。他总是一个人坐在河边的石凳上，面对洒满阳光的河面，久久地一动不动。有些时候我和萍远远地看着他，就对他的行为产生了兴趣。一个盲人，他来这里怀念什么呢？我想过去和他交谈，但被萍拦住了。萍说，别打扰他，或许他正在回忆一段幸福的往事。我说，什么往事呢？萍说，可能在想他所爱的人吧。我说，他所爱的人到哪里去了？萍对我摇摇头说，不知道。而后她又补充道，或许她出远门了，他们约好了在这里相见，他就一直在这里等她归来……

我抚摸着萍的头发说，或许是这样。说完我就紧紧地把萍拥在怀中，我们一同望着河道。河岸上，有几个孩子正在放风筝，风筝飞得很高，风哨从洒满阳光的空中传下来，那快乐的声音掺和了某种情绪洒满了世界的每一个角落。

这样快乐的时光一直延伸到夏季。在那场暴风雨来临之前，我和萍又一次看到了那个盲人。盲人在闷热的空气里坐在那条石凳上一动不动，雷声从头顶上传过来，狂风像一只巨擘蹂躏着河边的树木。萍说，去告诉他，暴雨要来了……可没等萍说完，那个盲人已经站起身来，他用竹竿探着路向我们走来。那时暴雨已经来临，在盲人的前面，有一根高压电线不知道什么时候被刮断了，黑黑的粗线像一条蛇横在盲人的前面，可是那个盲人还在向前走。萍惊叫一声，挣脱我的手，朝那个盲人跑过去。萍在风雨中展开她的胳膊，像一只飞翔的鸽子，她一边跑一边朝接近高压线的盲人喊叫，别动！——我心里闪过一丝惊恐，也跟着萍奔过去。在明亮的雨丝里，我看到萍在拉起那根黑线的时候被什么东西抛起来，而后又摔在了地上。我还没有接近倒在雨水里的萍，就感到有一股强烈的电流涌进我的体内，我的身子被什么东西狠推一下，抛进了路边的冬青丛里……

醒来的时候，我的眼睛上缠着绷带。我看不到外面的世界，就伸出颤抖的双手，我说，萍……可是我没有听到萍的声音，回答我的只是悲伤的哭泣声。我撕心裂肺地叫着，萍……我在悲痛之中又一次昏了过去。

在那个遥远的夏季里，我失去了明亮的双眼，世界从此在我的面前变得一片黑暗。我常常处在一种凄伤的情绪里，我的耳边常常回响起萍的笑声，我开始变得沉默不语。黑暗里我常常回忆起我和萍在一起度过的快乐时光。一个周末，我突然产生了一种要到河滨公园去的渴望。我独身一人用竹竿探着路来到6路车的站牌前，仿佛看到了萍就站在我的身边。车来了，我听到乘务员那尖细的声音，慢点慢点……我被一只手拉到了车上，我把竹竿揽到怀中，伸手摸索到了头顶上的吊环。这时我听到一个女孩甜甜的声音，她说，你坐吧。我在一只手的搀扶下，在座位上坐了下来。我听到一对情人站在我的身边窃窃私语。在黑暗里，我突然看到了萍，萍在灿烂的阳光里朝我奔过来，萍奔跑的样子很像一只飞翔的鸽子，我在心里默默地叫了一声，萍……泪水就夺眶而出……

老 鼠

你又出来了是不是？我看你是存心跟我过不去呀！你他妈的我一拉灭灯你就出来给我呼啦，你呼啦，我叫你呼啦！

啪——灯又亮了。

你在哪儿？你咋不呼啦了？灯一亮你就不动了？你在哪儿？我看见你了，就在窗台上，咦，你还给我露一手了！我悄悄地摸住手边的一件东西，一扬手，啪——是啥？茶杯，没砸着老鼠倒把茶杯给砸碎了，他妈的都把我给气糊涂了！这下可好，把妻子又给搅醒了。妻子噌的一下子坐了起来，她瞪着我气呼呼地说，你还叫我睡不睡觉？

我说，老鼠。

老鼠老鼠，又是老鼠，今天夜里你弄了几回了？你看看都几点了？马上天都亮了，你都快折腾一夜了，你说还叫我睡不睡觉？

谁不让你睡了？我也想睡，我都瞌睡死了。

瞌睡你咋不睡？

我能睡得着吗？我一拉灯老鼠就出来呼啦，我能睡得着吗？

那你就不拉灯。

不拉灯我睡得着吗？你这会儿不心疼电费了是不是？

那你说咋办？你不睡也不让我睡？我明天还得上班你不知道？你想就这样让我红着眼睛没精打采地去上班吗？你想让老板炒我的鱿鱼是不是？你以为我找个工作就那么容易？

不容易你就不去！

让我在家里待着？你养活我？看你那本事！也不撒泡尿照照。有本事你做生意别赔呀，有本事你弄钱去呀，弄钱买汽车，也让我跟着你风光风光，也算我没有跟你白结一回婚，去呀，去弄钱呀！弄钱买楼，二十层，看看还有没有老鼠！

妻子说完"啪"的一下子把灯拉灭了，她气呼呼地又躺下了。我一个人坐在那里，凄伤像黑色的夜，刷的一下把我吞噬了。我日他奶奶，我还算个男人？在单位混得不像人，回到家里也受气。受人的气，受老鼠的气，我日他奶奶！

呼啦——

你又出来了不是？灯一灭你又出来了！你们在干啥？你们像马队一样在黑暗中奔跑吗？我看到你们的眼睛了！你们这些杂种！你们咯咯吱吱地在啃啥？你们在啃啥！那都是我的东西，我辛辛苦苦挣来的东西，他妈的老子做生意赔进去十二万，就落下了那几个破箱子你们还想给我啃坏是不是？他妈的你们的牙就是俺主任的心！咯吱咯吱——呼啦呼啦——你他妈的你们还有没有完，我不就是欠单位里俩钱吗？咯吱咯吱——呼啦呼啦——我受不了了——我抓住非活剥你们不可！咯吱咯吱——呼啦呼啦——我日你奶奶，老子受不了了，老子的头就要炸了！

啪——灯又亮了。

你们在哪儿？你们在哪儿？你们这些可恶的东西！我看到你们了，他妈的，你们竟敢爬到我的书架上去，我看见你们了，你们竟敢钻到我的书架里去！我非砸死你们不可！我顺手抓起一件东西，恶狠狠地砸过去。

啪——那东西把书架上仅存的一块玻璃也给砸碎了，那是一瓶墨水，在灯光里我看到那些黑色的墨水洒在了书背上，样子像一穗沉甸甸的谷子。那些老鼠也都在灯光里逃散了，只在一瞬间它们就逃得无影无踪了。

妻子"噌"的一下又坐了起来，她指着我的鼻子说，你还有完没有完？

我说，老鼠。我的头都要炸了，我受不了了！

你以为我受得了？

你受不了你走呀。

好呀，这可是你说的！我走，我走！

妻子说着就跳下床，她几乎是在一瞬间就把衣服穿好了，她气昂昂地走到门口，拉开门，她朝我吼道，离婚，我跟你离婚！说完，她"咚"的一下摔上门，不见了。

我坐在那里听着她愤怒的脚步声渐渐地消失在黑夜里。我呆呆地望着那个书架，那个落满了灰尘的书架。连我自己都说不清我有多少日子没有碰过那些书了。那些书上积满了老鼠屎。老鼠，他妈的老鼠。我突然感到疲惫，我浑身无力，我的胳膊就像被绳子捆住了一样，我的眼皮上就像吊着一只破鞋，我面前的灯光变得一片浑黄，那浑黄的灯光像水一样把我淹没了。

咯吱咯吱——呼啦呼啦——这是什么在响？是老鼠，是老鼠。我看到你们了，你们就在我的眼前，我看到你们了，你们想怎么样？你们想怎么样就怎么样吧，这个家就是你们的家，是你们的家也是我的家，呼啦呼啦……咯吱咯吱……那是什么？老鼠，到处都是老鼠……就像……黄色……的……水……老老……老鼠……

恐　惧

他们追上来了，追上来了……他一边奔跑一边想，他们就要抓住我了，他们就要抓住我了……

他在拼命地奔跑，公路两边的树都在跟着他奔跑，两边的田野在跟着他奔跑，头顶上的天空也在跟着他奔跑，一切都在跟着他奔跑。那些东西都快压得他喘不过气来了……我就要死了，让我停下来歇歇吧，我就要死了，让我停下来歇歇吧，我就要死了……可是，他们就要追上来了，他们手里拿着刀子，他们要扎死我呀……他在拼命地奔跑。

前面有灯光，灯光下是什么？那是一条铁路？是铁路，有铁路就有人了，快救我呀。可是铁路边也没有人，天这么黑，哪儿会有人？只有一座又一座房子，不，是楼，一幢又一幢的高楼。谁在喊？他们又追上来了，让我歇歇吧，我就要累死了，可是他们拿着刀子追上来了，他们要扎死我呀……

他拼命地喘息着。这是一条街道，路边上有一幢又一幢的楼房，那是什么？那是一个大门。我就要累死了，让我歇歇吧，他们就是扎死我我也不跑了，我跑不动了，让我歇歇吧……

有个人在开门，他看见我了吗？没有，有一辆汽车从大门里开出来。谁在喊？天呀，他们又追上来了，他们又追上来了，我到这个院子里躲一躲吧，我去躲躲……他趁着那辆汽车开出来的空儿，就跑进了院子里。这是哪儿？一个好大的院子，三面都是楼房，院子里还停着几辆小汽车，我到哪儿去？躲到汽车下面去吗？对，躲到汽车下面他们就找不到我了，咦，这水泥地真凉呀……他躲在汽车底下，趴在冰凉的水泥地上喘息。有个人拿着一把扫帚从一个门洞里走出来，他开始在院子里扫地，他没有看见他，他不知道汽车下面还躲着一个人。天就要亮了吧，那个拿刀子的人再也追不上我了。他的心还在咚咚地跳，太阳穴也在咚咚地跳，他想，追我的人就在大门口吗？

一个警察从楼洞里走出来了，他想，是他吗？他怎么知道我在这里？他的刀子呢？他把刀子藏在哪里了？警察朝他藏身的汽车走过来，他不敢大声喘息，他怎么知道我躲在这汽车底下？老天爷，这回我是真的没命了。他想，我还是跑吧，不能让他抓住我。他悄悄地从汽车底下爬出来，可是他一出来，就被警察看见了，警察在他的身后喊，谁？

一听警察喝问，他就哆嗦，他拔腿就往大门边跑。警察在他身后喊道，站住！

他一边跑一边想，我不能站住，我一站住就没命了。可是，他跑了几步就站住了，他看到大门被那个手拿扫帚的人堵住了，那个人对他吼道，站住！他站住了，他回头去看那个警察，警察一边朝腰里摸枪一边朝他追过来，他的头发梢儿都夯了起来，这下我可完了，我得跑，我不能就这样……他不顾一切地朝最近的楼洞跑过去。

他跑进了楼洞，一个台阶一个台阶往楼上跑，一层又一层，跑着跑着，他的腿一软，就瘫倒在了楼梯上。楼梯上传来了喊叫声和脚步声，警察追上来了，他想，我不能让他抓住，可是我往哪儿跑呢？那是啥？楼道里的窗子。就从这窗子里钻出去吧……他挣扎着爬起来，来到窗子前，可是那个窗口太小了，小得装不下他的身子。楼道里的脚步声离他越来越近，那个警察追上来了，他想，我就要没命了……

救命呀——他拼命地喊叫起来，救命呀——

那个警察手里握着枪出现在他的面前，警察的身后跟着那个手拿扫帚的人，可是他仍在不停地喊叫，他喊叫的声音惊动了很多人，有几个男人把他从楼道里拉了出来，那个警察说，不要喊，有话好好说，不要喊，我是警察！

他一下子停住了喊叫，呆呆地看着他说，你……是真的……还是假的？

那个拿扫帚的说，当然是真的。

人群里有个老太太指着警察说，他是真的，啥事你给他说。

他说，有两个警察在路上拦住了我们的车，他们拿着刀子，把我身上的钱全抢走了，他们还要扎死我，我就拼命地跑，拼命地跑……

警察说，你干啥去了？

我打工去了，给人家盖楼房，我们村里一块儿十几个人呢，我们回家过年，走到路上就被那两个警察拦住了，挣的钱都被他们抢走了，他们还要扎死我，我怕……我害怕……我要回家……

警察说，你家是哪里？

哪里？他摇摇头说，我不对你说，我不对你说，我要回家……

那个老太太说，他是吓傻了。

警察说，他肯定遇见了歹徒。

警察说着在他的面前蹲下来说，你别怕，我是真警察。起来起来，跟我去派出所，先去报案，然后再把你送回家。

不，他说，我不去派出所，我要回家……

说着，他就挣扎着站起来往外走，可是警察伸手拦住了他，警察说，你得去报案。

他说，我要回家，我要回家……

警察不再理他，警察挥了挥手，对身边的人说，帮帮我。

警察说完，就有几个男人把他架起来塞进了一辆面包车，"呱咚"一下，车门关上了。那个警察也上了车，他发动着机器，那辆面包车驶出了院子，来到了大街上。

他哆哆嗦嗦地趴在车窗前，透过车窗他看到一条陌生的街道在车外奔跑，他头顶上的警笛突然鸣叫起来，突然而来的警笛声吓得他从座位上跳起来，可是他的头撞在了车顶上。前面开车的警察回头朝他厉声地说道，老实点。他就坐在那里再也不敢动，他惊恐地张着嘴，瞪着眼，听着头顶上的警笛像针一样刺着他的耳孔，他的双手抱在胸前，哆嗦成一团，他像一条无家可归的狗在低鸣着，他嘴里不停地叫着，我要回家，我要回家……

寻 找

星期天的上午，楼下来了一个卖煤的，我就站在阳台上往下喊，哎，卖煤的。

卖煤的是位老人。老人抬头看看，把煤车停在路边上，伸手擦了一把汗，他喘了一口气说，下来吧，下来看看。

妻子说，多少钱一块呀？

卖煤的说，下来看看，相中煤了再说价。

于是我就和妻子一道儿下去看煤。煤不赖，煤块饱满而光滑，煤块上一点一点的焦煤在阳光下反射着太阳的光芒。

妻子说，多少钱一块？

卖煤的老人说，人家啥价咱啥价，还是一毛二。

妻子说，好烧吗？

老人说，不好烧不要钱。

我说，说实话好不好烧？

卖煤的老人脸就红了，他咽了一口唾沫说，我活这么大年纪没给谁说过瞎话，我每拉一车煤都要先在煤场试一块，不好烧我就不拉。老人消瘦的脸上满是皱纹，皱纹里积满了灰尘，看上去他的脸似乎从来都没有洗干净过。

妻子看他生气了，就说，不是不信你，上一次买的煤就不好烧，可卖煤的偏说他的煤好烧。

老人说，人跟人不一样。

妻子说，那是那是，看你也不会骗人。俺怕万一不好烧，再从五楼上搬下来不容易。

那样吧，老人说，要是不放心，就先给我一半的钱，要是不好烧，还是我的煤。

就这样讲定了。可卸煤的时候又有了问题，老人说，咱说到明处，搬到五楼一块给我加一分钱。

我说加就加吧，一车煤搬到五楼也不容易。我安排妻子给老人倒上茶水、放上烟，而后就去书房忙我的，我在赶写一份材料。我在书房不断地听到老人的脚步声进屋来，那脚步很重，踏、踏、踏……同时伴着粗重的喘息，就有些坐不住了。等老人又一次搬煤上来的时候，我就走出来。我看到那些煤块被老人码在一个方板上，齐齐的一排贴在他的胸口上，由一楼搬到五楼，老人的腰都弯了，大滴大滴的汗珠从老人的脸上流下来。论年龄，他能做我的父辈，我怎能忍心看着他这样一趟一趟地搬下去？等他走后，我就对妻子说，我去帮他搬吧。

妻子说，你帮他算老几，你去搬咋给他算钱？你去搬说不定他还不高兴。

想想妻子说得也是，我就又回到书房里去写材料。等老人卸完了煤，妻子就先拿给他一半的钱。老人说，先给个整数吧，给五十，余下的过两天我再来。

妻子说，讲好的先给一半嘛，要是这煤不好烧我咋办？

老人说，好烧，真的好烧，我这么大年纪，骗你不是人。

我说，就先给他五十吧。妻子白我一眼，但最后还是先给了他五十元。当天我们就烧那煤，那煤果然好烧，妻子很高兴，说，这老头儿的煤真好烧。过了两天，到中午做饭的时候，上面那块煤怎么也不起火。妻子就生气了，这个老头儿，骗人，这样的煤咋烧？正说着，有人敲门，开门一看，竟是那老头儿，显然，他是来拿钱的。妻子劈头就说，你这老头儿咋骗人？你弄的是啥煤？

老人的脸刷地一下就灰了，声音也发颤。他说，咋了？不好烧？我那煤好烧呀。

妻子生气地说，好不好烧你自己过来看吧。

老人就过来看煤，看着炉子上瞎红瞎红的煤块老人颓丧地说，不一定哪一块，正赶上煤底了。

妻子说，咋恁正好，正好赶上煤底了？

老人就不言语，慌忙从屋里退出来，到门口他说，再烧烧看，真的，不一定哪一块，赶上煤底了。老人立在门前，好像一个做了错事的孩子，他低着头内疚地说，再烧两天看，要是真不好烧，我就拉走。老人说完就转身下楼了。

又烧了几天，果然让老人说中了，不好烧的就那么一块，妻子也渐渐地高兴起来。妻子说，那老头儿一看就不会骗人。过几天妻子又说，他也该来拿钱了。可是从那天起，我们就再也没有见过那位老人。起初我总认为他会来，就对妻子说，他会来的，他拉一车煤才赚几个钱？

我们就一直等着，一直等到那一车煤都烧完了，一直等到冬季来临，老人也没有出现。这样一件小事倒成了我的心病，老人搬煤的样子老在我的面前晃动，使我不能平静。我对妻子说，老人挣俩钱不容易，可他咋不来拿钱了呢？

妻子说，他不来我有啥办法？

停了一会儿我又说，要不我去找找看吧。

妻子说，这么多人，你去哪儿找？

我说，人多，这一片打煤的煤场总有数的吧？

妻子说，那你去吧，把钱给他咱也心静了。

在冬季来临的时候，我骑着车子在我所居住的这座北方小城的大街小巷去寻找那位卖煤的老人。可是我找遍了所有打煤球的煤场，问了许许多多卖煤的人，也没有找到那位老人。他到哪儿去了呢？回他农村老家去了吗？那几张十元钱的钞票都快被我捏出汗来了，可是，我始终没有找到那位面容消瘦的老人。那位实在忠厚的老人，在这个嘈杂的城市里消失了。

号 叫

武善说，军他妈，你疼你就哭吧。

呀——我疼呀——咦——疼呀——

武善说，你疼你就喊吧。

呀——我受不了了——

武善说，受不了你就喊吧，这样会好一些。

咦——叫我死吧，老天爷，叫我死吧——

军他妈痛苦的号叫声从屋子里传出来，像夏季夜晚里的热风在镇子里的街道上吹来吹去，像明亮的月光一样穿过树冠把街面打得斑斑驳驳，焦虑和痛苦如同汗珠一样被那个老女人的号叫声挤出来在身上流淌。夏夜在街道里睡觉的人都被这突来的号叫声吓呆了，人们往武善家的门前拢过去，他们隔着门窗看到那个瘦弱的被疾病折磨得死去活来的老女人。

有人说，武善，把她抬出来吧，街上有风。

武善就在众人的帮助下，把那女人躺着的兜床抬到街面上，他们连同她的号叫声也一起抬到月光里，那痛苦不堪的号叫声在寂静的夏夜里传得更远。老女人的号叫声使人们忘记了连绵不断的蝉鸣。男人们在那号叫声中默默地抽烟，女人们在那号叫声中悄悄地为男人们捶背。女人最后终于忍不住还是问男人，到底是啥病？

男人说，肠癌。男人说完就长长地叹了一口气，医生说没有几天的活头了，唉，这人……

女人说，武善婶子这一辈子，真是，没享过一天福。

是呀，年轻的时候带一群孩子，家里一把地里一把，没明没黑地干，现在孩子都大了……

女人说，咱成亲的时候武善婶子还年轻，一人能推动全家的石磨。你看，一转眼她就老成这个样子，还得了这种病。

在那个闷热的夏夜里，那个老女人痛苦的号叫声一直持续了很久，人们就在那痛苦的号叫声中呆坐着，悄悄地回忆有关那个女人的一些陈旧的往事，可是没有人能记起有关这个女人的一些事件的细节。她的往事、她所走过的路、在人们的记忆里模模糊糊，如月光下的树影。那天夜里许多男人和女人因为那个女人痛苦的喊叫声而久久不能入眠。到了白天，那个女人平静下来，她就躺在自家门前的老槐树下，睁着一双塌陷的眼睛，望着街上来来往往的行人。可是一到晚上，她就疼痛难忍。

武善说，军他妈，你疼你就哭吧。

呀——我疼呀——咦——我疼——

武善说，你疼你就喊吧。

呀——我受不了啦——

武善说，受不了就喊吧，这样会好一些。

咦——叫我死吧，老天爷，叫我死吧——

街坊邻居都浸泡在她痛苦的号叫声中。

女人说，武善婶子一辈子都没个大言语，连抬杠都不会。

男人说，是呀，好人。憋了一辈子，让她叫吧。

那个老女人的号叫声一声连一声，像无边无际的痛苦把人们浸泡在里面，那痛苦一直渗透到他们的皮肤里，渗进了他们的血液里和骨骼里。那痛苦的号叫声一夜接一夜地响起来，把人们的神经都锉钝了。他们在闷热的夏夜里，在痛苦的号叫声中慢慢地入睡，他们渐渐地适应了这痛苦而无助的呐喊，他们对这痛苦的呐喊渐渐感到亲切，并产生了一种依赖的心理。那个老女人的号叫声一直这样持续到秋季来临的日子。有一夜，那老女人的喊叫声突然消失了，人们坐在街道里等待着那号叫声响起来，然后在那痛苦声中慢慢地入睡。可是，在那个秋季来临的日子里，那喊叫声始终再也没有响起来。

女人说，咋啦？咋不叫了？

男人说，死了。

突来的空寂使人们惊恐不安，在那个闷热的夜晚里，在没有痛苦的号叫声里，人们翻来覆去睡不着。他们在焦躁里回想着那痛不欲生的号叫声，这样一直到东方发亮。

阳　光

　　那是啥在晃？树。村庄。田野。奔跑的羊群。一切都在晃。不，不是，是阳光在晃。你看，爹，多好的阳光呀，娘，你看呀，地里到处都是阳光，金黄色的阳光。秋天吗？爹，是秋天。爹，那个赶牛耕地的是你吗？娘，那个在河里洗衣服的是你吗？咚……咚……河道里传来了棒槌捶打衣服的声音，阳光在河水里一晃一晃地映照着他的眼睛。妈妈，你看，河水里的阳光在晃……可是那声音为啥离我越来越远，阳光也越来越暗淡？

　　一个声音在他的耳边响起来，他醒了，爸醒了。

　　他慢慢地睁开眼睛，他看到了医生，那个戴着眼镜的医生，还有他的女儿和儿子。老伴驼驼的背在他的眼前晃了一下就被医生那白色的大褂挡住了。医生说，他醒过来了，让他好好地休息，你们都先出去吧。

　　他们都走了，连医生也走了。我这是在哪儿？白色的墙壁，吊针。在给我打针吗？是的，这是医院。我生病了吗？我怎么突然间就病了？我的腿在哪儿？我的胳膊在哪儿？我咋会啥都没有了？那是啥？那是窗子。那明晃晃的是啥东西？是阳光，阳光从窗子里穿过来了，你看，照住对面的那张床上。床边的茶几上放的是啥东西？一把花儿，一把桃花，是桃花。哦，我想起来了，是桃花。春天，春天，阳光下的春天，我要到外面去。来人呀，让我到阳光里去，来人呀，把我移到窗子下的那个床上去吧，我想看看阳光，我想让阳光照照我，我想让阳光照照我，多么温暖的阳光……

　　他听到了脚步声，他看到有一个人朝他走过来，那个人在他的床边站住了。那个人看着他说，你醒了？你不要说话，你不能说话，你的鼻子里还插着吸氧管呢，你不要说话。老丙，我是炳灿呀，认出来了吗？我就在那边的床上住，我都在这儿住了快半年了，你忘了，我初住院的时候你还来看过我，想起来没有？你没事儿，昨天你进院的时候昏迷不醒，谁知病房里又没有床位。那会儿正好我出去，你老婆都急哭了。我说哭啥，在我房间里加张床。医生说，这中吗？我说有啥不中的，我说你知道我们是啥关系吗？我们从小就是光屁股一块儿长大的，又一个学校一个班上学，参加工作还在一个单位，我们是一辈子的老同事了，加张床有啥？这是我们的缘分。我这样一说，他们就让你住下来了。老丙，你累了吧？你看，我给你说这些干啥？好好休息，你放心，这是高干病房，条件好，你就好好地治病吧，医疗费你放心，有我在你不要怕……你看，我给你说这些干啥？我就在对面的床上，你好好地休息，我过去了。

他过去了，处长过去了。处长，他总是在阳光里。他的床在阳光里，他的课桌在阳光里。从小学到大学，他的课桌总是在阳光里。这多么不公平呀！王炳灿！你是班长，是不是，你怎么老是班长呢？你为啥老是坐在有阳光的窗子下呢？我为啥老是坐在墙角里呢？王炳灿！有一天我一定要坐到窗下的阳光里去！一定！你的办公桌又放到阳光里去了，我坐在门边看着你在阳光里伸懒腰，一年又一年，你总是在阳光里。我啥时候才能坐到有阳光的窗台前办公呢？我想总有一天，我会的。可是，你看看，你总在阳光里，就连现在的病床也是这样，阳光照着你，可我却躺在阴暗里，阳光啥时候才能照到我这儿来呢？我啥时候才能像你一样躺在有阳光的窗子下呢？王炳灿！等到你离开这个世界吗？你看，多好的阳光呀，可是阳光离我却是这样的遥远……有人走进来了，是谁来了……

一个男人说，王处长，你看书呀？处长说，哎呀，是小陈呀，你们小两口怎么来了？哎，看看，来就来了，还拿东西干啥？一个女人说，让你补补身子嘛。早就说来看你……处长说，忙，都忙，小陈不是来过几次了吗。哎，你们看，那个床上躺的是谁。一个男人说，那是谁？处长说，那是老丙。那个男人说，老丙，李丙堂吗？处长说，是他，小声点，他睡着了。那个男人说，听说他病了，没想到他也住进了高干病房。那个女人说，这还不是因为王处长……处长说，哎，不要这样说，我们俩从小一块儿长大，又是多年的同事。那个男人说，是呀，你们的关系单位里谁不知道？老丙可真是好福气，这辈子碰到你这样的好领导，真是好福气，连生病也能跟着你住进高干病房。

冷，我冷。王炳灿，你是一棵大树吗？我总是在你的树荫下吗？你看，别人都在看着我，看着我头顶上的这棵大树，好稠密的树叶呀，遮得连一点阳光都照不下来。我冷呀，我是谁？我的胳膊呢？我的腿呢？你看，那阳光多么的温暖，可是那阳光总是离我这么远，那阳光总是在别人的课桌上，那阳光总是在别人的办公桌上，那阳光总是在别人的病床上。不，不，我也要阳光，我要阳光。冷呀，为啥这样冷，阳光，你在哪儿，快来给我温暖吧。阳光，你在哪儿？你就在我的面前，你就在窗子的外边，你就在那院子里，可是你总是离我这么遥远。不，我要找到你，我要回到你的怀抱里去。爹，你看阳光下的土地，你刚刚犁出来的土地正在映射着太阳的光芒呀；娘，你看，你看河水在波动，河水也在映射着太阳的光芒呀，娘。我要到阳光里去，可是我的胳膊在哪儿？我的腿在哪儿？阳光……

他突然从床上坐了起来，他不知道自己为啥会突然从床上坐了起来，他不知道从哪儿来的力量，他伸手拔掉了手背子上的针头，拔掉了鼻子上的吸氧管。

他这突来的动作把那几个人都给吓愣了，他听到一个声音说，老丙……

他没有理会那个声音，而是从床上下来，蹒跚着往外走。他听到了身后有一个声音在喊叫，可是那声音在他听来一点都不真实，那声音像风一样从他的耳边吹过。他就那样沿着走廊往外走，最后来到了院子里，他看到明晃晃的一片，可他不知道那是什么。他站在那里犹豫了一下，最后他还是朝那片明晃晃的世界里走去，一走进那个世界，他就感到了温暖。他的头一阵眩晕，就跌倒在地上。在他躺下去的时候，他突然明白过来，那明晃晃的东西就是他所渴望的阳光。

画　像

十多年前，我在故乡的小学里任教，同院里住着一位性情非常古怪的老木工。

这老人形象非常好，宽额银发，所以我常常以他为模特儿画几笔写生。他也挺乐意，一反往常的冷脸儿，对我乐呵呵地说笑，又拿烟又敬茶。开始画时，他又变得格外呆板，头一动也不动，粗糙的双手放在膝盖上。我告诉他放松一些，这样画不出神来，可他越发变得木然。没办法，我就和他拉家常。一拉家常，他便来了兴致，山南海北地给我讲起来：怎样在胡宗南手下当兵，怎样在小兴安岭伐木，怎样在华山寺院里做木工……我发现他并不是木头疙瘩，也不那么古怪。他觉得理解他的人太少，世上又没有亲人，因而他就变得少言寡语了。只是他有个毛病，要吐又脏又浓的痰，真是让人受不了。我感到恶心，可又舍不得这么好的模特儿，又不好意思画个半截就停下来走开。于是每次只好画到妻子叫我吃饭的时候为止。

那时正好是冬天，天很冷，可老人每天晚上都不动炊。问他，说是不想吃，实际是懒得动手做。妻子是个善良的农家女，看着老人不进口热汤心里挺难受，就让我端碗热饭送过去。有次一时腾不开，我把饭碗放在他那里，第二天，等把那碗拿回来，我用热水洗了几遍仍觉得不干净。

老人重感情，你敬他一尺，他便敬你一丈，他绝不会白白吃你的东西。因而他也常常给我儿子送些果子饼干之类的甜食。那果子不知是谁送给他的，他一直放着，不舍得吃。打开后，匣里的果子已经生了虫。但他一片好意，也只好收下。可收下又没人吃，一次一次地放到角落里。放得久了，就成了心病，于是我便悄悄用纸包了拿着丢进粪池里。

　　一天，我把上了彩的素描画像给老人送去，走进屋里，他正抱着头坐在凳子上。我喊他，他一惊，抬起头来，我看到他眼里湿漉漉的，不知为什么而伤感。我把画像递给他，以求他的欢心，可他连看也不看，就把画像放到凳子上，仍木然地坐着。我心里很不安，回到家里，就同妻子说了送画的事。妻子忽然想起了什么，她说清晨赶集回来时，看到老人在粪池里用铁锹扒着什么看，是不是……我心里一惊，忙跑到粪池边，看到那些果子都还在冰冻的水面上，我的脸顿时就热辣辣的。

　　后来，我很长时间没敢和他照面。有一次我去粪池边倒垃圾，在一堆新倒的禾灰里，我看到了一些烧剩的纸片。我细细辨认那上面的线条，原来是我给老人的画像，他烧了。我心里疼痛难忍，感到有一种永远也卸不下的缺憾和内疚。

复 苏

他有些驼背的身子不安地在写字台前踱来踱去，可他的眼睛却没有离开写字台上的那张晚报。那张本地当日的晚报仿佛一条吐着毒芯的蛇，使他感到有一种无形的恐惧在威慑着他。

春天的脚步已经登上了他家的阳台。那些月季、牡丹都钻出了嫩绿的叶芽，把整个春天的气息灌满了这所房子。然而他却感觉到了时光仿佛接近了深秋，寒霜已经浸透了叶柄，单等一阵"飕飕"的朔风。

门外传来上楼的脚步声，是那样的欢快。儿子。他一听脚步声就知道是儿子回来了，他在沙发上坐了下来。门开了，儿子穿着一件咖啡色斜插袋式大衣，乳白色的西装里露出橘红色的领带，加上一双黑亮的皮鞋，潇洒而稳重。这奇怪的遗传基因！当年，他大学毕业分到本市这家最大的医院里工作的时候，也同儿子一样觉得生活充满阳光。

"爸，晚报您看过了？"

"嗯。"

"这回您该相信我的观点了吧。劳动是最好的良药，能医治百病。"

"你有什么理论根据？"

"根据？还要什么根据？难道范长生不是事实？他二十四年前得了癌症，可他却没有死，一直活到现在，而且身体非常强壮！难道连您这个癌症专家，也不承认这个事实？"

他知道一场论战不可避免了。是的，他承认范长生生存下来是个奇迹，可为什么会发生这样的奇迹呢？那个身材瘦削面黄肌瘦的范长生，又一次出现在他的脑海里。他认识他，而且常常会在梦中见到他。1960年秋季的一天，在来到这所医院里的第一天，他就碰到了那个聪明能干的锅炉工同一个年轻漂亮的护士在一起。因为那个漂亮的女护士，范长生瘦黄的面孔就深深地刻在了他的记忆里了。

"不错，这是事实。但有些偶然的事实毕竟不是科学。这里如果掺和了人的感情，人的欲望，奇迹就会出现的。你还年轻，这些你还不懂。"

"您否认这件事实本身的科学根据？那当年是谁得出范长生患的是肝癌的结论的？是谁？是您！难道当年的 X 光透视不是科学？您为了您那篇关于癌症论著的最基本观点，就否认这是事实吗？"

他感到有点口渴，而且那焦渴是从心里滋生出来的。他不想同儿子争论，他把头倚在沙发背上，长长地出了一口气。这时门又开了，儿子转过身，一看到母亲，他就从愤懑的情绪里解脱出来。儿子说："妈，您回来得正好。报纸您看过了？"

儿子看母亲点点头，又接着说："这下好了，您可以作证了。当年您和爸爸一起工作，那个锅炉工得癌症的事您是知道的。可爸爸就是不赞同我的这篇报道，我们总编今天还特意让我回来听听爸爸对这件事的看法呢，可他……"

他微微地张开眼睛，望了他们一眼，说："见秋，你不要听他胡说。"

"妈，您看，我这怎么是胡说呢？"

母亲的神情异常激动，她的手有些发抖，声音也颤颤的："老路，我太高兴了，没想到他还活着。"说着，她的眼里忍不住流出了泪水。她放下提兜，走到柜子前，掏出钥匙打开柜子，从里面取出一个旧式的小匣子。她从匣子里取出一张发黄的照片，递给儿子。儿子仔细地辨认着："哎，妈，这不是您吗？这个……这个是范长生！哦，原来你们早就认识？"儿子吃惊地睁大眼睛。

"是的。你看，前面坐着的这个是长生他爹，是我的救命恩人。你姥爷当年在太行山上牺牲后，我就是在他的身边长大的……"

她说完，回头看着他说："老路，我们应该把长生接来，你们快有二十年没有见过面了……"

他的心像被刺了一下，他猛地站了起来，脸色有些愠怒："见秋，我知道，这些年来，你心里一直装着他……这二十多年来，我错待过你吗？

我为了你，为了孩子们，我把自己当成一头牛……"

"爸爸，您既然为了妈妈，我们就应该把范叔叔接来，他们既然有这层关系，这二十多年来，妈妈心里一定很苦。我们应该把这个痛苦了结了。"

"好了，你别说了。"

"我就要说，您要是为了我，您就应该承认范长生这个事实，不要再顾自己的脸面了。"

"什么脸面，事到如今，我还要什么脸面？"

"老路，你今天怎么了？"

"我什么也没有！"路来笑像一头发怒的狮子，而后他却"嘿嘿"地冷笑着，"我告诉你们，这不是什么奇迹，当初，当初……"他没有勇气说下去，他像一个泄气的皮球，倒在沙发里。

她突然明白了丈夫话里的含义，她看着面前这个熟悉而陌生的人，好像不敢正视他一样，她突然捂住了自己的脸，跑到里间去了。

儿子也明白了父亲要说什么，他用惊恐的目光看着他，慢慢地退到阳台上去了。

等 待

周围静极了，只有他"咚咚"的脚步声。太阳就要沉下去，漫天的霞光射下来，把他蓝色的衣裤烘烤成淡黄色。突然，脚步声消失了。

树叶晃动的影子斑斑驳驳地投到黄土垛成的墙壁上，房前的空地上长满了地锦草和青蒿，它们蛮横地在他的视线里伸展着，眼前的一切都是金色的，连空气也是。时间静止了，只有心在跳。他屏住气，几步闪过那堵被风雨刷洗得沧桑的壁墙，眼前的情景让他惊呆了：家门没了！一块块土坯把他曾经进出的门口堵住了，只有接近地面的地方有一个光滑的洞口。顿时，一股冰凉的气息从那洞口里透出来，一下子钻到他的心里去。"咚——"他背上的被卷掉下来，在地上打个滚儿，不动了。被卷上印着的"劳改——064"字样像一双眼睛在下面看着他。他浑身的骨骼酥软了，泪水从眼睛里挤出来，他茫然地站在那里。

"嘻嘻嘻……"一个熟悉的声音从他的耳边响起来。小喜鹊，是你吗？是你……你还像两年前那样漂亮……你还在等我吗？我日日夜夜都在想着你……他身上的血一热，把双手伸出去。然而，那身影突然间就不见了。他抹了一把眼泪，眼前仍是他荒凉的家。"她到底还是走了……"他喃喃地说。

"汪汪汪……"又一个熟悉的声音在他的耳边响起来。我的小黑，是你吗？你回来了……你浑身的皮毛还像两年前那样放着幽亮的光……你没有抛弃我，我的小黑！他身上的血一热，就把双手伸出去，然而，那小黑狗也不见了。他喃喃地说："它也走了。"

他在被卷上坐下来，无力地掏出一根烟燃着，静静地吸着。清白的烟气在他的眼前鬼魂似的荡悠，他呆呆地望着前面的墙，四周静得瘆人。他这样坐了一会儿，还是朝门口走去，伸出手，把堵门的土坯一块一块地抽下来。一股股潮湿发霉的气味从屋里荡出来，一丝丝带血的霞光挤进去。他扒到半截，仔细地朝屋里瞅，屋子里空荡荡的。他突然看到后墙的灰暗里有两点淡绿的光点，他不由得叫了一声，浑身的汗毛参了一下，只见那光点"呼"的一下升高了，接着飞快地朝外射来。

他惊慌地朝后退着，目光盯着门洞，他看到那个光滑的洞口里蹿出一条狗来。那狗"汪汪汪"地恶叫着，朝他扑过来，一下子就咬住了他的裤脚，他的心都提到了嗓子眼里，本能地朝那狗踢过去。那狗"嗷嗷"地叫着滚出去五尺多远，接着更凶地狂叫着，腿弓着，龇着牙，准备再扑过来。

"疯狗——"他惊恐地叫了一声，连连后退，盯着看它。这是一条什么样的狗呀，浑身的黑毛参着，腹腔深深地陷下去，一根根肋骨显露着。那狗也看着他，突然，那狗放松了进攻的架势。它晃了一下沉重的脑袋，双腿朝前一伸，卧下来，把头架在前腿上，两个淡绿色的光点消失了，变成了两汪泪水。它嘴里不停地"呜呜"地叫，像一个无家可归的孩子。他愣住了，这不是他的小黑吗？

他朝前奔了两步，小黑也摆着尾巴迎上来。他跪下去，把它抱在怀里，哆嗦着手抚摸着它那只剩下一把骨头的身子，一股热流涌遍全身，泪水又一次润满了他的眼眶。

光

天热，四面像垒起了壁炉又燃着了火。空气热辣辣地灌进人们的肺腑里，浑身都浸出汗来。没有风，只有女人手里芭蕉扇的呼哒声。男人们没有耐性等待黄昏的来临，早已下到洒满阳光的颍河，让身子淹没在表层温热的河水里。然而，码头东边却静悄悄的，那里是女人们的浴场。但是，女人需要黄昏，黄昏可以把她们赤裸裸的身子裹起来。

黄昏终于降临了。女人们从杂务里挣脱出来，开始踏着渐渐浓上来的夜色，三三两两说笑着去晚浴。

顺子坐在院子里，等着鲜花来相会。焦渴的等待使他心情沉闷。这时，街道里传来姑娘们的说笑声。"鲜花，快点儿。"街道里的叫声仿佛就是喊给顺子听的，顺子心头一热，忙把手里的白衬衫穿上。可是还没有来得及扣完扣子，他的心又凉了。那群女孩的脚步声从街道里走过去，渐渐朝河边去了。顺子站在门边，身上的汗珠小虫一样朝下爬。他生气地把衬衫脱下来，甩在绳子上。这个鲜花！顺子恨恨地想，你说的话都忘了？

夜幕上来了，河道上的天空变得灰蓝而沉重，低低地压下来，像一只锅盖捂着蒸发的热浪。顺子高一脚低一脚走到码头西边，在烫脚的石块上坐下来，一边脱着裤头一边想着鲜花光着身子下到水里的样子。不由得往码头东边看一眼，朦胧的河面上是一片女人们的身影。顺子小心翼翼地走过稀泥盖着砂姜的河滩，来到了河水里，他穿过浮在水面上熙熙攘攘的男人，朝河心里去。在颍河镇上，顺子的水性同他爷爷一样有名。顺子的爷爷能端着酒壶一边饮酒一边游过满潮的河水，顺子能一手提着头发把小半个身子浮出水面来。但顺子最拿手的是扎猛子，他一下能扎出去十几米远。

现在急流已经淹过了顺子的胸脯，他的脚尖踮着河底，极力想把身子稳住。他一撅屁股，一头扎进了河水里，男人们的哈哈声和女人们的嬉笑声都消失了。等顺子钻出水面时，人已经来到深水里，对岸灰黑的河堤迅速地往后退去，顺子本想一口气游过河去，可是才划了几下，他就改变了主意。顺子折回来，一个猛子扎下去，憋着气往前游着，一直游到胸口发闷，顺子正准备浮出水面时，他的手却碰到了一条人腿。顺子慌忙钻出水面，他听到一个女孩的惊叫声。顺子心里一惊，等站稳了，河水才到他的胸口，他抹了一下脸上的水，眼前却是一片朦胧的女人，那个女孩的惊叫声引来了一阵混乱。

"谁？"一个粗嗓门的女人问道。

顺子顺口回了一声："我。"

"是顺子。"顺子听出来，那是鲜花的声音。

"不要脸的！打他狗娘养的！"一个女人骂道。顺子还没有弄明白，就被几个裸臂的妇女围在里面，尖利的指甲朝他身上挖过来。顺子感到钻心的痛。

"顺子，走呀。"顺子被鲜花的声音唤醒了，他惊慌地从女人的胳膊下钻出去，匆匆地蹚着河水来到岸上，朝码头西边跑。稀泥下的砂姜硌得他的脚生痛，可他刚跑到码头的西边，一阵稀泥和沙砾从河里朝他砸过来，男人们喊叫着："砸，砸他个鳖儿！"

顺子双手捂着脸僵着身子站在那里，任凭夹杂着辱骂的稀泥和沙砾从他的身前和身后砸过来。那一刻，顺子感到了绝望。不知道过了多久，立在用沙石组成的雨点里的顺子，突然听到了从河岸上传来了林涛的呼啸声。一阵狂风卷着岸边的黄沙，像黑色的乌云压过来，铜钱大的雨点击打在水面上，发出骇人的声响。在河里洗澡的人们惊慌了，他们停住了投向顺子的沙石，喊叫着爬上岸来，在码头上拥挤着，却找不到自己的衣裤。人们木了片刻，才明白过来，他们的衣服全被突然而来的狂风卷到河里去了。码头上漆黑一团，一道闪电刺下来，把河道里照得通亮。顺子看到那群赤身裸体的男人和女人，拥挤在码头上，慌乱地往岸上逃去。

"救命呀——救命呀——"

突然，河水里传来一个女人的呼救声，奔跑的人群停住了，他们仿佛都被突来的雷雨吓住了，呼救的声音传过来，那片人成了一群塑像，没有一个人动。

"救命呀——救命呀——"

顺子也听到了喊叫声，他迟疑了一下，但还是飞快地朝河水里跑去，脚下的砂姜硌着他的脚，泥浆在他的脚下溅出很远。他扑到河水里，等他游到那个呼叫的女孩面前，看到河水才淹过她的胸口，那女孩是被突然而来的暴雨给吓傻了。

顺子抓住那女孩的胳膊，那个吓傻的女孩一下子抱住了顺子，顺子想推开她，却怎么也推不掉，他只好抱着她往岸上去。一道闪电划过来，照亮了抱着女孩的顺子，顺子感到那闪电仿佛无数双眼睛在盯着他，他的手一哆嗦，怀里的女孩下到了地上，顺子推开那个女孩便夺路而逃。顺子想重新回到河水里去，可是他的脚下一滑，摔倒了，他从码头上一直滚到了河底，头撞在了石磙上。

人们朝躺在泥水里的顺子拥过去。又一道闪电从空中闪过。人们看到鲜血从顺子的头上流出来，在闪电里，那血是那样的刺眼。

红月亮

日头偏西的时候，他俩来到了要去的村子。

就是这吗？秀儿问。

就这。

突然，他看到了他大姨。大姨驼着背立在颍河大堤上，风从河道里吹过来，抚扬着她的衣襟和花白的头发，发出呼哒呼哒的响声。

走呀。秀儿拉了他一把。他怔了怔，擦擦眼，大姨的身影不见了。他说，我刚才看见大姨了。

在哪儿？

又不见了。

秀儿屏着气，顺着他的目光看过去。大堤下的村子悄悄地淹没在傍晚的霞光里，叶子在霞光里改变了颜色，树木和房屋投下暗影来，整个村子就像一片迷荡着红光的海底，仿佛隐藏着许多的秘密。颍河大堤平展展的，堤边的柳丛齐展展地伸向远方。近处的河道里没有船，一切仿佛都是静止的，没有声音，有些让人发慌。秀儿把目光收回来，说，你讲的都是真的？

我啥时候骗过你？

要不咱不去了吧，我害怕。

怕啥，那是我的幻觉。我每次来都看到大姨在那路口站着，可这次没有。

我真有点怕了，四平。

秀儿抓住了四平的胳膊，她汗津津的手渗出许多热气来。

别怕。再说，不是你自己坚持要来的吗？

秀儿颤颤的手摸着四平胸上的衣兜，但她的眼睛仍盯着村子的路口。她说，她相信吗？

相信。每次我都这样写好，再给她读。

这次可是我写的。

你写的她更信，因为你是女人，女人更懂得女人的心。

汪汪汪……

村子里突然传来一阵狗叫，四平心里颤了一下说，走吧。

四平没等秀儿说话，就挽着秀儿的手，一同朝前走。

表姐当年就是从这儿走的吗？

对，就是从这儿坐船过的河，那时大姨的眼还看得见。

他俩来到入村的路口前，站在高高的国防大堤上，就能把村子里的土道看出去很远。他们沿着堤坡走下去，就像两尾鱼，悄无声息地游进了深深的海水里。

表姐真的死了？

这事能开玩笑？十年了。

大姨真不知道表姐已经死了？

真不知道。要不她还会摸索着到大堤上去，坐在那儿守着？

她不是看不见吗？

她看得见的，用心。

听四平这样说，秀儿抓四平胳膊的手攥得更紧了。村道上已经没有霞光，路两边全是一些蒙了灰尘的砖房子，红墙灰瓦，门前大都带着一个小小的出厦。出厦的木柱都被染成了枣红色，样子很土气。有的院子前还生着一片茂密而旺盛的青竹，有的竹身探下来，把枝叶伸到路上来。有的院子里横倒着几棵粗大的老柳树，久远而寂静的样子。他们走不到百米，来到了一个比较宽敞的十字路口。在那里，秀儿看到了几个老人和一群孩子。几个老人一排蹲在一张桌子的后面，那张桌子摆在路的中心，桌上放着几盒花花绿绿的纸烟和几包方便面，还有一塑料袋水果糖。她想，这或许就是村子里的贸易中心了。秀儿看到靠近桌子的是一位赤臂老汉，他手里摇着一把包了蓝边的旧蒲扇。那些孩子则都是一丝不挂，他们光着屁股在桌子不远的地方跑来跑去。那些泥塑一样的人，在发现了他们之后，都停下来，一动不动地看着秀儿和四平。孩子们的眼睛黑而大，圆圆的瞳孔像按上去的扣子，他们的目光在秀儿那紫色的连衣裙和细细的白腿肚子上扫来扫去。

那个手拿蒲扇的老汉突然站起来。他说，来了来了，这不是她家的外甥吗？

另一个老汉附和着，就是他，小名叫四平。

手拿蒲扇的老汉挥了挥手里的蒲扇对那群孩子说，快喊快喊，月儿回来了。

那群光屁股孩子们一下子跳起来，嘴里都喊叫起来，回来了，回来了，月儿回来了……

接着，他们争先恐后地喊着朝南跑，在他们的身后，荡起了一股黄尘。那黄尘朝他们荡过来，秀儿忙掏出手帕捂在鼻子上，另一只手在脸前不停地扇着。

是月儿？手拿蒲扇的老汉摇着扇子问道。

四平说，不是的，我表姐的事你们知道。

就是就是。那群老汉应和道。他们似乎有些发愁，他们一同看着手拿蒲扇的老汉。

老汉说，就算月儿回来了。

众老汉明白了他的意思，都说，对对对，就算月儿回来了。

手拿蒲扇的老汉看着秀儿说，委屈你一回了，不然，四平他大姨就没救了。

秀儿的脸色陡地变得蜡黄，她不知说什么好，只是呆呆地望着四平。孩子们荡起的尘土渐渐地落下去。就在这时，他们听到孩子们的喊叫声又回来了，月儿回来了——月儿回来了——

他们俩转过身来，只见那几个光屁股小孩后面跟着一群女人，她们身上的衣衫全被汗水浸透了。那些女人围过来，看着站在四平身边的秀儿，吃惊地睁大了眼睛。

拿蒲扇的老人看着她们说，就算月儿回来了。

老人说完又对秀儿说，闺女，就委屈你一回。

那群女人明白过来，她们齐声朝秀儿说，就委屈你一回。

看着那群汗淋淋的女人，秀儿十分紧张，她一手捉住四平的胳膊说，不，不……

拿蒲扇的老人说，四平，你劝劝她，不然你大姨就没救了。

一个妇女跟着说，对，劝劝她。

可是还没等四平说话，就有几个妇女走过来，拉着秀儿的手说，委屈你一回。

说完，她们就拥着秀儿朝南走。男人们愣了愣，有人接过四平的挂包，也拥着跟过去。脚步荡起的黄尘四处飞扬。他们一群人穿过一条胡同，又走过一片小树林，来到一个院子里，杂乱的脚步就止了。秀儿定眼望去，只见一个巨大的树荫里，放着一张小木床，木床上躺着一位头发灰白的老妇。一个妇女走过去，弯腰在老人的耳边悄悄地说，二奶，二奶，月儿回来了，月儿回来了。

月儿……月儿……

秀儿听到了一个微弱的声音，那声音断断续续地重复着一个字：月儿。

那个妇女说，二奶，月儿真的回来了，真的，你看。

秀儿看到躺在床上的老妇动了动，接着，她竟慢慢地挣扎着坐了起来。她光着背，松了皮的奶子瘪秕瘪秕地贴在满是横纹的胸口上；她胸前的肋骨一根一根地暴着，肩上的锁骨坑深深地陷下去；她睁着两只浑黄的眼睛，干柴似的右手里握着一个镰刀大小的木月牙儿，嘴里不停地叫着，月儿……

大姨。四平走过去，他伸手扶住老妇说，大姨，我表姐回来了。

月儿……

老妇艰难地抬起双手，把那个摸得光滑的月牙儿抬起来，放在自己的跟前望着。四平的心一阵刺痛，那月牙儿是大姨的眼睛瞎了之后，用剪刀一点点地剜出来的。

月儿……她……在哪儿……

她来了。

四平回头招呼着秀儿，过来。

秀儿被两个女人搀扶着走过去，大姨那树皮一样的枯手抓住了秀儿，她一声一声地喊叫着，月儿……月儿……

秀儿的腿一软，朝老人跪下来，她说，娘，我……我回来了。

你……你……

老人的声音微弱得几乎听不见，但那声音却颤颤趔趔地在干燥的空气中飘荡，四周的人全都受了感染。老人的声音渐渐地浓起来，掺和着浑黄的夜色，把人们的脸都罩得恍惚起来，汗水又从毛孔里流出来，把人们的皮肤都染成了花纹。

突然，老人手里的木月牙儿掉了下来，她的身子也朝后倒去。人们急忙喊叫她，却没有声音。一个女人又用手去探她的鼻孔，就惊叫起来，她……她死了……

霞光不知道什么时候走掉了，连一点痕迹都没有留下。四周开始昏暗下来。村子里没有一点风，只有由轻到重的哭泣声和哭后由重到轻的欷歔声。

四平拉起跪在地上的秀儿，又从她的脚下把那只被泪水和汗水浸得殷红的木月牙儿拾起来，仔仔细细地瞧。接着他抱来一些柴火，在大姨的床前，蹲下去，先把柴火燃着，然后把那个血红的木月牙儿丢到火里去。那个木月牙儿燃烧起来。秀儿走到四平的身边，从他胸前的衣兜里掏出一封叠得整整齐齐的信，然后小心翼翼地展开，放在鼻子底下闻了闻，才把那信纸放到火里去。那堆火立刻把那张信纸烤焦了，强烈的气流把纸的骨骸卷到空中去了。

夜幕一层一层地盖下来，树的阴影更浓了。无数的蚊子在人们的头顶上嗡叫着，可人们却一动不动，立在老人的床前，看着那火光淡下去。秀儿紧紧地握住四平的胳膊，她抬起头，突然惊叫起来，她伸手指着天空说，你们看，红月亮。

人们顺着她的手臂望过去，在杂乱的树枝的缝隙里，在那遥远的天空里，人们看到了一轮橘红色的月亮……

红 陶

那伙人疯子一样在冢脚下挖，远远地看去，一片光脊映射着太阳的光芒。

男人凶狠狠地说，我去啦！

女人说，你别找事。

就你怕！男人把枣红色的锄把棍一样地扔在地上，一棵玉米苗儿被劈头斩开了，几珠绿色的血液滴在刚刚锄过的松软的土地上。

看你！女人瞪了男人一眼。男人却不理，一晃就走出几步远，他甩动的手打得玉米叶儿哗哗地响，肩上的锨一晃一晃地，闪着金属的光泽。地气像虫子一样朝空中爬着，慢慢地，就包裹了丈夫走远的身子，丈夫的身子在地气里一晃一晃，就像行走在水里。

女人把目光收回来，脚下刚锄过的草都耷拉叶儿了。那棵被劈头斩开的玉米苗仍在哭泣，她有些困难地蹲下去，小心翼翼地把玉米苗扶起来，抽出一只汗津津的手往根上拢土。她刚在地上扒了两下，就"哎呀"一声，她忙把手收回来，看到她的手被划破了，有一珠鲜红从一道血口里流出来。她忍着痛往地上瞅，在玉米苗根上，有一个锋利的瓦棱。她用力把瓦棱拔出来，那是一片黑陶。她一扬手，那陶片就像一只黑色的蝴蝶飞走了。这样的陶片她见得太多了，在她耕种的土地上，一阵暴雨过后，很多的陶片就从土里裸露出来，阳光下仿佛一些金子在闪亮。

女人掏出手帕包着被划伤的手，然后用手抚一抚她隆起的肚子，拉了拉贴在后背上的汗渍渍的衣衫。那衣衫贴在身上，就像绳子一样缠着她，使她呼不出气来。她感到奶子有些胀，就用手小心地按按。发胀的奶子使她想起了夜里的事情，丈夫热乎乎的气息打在她的脸上，丈夫软软的舌头在她的乳头上轻轻地滑动。她有些不好意思地四处望望，周围没有一个人，她突然感到了孤独，就朝丈夫走去的方向看一眼。她已经看不到他了，丈夫的身影已经融进那些挖冢子的人群里去了。

汗水不停地从她的身上流下来，她感到有些口渴，就挺着肚子朝地头走。来到地头，她拎起装水的塑料壶咕咚咕咚地喝一气，然后停下来，一边喘气一边放下水壶。她突然觉得有些累，就拉了拉头上的草帽，扶着一棵小树慢慢地坐下来。四周很静，静得能听得见地气从土里爬出来的声音，她用手背擦着额头上的汗水，总觉得像少点什么，可一时又想不起来是少了什么。她低头看了看身边的水壶，就突然想起来，是少了丈夫一双粗大的手，少了丈夫一双细眯眯的眼睛。

那伙人仍像疯子一样在冢脚下挖，地气吹得他们像一群单薄的纸人，有些不真实。她有些怨恨丈夫，挖，挖，看人家去挖，你就心痒了。九个冢子挖了三个，县里把告示贴到村头上，你不知道？挖，你也跟着去挖，看见人家发财你的眼就红了，哪儿那么多能换钱的东西？知了不停地在远处的树林里叫，她身后的玉米苗被风吹得一阵沙沙响，那声音使得她的后背一紧一紧的，她有些怕，忙回头观望。无边的玉米地像绿色的海浪一样地波动，阳光在绿色的叶面上宝石一样地闪亮着，就像无数的眼睛深藏在田野里，这使她不敢再坐下去，就扶着身边的小树站起来，朝那片挖冢子的人走去。

从她记事那天起，这些冢子就长满了青草，远远地看去像一群山包。爹说，从他记事那天起，这些冢子就长满了青草。有一回爹在一个冢子下挖土时，挖出了一个铜纹镜，镜的旁边还有一个泥塑，鹿耳人面头上有角，朱红的皮肤白色的嘴唇。爹一碰，泥塑的双手掉了，风一吹，泥塑的一层红皮脱落了。奶奶说，从她记事那天起，这些冢子就长满了青草。有一年她在冢子下薅草，寻到了一个黑色的陶罐，陶罐上涂满了淡绿色的方格纹，奶奶带回来刷刷洗洗就用它装了盐。爷爷说，从他记事那天起，这冢子上就长满了青草，十岁那年爷爷跟着他的爷爷在冢下放羊，捡了一把青铜剑。老太爷两个银元卖给了陈州城里东坊子的掌柜王老俊。王老俊到北平大价钱卖给了古物商，从此发了财。从她记事那天起，这些冢子就长满了青草，远远地看去像一群小山包，极是好看。

阳光下她慢慢地接近那些挖家子的人，她已经闻到了冲冲的汗气了。那群光脊梁男人大汗淋漓，个个都把头探到土里去，手臂猴爪一样地利索，许多女人也都满面赤红，宽宽的屁股个个许给了老天爷。他们中间有一声惊叫，许多人都停下来，睁大眼睛朝惊叫的人看，嘴里叫着，啥，挖着啥了？大家见惊叫的人手里拿了一个物件，就鱼群一样游过去，你争我抢地观看。看完，心里都又痒痒的，又鱼群一样地散开，拼命挥着手里的铁锹。

热烈的气氛诱惑着她。她在人群里找了两遍，才看见自家男人，就朝丈夫走过去，轻声地问，挖着了吗？

丈夫满脸的辉煌，从腰带里拨弄出一个物件来，说，拿着，拿着。说完就不再理她，又去土里扒。

那物件带着丈夫的体温传到她手里。仔细一看，是一个铜铸的动物，头像龙，飘着长长的须，龇着尖尖的牙；尾像马尾，垂下来似瀑布，背上驮着一轮阴阳月。这能值很多钱吧？她心里想着，就有些后悔，应该早些叫他来。村里的二豆、小山，还有顺子他们挖这土里的东西都已经发了财。想着手里的物件将来也能卖很多钱，她就变得兴奋起来，她把手里的物件搂进怀里，挺着个大肚子艰难地蹲下来，另一只手朝土里挖。太阳十分的焦毒，热风在他们的背上吹来拂去。她扒了半天，什么也没找到。停下来看看，方才明白过来那是人家挖过的，她撑着从地上站起来，愣愣地看着土里一片片黄色的骨头发呆。

来了——

不知谁喊叫一声，她就听到远处有刹车声。众人静了一霎，就都兔子一样朝四处蹿去。丈夫两步过来，从她手里夺了那物件，叫一声快跑，他人一闪就奔出去老远。她不知道发生了什么，就跟着人群往回跑。可是她脚下一空，人就摔倒在地上，鼓起的肚子顿时火爆爆地痛。她抬头喊一声，身边的人全早已射到田野里，在地气里像纸人一样晃动。她挣扎着从地上爬起来的时候，手却触到一个硬硬的东西。定眼一看，是只埋了一半的陶罐。她用力一拉，那陶罐就拎在了手里。陶罐很沉，她想，里面是什么，是金子还是银子？要不就是元宝？她想着，就一手揽着她的肚子一手拎着陶罐往田野里跑。

她一边跑一边感到肚子坠坠地沉，等她回到地里，肚子就痛得要死。她把手里的陶罐往地上一掷，就满地滚着喊痛，身边的玉米苗叭叭地被她的身子压断了。她突然觉得裆里有东西在流动，那东西流得很急，片刻间就湿了裤子。她忍痛解开腰带把手伸进去，提出来一看，满手鲜红的血。她的头像被棍子砸了一下，就感到天旋地转，手没了一点力气，软软地落在黄土上。

过了一会儿，她突然想起了那只陶罐，她吃力地折起身子，把那只陶罐搬到胸口上，她仰着脸朝天大口大口地喘气，还想仔细看看那只陶罐。那是一只深红色的陶罐，陶罐上布满了黑色的弦纹，阳光下放着淡淡的幽光，她从来没有见过这样的陶罐。每年她都会在这片土地上拾到许多陶片，灰的、黑的、白的，唯独没有见过这种红色的，那陶罐的红如秋天里的桑葚一样挂在她的眼前。她把陶罐扳倒，罐口里是一轮黄土。她用手抠抠，土很结实。她想了想，就伸手从头发上取下枚卡子，小心翼翼地剜那轮土。

土细细地一粒粒地落在她的胸口上，透过汗衫她感到了那土粒凉凉的。一会儿，那罐口里又出现了一个圆。她支起身子双手抱着陶罐往地上一磕，罐子就轻了许多。移开一看，原来从陶罐里掉下来一只小陶罐，同样的三个圈足，同样的带着两个对称的镂孔，大小两个陶罐放在一起，就像一个娘胎里生出来的亲姐妹，只是小陶罐布满了更好看的蓝纹。

她感到有些累，就又仰面躺下来，把那只小陶罐移在胸前，用发卡小心翼翼地挖。每挖一下她心里都很紧张，每挖掉一粒土，她都要小心地摸一摸、看一看，她希望从陶罐里面挖出一些什么来。可是等她把罐里的土掏完了，搬到眼前一看，陶罐是空的，什么也没有。她有些失望，那股因为希望而鼓起的力气一下子消失了，她的手又变得软软的，无力地垂下去。四周很静，只有风在田野里奔跑，她听到有知了的叫声从某个方向传过来。她突然感到裆里胀得要死，太阳光从天空里照下来，炸油一样地烤着她。

素平，素平……

不知过了多会儿，她模模糊糊听到有人叫她，接着就有脚步声响过来。她睁开眼，是丈夫。

丈夫说，这咋了？

她说，你上哪去了……

她话还没说完，就感到喉头有些塞，忍不住哭泣起来。

别哭别哭……丈夫说，县里来了许多人，还有警察，二豆、小山、顺子他们都被抓走了。

这消息一下子镇住了她，她说，找你了吗？

丈夫说，没有。

她一边挣扎着起来，一边指着身边的陶罐说，陶罐，红陶罐。

那两只红陶罐并排立在他们的视线里，在阳光的照耀下，陶罐红得十分的艳丽。丈夫木呆呆地看了片刻，一只手拎起一只，抬起来，往一块儿轻轻地一磕，就听"当"的一声响，他手中的陶罐就化作了许多碎片飞落在土地上，有一片正好落在她的胸口上。

你……她吃惊地睁大眼睛，看着头顶上的丈夫。

丈夫说，你想找事儿？现在正查得紧，留着是个祸害。

她拿起那片红陶看着，眼前的陶片蛋壳一样菲薄，她觉得有些可惜。可这时她感到有一块儿东西从她的裆里掉了下来，她说，孩子……怕是要流了……

面临黄昏

他说，你们先走吧，让我静静地待一会儿。

你自己？办公室主任有些吃惊，我们都走，把你自己丢这儿？

你们该忙啥忙啥，晚会儿让小张来接我。

办公室主任迟疑地望着他说，那我们走了。他们几个钻进车里，办公室主任探出头来说，张市长，几点呢？

黄昏。黄昏的时候，我就在这里等着。

他说着朝他们摆了摆手，车就启动了。银灰色的桑塔纳在那条土路上卷起一条土龙，然后又落下来。随着那条土龙的消失，周围变得寂静起来。这段时间里他就站在浓郁的柏树林里，春日的阳光穿过枝叶花花搭搭地照在他苍老的脸上，这使他感到了太阳的温暖。他迟疑了一下，就沿着那条小路朝林子的深处走去。这片林子里到处是一丘一丘的坟头，在坟头和坟头的空隙里长满了纷乱的杂草。正是开花的季节，许多红的黄的白的小花朵在微风里轻轻摇曳。他在一丛红花朵前蹲下来，用手轻轻地抚摸着小小的花瓣，仿佛听到一个声音说，摘下来，插在我的头发上。那声音一句比一句清晰，响在他的幻觉里，摘下来，摘下来……许多年来，那声音一直响在他的幻觉里，在他的灵魂深处，那声音像一枚钉子牢牢地把他的记忆钉在许多年前的那个春日的黄昏里。

那个黄昏里他就躺在这个林子里，从昏迷中清醒过来。他感到整个下身都在剧烈地疼痛，想动一下都很困难。他挣扎着仰起头，看到鲜红的血已经浸湿了扎在他右腿上的绷带。他痛苦地闭上眼睛。他想，我就要死了，我就要死了……就在这个时候，他听到一个声音从不远处响起来，摘下来，插在我的头发上。他再次挣扎着抬起头，看到了红色的霞光弥漫了整个林子。他看到有两个身影紧紧地靠在一起，有一只手把一朵红色的花朵插在一头黑浓浓的秀发上。那会儿他的心仿佛被针狠狠地刺了一下，他的头又一次落下来，落下来的头颅撞在了他身边的枪托上，他不由得叫了一声。他的叫声惊动了他们，他们一起跑过来，一左一右地蹲在他的身边叫着，孙继峰，孙继峰……

他睁开眼睛，看到两张肮脏疲惫的脸。两张多么熟悉的脸呀！那张留着小平头的脸使他感到恶心，他对那张脸充满了仇恨，他不愿意看到那张脸，他就把眼睛转过来。他看到了那张圆圆的脸，那张被黑黑的秀发所衬托的脸，那张脸使他感到了温暖。接着他看到了插在她头发上的那朵红花。那花朵使他从绝望中走出来，他吃力地握着她的手说，芬……芬……我的腿……芬说，我们一定要带你走，我和张洪良一定要把你带回部队去。洪良说，孙继峰，我们一定要带你走。他紧紧地握着芬的手，他说，芬……芬……就这个时候北边响起了枪声，芬和张洪良一齐站起来，抓起枪。芬，他们追来了，张洪良说。他们一块儿在一个坟丘上趴下来，朝林子外面张望。他挣扎着坐起来，从地上拾起枪对着他们说，快走，你们快走！

芬和洪良吃惊地望着他的枪口，他仍在说，别管我，你们快走！走呀，不走我就开枪了！芬说，孙继峰……他说，别管我。他看着张洪良和芬一步步离他而去，他在心里叫着，芬，你真的走吗？你真就这样走了吗？他看到芬被一堆小坟丘绊倒了，张洪良跳过去把她拉起来，那个时候他真想高叫一声，放开她！你不要碰她！他心里充满了对张洪良的仇恨。我就要死了，我就要失去芬了。不！一股强大的力量支撑着他坐起来，他用颤抖的手托起枪。张洪良的身影就在他的视线里跳跃，他的手指紧紧地扣住扳机，紧紧的。他突然听到一声枪响，张洪良在他的视线里倒下了。他看到芬惊叫着朝张洪良扑过去，芬哭喊着，她吃力地把张洪良抱起来，浓重的霞光紧紧地裹着他们，犹如一股强大的气流朝他涌过来……

这时，又一阵枪声过来，芬就在那红光里倒下去，倒下去……他托枪的手无力地垂落下来……

一切都变得寂静，没有一点声音，他就那样坐着，望着那丛粉红色的花朵，久久的，仿佛要坐成一尊石像。风掀扬着他的头发，风在他深深的皱纹边轻轻地呼唤：摘下来，摘下来……他站起身来，仔细地辨认着那声音来自何方，他轻轻地循着那如歌如诉的声音朝林子的深处走去，那个声音在一个几乎被岁月冲平了的坟头前突然消失了。他在坟前蹲下来，从兜里摸出老花镜，仔细地辨认着那墓碑上的文字。墓碑上的文字使得他整个身心都哆嗦起来，他在那墓碑上看到了他自己的名字，他许多年都没有用过但刻在他心上的名字，那墓碑上清晰地刻着：

孙继峰烈士之墓

他一下子瘫坐在地上，他喃喃地说，我死了，原来我已经死了，我早已经死了。春日下午的阳光在他的感觉里变成了一片粉红色的雾霭在弥荡。在那红光里，他再次看到那个遥远的黄昏朝他走过来，一步又一步，他看到自己在那一声枪响之后就无声地倒下去，他的灵魂变成了一只鸟儿在那红光里无休止地飞翔，那鸟一边飞一边叫，摘下来，摘下来……

精神病患者

一道绿色的围墙中央镶着一扇铁门。铁门做得很精致，下面一米是水浪的花纹，中间一米是几棵春夏秋冬都长着叶子的热带植物，最上面一米是一朵浮着的白云，在白云的空隙里，还飞翔着几只看不出名堂来的小鸟，说海燕、说云雀、说海鸥、说鸿雁都可以。很多天里，或许是很多年里，他看门外的人流看烦了，对着流动的"公爵"、"尼桑"、"丰田"、"马自达"、"皇冠"喊累了，就坐下来仔细看这铁门。不知怎的，这铁门却被漆成火一样的颜色，色彩虽然已有些斑驳，但远远地看去仍然很像一朵牡丹花，在冬季的褐灰色里，开得异常醒目。

而他的身后却静得令人发慌。每当他从那些高大的用绿色的帆布盖着的大垛边转出来，当他远远地望到那朵绿墙中的红花，就会产生出一种接一种异样的感觉。每当这时，他会久久地凝视着那铁门，寒冷的风掀着他灰白的头发在空中舞蹈。寒风从那些高大的不知垛着什么东西的垛边挤过来，一股脑儿地朝那朵红色的花儿涌去，但那花却一动不动，他就更加忘找地看。等看得有些冷了，就急促地踩脚跑步，失修的鞋底依旧撞得路面咚咚地响。他跑到那片他每天都要挖起而后又封着的土地旁，抡起那个被他用得光滑的十字镐，拼命地朝地上锛。他屁股后面那足有四十把被他摸得光滑的钥匙一齐撞击着发出"哗啦啦"的声响。十字镐锛在地上，跳了一下，震得他虎口都有些麻。他又用力锛一下，十字镐又跳了起来，只在冻土上留下一个小小的白印。于是他心里燃起一股怒火，他就不停地挥起十字镐，"咚——咚——"的声响不停地波荡出去，他终于在冻地上锛出一个缺口，他用力掀起一大块冻土，下面就是暄和的黄土了。他小心地用一把锹朝外铲着土,一边用充满红丝的眼睛往土里瞅。在他的手脚渐渐恢复了知觉的时候,一个长长的坑出现了,那坑很像一个墓穴。他在坑里慢慢地躺下去,腹部一低一高地起伏。他的目光穿过自己呼出的气体去遥望远方的天空。他深深地吸着气,从冰凉的气体里闻到了一丝泥土的芳香。他静静地听着,他能从"呼呼"的寒风里听到冬眠的虫子的呼吸声。突然,他什么也听不到了,只有耳鼓在吱吱地响,他在幻觉里看到那吱吱声来自一根燃着的导火索。他顺着导火索看到了高大的垛。他想,难道那垛里放的全是炸药?他一阵狂喜,高叫道,世界的末日到了——而后就跳起来飞快地奔跑。

他在奔跑的过程中,想象着自己变成了一只鸟,他要飞到大气层外去,他想看看这世界末日到来时的壮丽景象。他突然高叫一声被地上的砖头绊倒了,他捂着肚子在地上打了几个滚,而后转身去看那高大的垛。那垛仍然立着,却没了导火索燃烧的声音。这时他感到肚子沉得厉害,就忙解下裤子拉大便。"噗噗"几个响屁,一股热臭就扑鼻而来,他转身去望,就见他一天天屙的屎都整齐地排着,全被冻了,仿佛一队壮士。

解完大便,他觉得肚子有些饿,就朝那朵花儿走去。刚巧,有一个穿橘黄色毛呢大衣的女子从门洞里递过来一盒饭,他好像在哪儿见过这个女人,是母亲?是妻子?还是女儿?都像,又都不像。这女人头上那几卷波浪似的发型竟没有他腿上的汗毛稠密,乳房也没有,眉毛长得也不是地方。世界怎么会变成这个样子?他不由得有些生气,尽管生气可他还是接住了那饭盒,打开,吃得非常的香。

门外又喧闹起来,许多人都从门前的路上走过。一辆皇冠鸣叫着喇叭在人群中穿行,直看得他两眼有些发绿。看着看着他突然把饭盒扔到一边,高叫着,站住——留下买路钱!

路人连看都不看他,似乎对于他的呼喊都习以为常。那女人看着他的样子也转身走了。他猛地停住呼叫,他感到了异常的孤独,那么多人竟没有一个人理他。让我到那喧闹的人群里去走一走吧。他这样想着,忙把屁股后边的钥匙取下来,一把一把地试着插进锁孔里,却没有一把钥匙能把那朵红色的花儿打开。

　　他痴呆地在铁门前站了很久，等望那人群望烦了，才转身回到他刚才挖好的土坑里，然后在土坑里躺下来，在土地温暖的气息里慢慢地睡着了。

吃大户

村道上为啥没人？连条狗都没有。人都到哪儿去了？你看多好的太阳，牲口屋那儿为啥没有晒太阳的人？平常这个时候那几间土屋下都蹲满了晒太阳的人，可是今天都上哪儿去了？天这么冷，麦苗已经把村外的土地都染绿了。是不是土地刚刚分到手都不肯闲着？不对呀，我是刚刚从村外的那条土路上走回来的呀，地里一个人都没有。这是村头的家，没人。这是陆军的家，没人。这是清明的家，没人。这是毛猴的家，也没人。你看家家的大门都上了锁。这人都上哪儿去了？哎呀，家里也关着门，我进不了家了。爹，你到哪儿去了？娘，你到哪儿去了？狗呢？我的黄狗跑哪儿去了？你听听，村里静得像入夜了一样，你听听，村子里只有太阳光穿过那些光秃秃的树枝时所发出的沙沙声。人都到哪儿去了？哎，前面村口那儿有个人，谁？还拄个拐棍，像是二奶奶。我骑车过去一看，果真是二奶奶。二奶奶说，小波呀，你咋才走？我想村里人都走光了哩。

村里人都到哪儿去了？

二奶奶说，你不知道呀？

我说，不知道，我才从俺姥姥家回来。

哦，是这样。村里人都去颍河镇看狗蛋去了。

狗蛋咋了？

狗蛋被锅底给打了。用铁锨铲的，头顶上，听说一下子缝了十二针。

我说，他们为什么打架？

沙子。二奶奶说，你知道，这年把儿锅底和他媳妇从河里捞沙子弄得不瓤，怕都有几千块了，弄得村里人都有些眼红了。要不狗蛋和羊蛋弟兄俩为啥黑更半夜去偷他的沙子呢？结果被锅底抓住了。锅底说我的沙子不是少一回两回了。说着说着就打起来了，结果锅底把狗蛋给打倒了。

狗蛋也是，用沙子你去河里捞呀，锅底能捞你就不能捞？

谁说不是？大伙儿也都这样说。可是今天还是都去了镇上，这回可够锅底受的。你也去呀？

我也去，本来是不想去的，可是又怕人家说闲话，我想还是去吧。哎，你家里的人也都去了，我看见了，你爹，还有你娘，你也去吗？

是的，我也去。走吧，正好我能带着你。我就带着二奶奶往镇上去。一路上咣咣当当，把后面的二奶奶颠得哎哎直叫，可是我还是把她带到了镇上的医院里。在医院里我看见村里的人都排在病房的门口，等着进去看狗蛋。在那些人群里我看到了爹和娘。村里的人很有秩序地从东边的门进去，然后又从西边的门出来，就像遗体告别似的。我跟在二奶奶的身后一直等了半小时才走进了病房。我进门的时候看见羊蛋在门边的椅子上坐着，每过一个人他都要记一下。在病床上，我看到狗蛋的头上缠着敷料，像一个白色的线团。我说，狗蛋。

羊蛋站起来拦住了我，他说，睡着了，别叫他。走，咱们吃饭去。我就跟着羊蛋走出来，这时的太阳真好，你看，阳光把村人的脸都照得喜洋洋的。你看，羊蛋把大手一挥说，走，吃饭去！他的样子真像一个将军，或者像一只头羊，他领着村里的三百多号人往大街上走。到了大街上第一家饭店的门前，羊蛋停了下来，说，村头，你领着四十个人就在这里吃，我都安排好了！

到了第二家饭店的门前，羊蛋说，陆军，你领四十个人在这儿吃！

到了第三家饭店的门前，羊蛋说，清明，你领四十个人在这儿吃！

到了第四家饭店的门前，羊蛋说，毛猴，你领四十个人在这儿吃……就这样一直走下去，我和爹和娘还有二奶奶都被毛猴点名留下了。你看，饭店的老板正忙得不可开交，一副蒸笼在咴咴地冒着热气，两口大罗锅也在火上坐着，里面咕嘟咕嘟地煮着菜。老板的光头像个葫芦，他正拿着勺子往锅里下作料。

光头说，五香粉要不要？

众人齐声答道，要！

光头说，香辣粉要不要？

众人齐声答道，要！

光头说，味精要不要？

众人齐声答道，要！

光头就把作料一一地抖到锅里去，而后搅了几搅，舀一点放进嘴里尝味道。而后他高声喊道，下笼——就有一男一女闻声把笼抬下来，一节一节地放在外边的方桌上。光头又喊，伸碗——众人就都排着队把碗伸过去。乖乖，你看，那个时候有两节笼里的馍已经被拿光了，那些排队等菜的人个个嘴里都塞得像起了包似的。

光头喊，伸碗——光头的喊叫声不停地从饭店里传出来，我们四十个人一拉溜全都蹲在饭店门口的大街上，那呼噜呼噜的声音像一辆木轮大车走过坑洼不平的土地。太阳从我们的头顶上照下来，我们个个都吃得满头大汗。吃到第三碗的时候，爹突然问我，吃几碗了？我说，三碗。

蹲在一边的二奶说，我也是三碗。由于我一心一意地吃饭，我没有注意到二奶奶就在我的身边，我看了二奶奶一眼说，几个馍？

二奶奶说，五个。二奶奶的话使我吃了一惊，你看，二奶奶的胃口多好。今天的太阳多好呀，把我们照得暖和和的，那光把我们的衣服和肌肉都照得透亮，我看到爹和娘还有二奶奶他们的食道胃小肠和大肠都鼓胀起来，那些刚刚被吃下去的食物被血液映照得红彤彤的像一条小溪慢慢地蠕动着。你看，我们四十个人我们四十个男男女女老老少少就像四十条野狗就像四十个塑料玩具透明得十分可爱。我身上的汗小雨一样地流下来，我听到我的胃在疯狂地呼叫着。

二奶奶说，我二十多年都没有这样可着肚子吃饭了，1958年那一回在大伙上我一下子吃了六大碗。二奶奶的话使我突然感到肚子发胀，我不由得哆嗦了一下。

娘打了一个长长的饱嗝说，锅底这回就是不死也得剥他三层皮。

听娘说完，我就感到浑身发冷。我记得就是这个时候我抬起头来看太阳，可是不知道为什么太阳却突然不见了踪影。

尘 根

谁在敲门？娘，有人敲门？

娘在里间说，谁呀？谁敲门？

二婶，是我，毛猴。你媳妇就要生了。你去看看吧。

噢，是毛猴。你等着。娘说，叫小波去给你开门。

毛猴说，不用了二婶，我还得回去呢，我刚叫罢二奶奶。

噢，二奶奶也去了，那你先回去吧，先烧锅热水。

中。毛猴说完就走了。那天夜里我躺在被窝里听着毛猴的草鞋敲着冰冻的土地呱唧呱唧地走远了。

娘说，小波，起来，把罐子里的那几个鸡蛋带上，还有那半斤红糖。

我一边穿衣服一边说，去就去呗，还拿东西？

你就是个傻子。你以为他来就是为了叫我去帮忙？有你二奶奶在那儿多少孩子生不下来？再说，你嫂子那样的骨头架子，生个孩子就像厕泡粗屎，还能用得着我伸手？他来干啥？不就是想让我拿点东西过去吗？你没看看他家里有啥？一个屋里空荡荡的，不就一群孩子吗？

就那还使劲生，生，都生了三个儿了还要生，大根二根三根，名字怪好起，这个再是个男孩，就叫四根。

你这孩子，多嘴！人家的事儿你管得了吗？他不生干啥，要东西没东西，又没有能耐当个芝麻大的官，将来你毛猴哥就指望他这几个儿给他扛门风呢。

娘说，走吧，别磨磨蹭蹭的，还心疼那几个鸡蛋半斤红糖？你毛猴嫂子说，过了年要把她侄女说给你做媳妇呢，走吧。娘说着就拉开了门，一阵寒风吹过来，我不由得缩了缩脖子。我跟着娘往外走，还没有走进毛猴家，就听到了二奶奶的声音从黑夜里传过来，二奶奶说，屙，使劲屙！接着就是毛猴嫂子的喊叫声。我跟着娘走进毛猴的家，看到外间亮着一盏油灯，毛猴哥正蹲在灯光里卷烟吸。他家的大根二根三根都坐在靠里墙的地铺上，胸前围着一条破被子，在灯光里像几只嗷嗷待哺的黄嘴麻雀。毛猴看见我和娘走进来就忙站起来。娘说，我过去看看。娘说着就走进去，片刻娘又走了出来，娘笑嘻嘻地说，生了，你真好福气呀，又是个儿。

又是个儿？毛猴说，儿好。说完他就使劲吸了一气儿烟。这个时候从村道上传来了"汪汪"的狗叫声。娘说，他哥，计划生育小分队昨天晚上就进村了。

毛猴说，我知道。

你不出去躲躲？

躲？躲啥，明人不做暗事，我就是不躲，黄狗个七孙他能咋哩我？他不就当个村民组长嘛，我知道他跟我们田家有仇，可我就是不走，我看他能咋哩我！就是拉棍要饭我这心里也是痛快的，我有四个儿，他有啥，他不就俩闺女吗？

正说着，就听到一阵纷乱的脚步声朝这边走过来，娘说，他们来了。娘的话音还没落，就有人推开了门，呼呼啦啦地一下子进来了六七个人，其中有乡长、乡妇联主任、村支书、民兵营长，还有黄狗。

黄狗说，毛猴，这是咱们王乡长。

毛猴哥说，王乡长你好，我正准备找你去要救济呢。

你还要救济呢？听说你媳妇又要生产了？

是哩，已经生罢了，是个儿子。

儿子？你还怪脆快了！王乡长突然厉声地说道，判你十年也够条件！

毛猴哥说，那你就判吧。你枪毙我都中，你当家，我就是死了也绝不了种。说完他看了黄狗一眼。

乡长生气了，你就是个浑蛋！乡长看着支书和民兵营长说，没想到你们村里竟有这样的钉子户。你们今天捆也得把他给我捆去，要是让他跑了，我撤了你们的职！乡长说完转身就走。

支书看着乡长走出去的身影回头对毛猴说道，你都听见了？

民兵营长说，别给他摆这么多理，他对身边的两个民兵说，抓起来。

毛猴说，抓啥抓，不就是去医院里结扎吗？我去。说完他看了黄狗一眼又对支书说，支书，我这可是给你面子。

支书没好气地说，就算你给我面子，去吧去吧。

天明的时候，毛猴就在民兵营长的看押下，到颍河镇医院里去做绝育手术。娘不放心，让我拉辆车子跟着他。毛猴哥一路上又说又笑，嘴里还唱着小曲：

> 说你是我的儿，你就是我的儿，
> 没人敢到槽头前来认驴驹……

我记得那天毛猴哥一直到了手术室里还笑嘻嘻的。毛猴说，咱丑话说在前面，你们得先给我开好证明，不然我这就走人。

民兵营长说，开，给他开，我看他今天能怎么着！

医生就给他先开了一张证明。等开了证明，毛猴这才躺到手术台上去。医生就拿起一把刀子走过去给他清理那片又黄又乱的毛丛。医生随后托了托他的那东西，一托那东西医生就惊叫起来，医生看着民兵营长说，你不是给我开玩笑吧？

民兵营长说，我给你开什么玩笑？

医生指着毛猴的那东西说，还做什么做，他肯本就没有生育能力。

民兵营长说，你说啥？

医生说，他就没有睾丸！

民兵营长一把抓住了毛猴，他说，弄哪去了，你说，你的睾丸弄哪去了？

毛猴说，小时候让黄狗弟兄两个鳖孙给我用刀子划掉了。

那你个鳖孙咋管生四个儿子？

毛猴说，你问我，我问谁？民兵营长愣愣地站在那里，看着毛猴笑嘻嘻地提起裤子系着腰带往外走，他一边走一边对我说，走吧兄弟。他一边走一边又哼起小曲来：

> 说你是我的儿，你就是我的儿……

杀　戮

　　那个胖子就是所长，我认识。我说，所长，我来了。所长看了我一眼说，你就是田小波？我说，是哩，我就是。所长说，你先在这儿等着，一会儿我有话问你。所长说完就去忙自己的啦。我看见屋里还有另外两个人，一个是痣脸，一个是那个老婆子。她现在就坐在山墙的下面，在暗淡的光线里我看到她的脸仍旧有些发白。在里间有两个民警和一个从县上请来的法医正在那里忙活。就是这个时候我又一次看到了羊蛋的尸体。羊蛋直挺挺地躺在那里，他的脸血肉模糊。

　　法医说，开始吧？

　　所长说，开始。所长说完抬起他的双手，像轰鸭子一样地轰赶着围在门口的人群，走，有什么好看的？把门口堵得死死的！走，都走！

　　我看到法医那双带着米黄色橡皮手套的手拿着一把寒光闪闪的手术刀开始在羊蛋的脸上头上走动，羊蛋这会儿变得像一个温顺的女人，他和和气气地躺在那里，让法医在他的头颅上消磨时光。我不敢去看那血淋淋的场面，我闭上了眼睛。可是我却听到了那把刀子从羊蛋头上走过的声音。

　　所长说，你就叫李得顺？

　　痣脸就筛糠似的答道，是，我就是李得顺。

　　所长说，你是这个村的信贷员？

　　痣脸说，是的，是信贷员。

　　所长说，狗蛋从你那里贷过几次款？

　　痣脸说，两次。

　　所长说，每次多少，你说说。

　　痣脸说，一次是半年前，乡里号召搞塑料大棚。狗蛋去了，他缠了半天我才贷给他一千块钱。我想他是扎大棚种菜呢，过了两个星期我去他家一看，他一分没留地买上了红砖。

所长说，你说他是贷款买砖盖房子？

痣脸说，是的。

所长说，第二次贷多少？

痣脸说，四百。

所长说，是不是拿着钢叉那一回？

痣脸脸上掠过一丝惊慌，他看我一眼，又看了一眼躺在里间的羊蛋说，没有没有，他没有带钢叉。所长就不再理痣脸，他转身看着那个老婆子说，你就是狗蛋的女人？

女人说，是的。我看了她一眼，这个女人已经老得连眼睛都布满了皱纹。

所长说，你今年多大了？

女人说，六十二。

所长说，狗蛋呢？

门口围着的人就抢先答道，三十六。

所长用眼睛冷了他们一眼，又回过头来问，你咋到狗蛋家来的？

女人说，我有仨儿，仨儿都不养活我，我就出来要饭。我在漯河碰见一个中年人，就是早起你们抓起来的那个。他对我说，我给你找个地方中不中？我说只要能吃饱，哪儿都中。我就跟着他来了，先在他家住了两天，他就领着狗蛋去了。他看看我就交给了那个人四百块钱把我领回来了。回到这两间房子里的时候，有个人正在等着他要钱，狗蛋把手中的钢叉一横那个人就吓跑了，后来我才知道那个人是来要盖房子的工钱的。

所长指了指里间说，后来你咋又跟羊蛋发生关系了？

女人说，那天狗蛋去河里打鱼，他就端着一只鸡过来了。他说你吃不吃？我说吃。他说你吃你得叫我弄那。我说弄那就弄那，只要你叫我吃。后来他叫我吃一回东西我就叫他弄一回。

噢。所长这才看着我说，田小波，你说说吧，你说说他们是怎样打起来的。

我记得那个胖所长就是这样问我的。我清了清嗓子说，那天我跟狗蛋下河一块儿去打鱼，回来的时候就看见他哥一边系着裤腰带一边从屋里走出来。狗蛋一看眼就红了，他说，羊蛋，你弄啥了？羊蛋说，我啥也没弄。狗蛋丢掉手中的渔网跑到屋里一看，她正在往上提裤子。我说着朝那个老女人指了一下，然后接着说，狗蛋一看就恼了，他转身跑出去一把揪住羊蛋，照他脸上就是一拳。羊蛋像一条狗被一下子摔出去四五尺那么远。羊蛋也火了，他上来就用头撞狗蛋，狗蛋一闪，他又摔了个狗吃屎。他从地上爬起来，一边骂着一边抓起一根竹竿，他跑到屋里对着房顶就戳，三下两下就把房子戳了个大窟窿。狗蛋一看，他跑到屋里就提起那把钢叉，我跑过去拉都拉不住，他照羊蛋头上就是一家伙。我听见羊蛋一声鬼叫，"扑通"一声就倒在地上了。

　　所长说，就这些？

　　我说，就这些。说着我朝里间看了一眼，那个时候羊蛋的头正被法医弄得熟烂。我说，就这些。

　　这时法医从里间走出来。他说，所长，有结果了，一根齿扎进了太阳穴里，一根齿扎进了后脑勺里。

　　所长说，其他呢？

　　法医说，没了。法医说完就去收拾他的东西。那个时候狗蛋被一副铐子铐在他家院子里的一棵桐树上。我从屋里走出来的时候，狗蛋看了我一眼，随后他就把眼睛闭上了，他把脸贴在上了冰的树身上，一动也不动，就像睡着了一样。

围 困

哎呀——我的妈呀！花枝鬼一样地叫。

清明又举起了条子。

花枝说，俺亲爹，你饶了我吧。

叭——那条子毫不犹豫地又抽下去，花枝雪白的皮肤上又起了一条红印子，哎呀——

娘在里屋里说，小波，你听见了吗？

我说，听到了。

娘说，你去管管吧。

我说，没法管。说完我又往被窝里缩缩。

娘说，这些男人，心真狠。

我说，狠心的是女人。

娘说，小波，你还叫我起来吗？

我就无可奈何地坐起来。哎呀，我说，真冷！说完我飞快地穿上衣服，裹上大衣蹿出门去。夜黑得像花枝的头发。那天我第一次看到花枝的头发时就不由得哎出声来。那天回来时我就对清明说，清明，她的头发真黑。清明只是木呆着眼睛，望着雪后灰蓝的天，脚把厚厚的积雪踏得咯吱咯吱响，那个粪筐一样的大篮子趴在他的背上像一具僵尸在左右地摇动。起早我们去时那篮子还沉得像只死鳖，六十斤果子三十斤猪肉十二只头朝下吊着的大公鸡，小扁担被压得咯吱咯吱地叫。真他妈的见鬼，偏偏又起了大雾，那雾小雨一样刷刷地下，我们的头发眉毛都结上了花儿样的雾凇。那雪真让人迷恋，我们走得汗津津的。可是等太阳把浓雾驱散的时候，我们才发现已经走过了五里路，我们要去的村子已经被抛在了大后头。我记得那天我们走近村子的时候，就看到了花枝的黑发，她和她娘她爹她弟都在村口朝南望，等我们走到他们身后的时候他们才发现我们。花枝她娘对清明说，死鳖，就不知道趁礼吗？我记得那天他们接过礼篮子就往家里去，等我们刚刚坐定，花枝的弟弟就已经和另外一个小伙子抬着清明和我抬来的六十斤果子三十斤猪肉十二只头朝下吊着的大公鸡去走他的老丈人家了。我记得初三那天走老亲戚的人特别多。

花枝说，俺亲爹，你饶了我吧。

我说，清明，开门！可是清明家的门却杠得山一样稳，我用力推了推没推动，我就蹿到窗子前。窗帘没放，里面的一切我都看得清清楚楚。清明燃一根烟吸着，对着赤裸裸蜷成一团的花枝说，睡去吧。他把被子扔给花枝，自己也上床，转脸对着窗子说，没事。说完就啪的一下拉灭了灯。

我说，清明，你就这样摆弄人？说着就牙打着牙蹿回去。

我记得五叔死的那个早晨天也是这样冷。五叔有五个儿子，冬至、小寒、大寒、清明、谷雨，于是我也就有五个没有出五伏的兄弟。五叔会烧窑，五叔烧了一辈子窑。五叔五窑给冬至烧出来三间房子，五叔五窑给冬至娶了一个媳妇。五叔五窑给小寒烧出来三间房子，五叔五窑给小寒娶了一个媳妇。五叔五窑给大寒烧出来三间房子，五叔五窑给大寒娶了一个媳妇。可惜五叔给清明烧到第四窑上就死了。五叔死在制砖坯的塘子里，五叔的腿和胸就那样被冻在一起，背驼得像一座小山。我记得五叔直到装进棺材里身子还是那样窝蜷着，像一座窑。五叔烧了一辈子窑，五叔一年只能烧五窑。那一年五叔在他家的自留地里立起了一座窑，起初，坯场里有大大小小六个汉子，过了两年就少了冬至，过了两年又少了小寒，再过两年又少了大寒。五叔木刻似的脸上没了一点儿人的表情。他只对人叹气说，谁叫我是爹呢？我记得五叔死的时候清明哭得最伤心。我记得谷雨连边儿也没沾，他在村头骂了一阵子娘就跟人家进城干泥瓦匠活儿去了。

娘在屋里对爹说，清明咋那个样，就不怕掏空了身子？

我知道娘说的啥意思，清明自从娶了花枝，一个月了一天也不放过她。夜里我躺在床上就听花枝在那边哎呀哎呀地轻声地哼叫。夜在屋子外面无声地游荡。我眼睁睁地望着漆黑的屋顶，想着那个星斗满天的秋夜。

我记得那天我正和清明在坯场里躺着，五叔就来了。五叔像一块石头蹲在地上，烟火红成一团在他的面前闪亮，脚下就是他亲手一点一点由平地挖成的塘子，塘子越来越大越来越深。五叔的背驼得已经不能再驼。寂静的秋夜里我听得见他的脊梁骨在啪啪地响。五叔突然说，靳湾来人了。

清明一下子坐了起来，他说，啥事儿？五叔说，叫你给花枝的兄弟盖三间房子。清明的牙就咬得格格地响。清明骂道，我日他祖宗。

五叔说，啥钱都花了，全当咱这几窑砖没烧。

清明说，不中，她不愿意去球！

五叔说，想叫我花二回钱呀你！五叔说完扔下了烟头站了起来，他浑浊不清的身影像一座雕像。他站了一会儿走到坯场的泥堆旁，蹲下去双手伸开，用力一摁，一团泥就打着圈团在了他的手上，两手一翻，就"通"的一下进了坯斗子。到后来我一想起那个秋夜就感到心口痛。

花枝说，婶，你看看。说着就脱下一只袖子给娘看，她的胳膊上面红一块紫一块。娘说，傻子，快穿上，大冷的天。花枝说，这日子没法过。说完就哭。娘说，小波你看见没有？过去说说清明。

我想也是，得去劝劝清明。那天我寻到清明家的窑场里的时候，他把窑火烧得正旺，我看见他正把一根旧铁轨用力地捣进火塘里去。

我说，清明，夜里还没把劲用完？

他回头看看我，眼睛里放出一道凶光，等看清是我才慢慢地变得木呆，他双腿一弯朝我跪下来，他说，求你了。自从他结婚那天，他就变成了这个样子，逢人都要说一句，求你了。我记得那是个阴天，天灰蒙蒙的雾潮潮的，前几天刚刚下的雪都已经融化了。那天我和村子里的小伙子们肩上扛着吊着红麻绳的扁担到靳湾去迎亲，等花轿吹吹打打地进了村停在花枝家门口的时候，媒婆出来了，她冲着清明喊，带来了吗？

清明说，啥？媒婆说，存折。清明从兜里掏出来一个存折在媒婆面前晃了晃说，这不是。媒婆说，是一千吗？清明说，是一千。媒婆说，拿过来让你丈母娘看看。但是清明没有递给她。媒婆说，假的呀？假的人家不发亲！

我记得那天我们垂头丧气地回到村子里的时候，清明的眼里就没有了神，他逢人就跪下来磕头，然后把手伸出来说，求你了，先借给我几个吧。他在雪水里像一个乞丐挨门挨户地向村人们求，那天他的裤子全都被雪水弄湿了，他嘴唇发紫，浑身发抖。我知道到了这一步清明是一点办法也没有了。我说，还是过日子要紧。

清明说，过日子？女人也睡过了，没意思。

我说，日子还长着呢，娶个女人不容易。

清明说，是不容易，我要叫她尝尝是个啥滋味。

我说，叫她知道知道就完了。

清明说，我和她没完。

我记得清明是发过誓的，他哭后就是这样对我说的，我饶不了她！

那天我在窑洞里待了好长时间，我们之间沉默无语。我望着清明用火钩敲打着烧得通红的铁轨，我的心铅一样地沉。我记得那天我从窑洞里出来的时候正好花枝来给清明送饭。我在冰天雪地里走着，就好像看到了清明家那三间红砖瓦房在寒风里发抖。那天我还没有走出一百米就听见花枝鬼一样的叫声从窑洞里传出来，我就转身箭一样地射回去。冲进窑洞里的时候我看到花枝的头上脸上还冒着白气，我闻到了一股难闻的皮肉和头发被烧焦的气味，花枝倒在地上，抽搐着。她身边火红的铁轨正在散发着一股股灼人的热浪。

我记得清明被胖子所长带走的那天上午天晴得格外好，清明虚肿的脸却像窑壁一样灰暗，没有一点血色。他虚肿的眼皮抬了两抬也没有抬起来，他只是摸索着从兜里掏出一张条子递给我。我记得那张纸条上这样写着：

> 还村头家砖头 600 块。（合钱 30 元）
>
> 还陆军家砖头 1000 块。（合钱 50 元）
>
> 还毛猴家砖头 800 块。（合钱 40 元）
>
> 还李得顺家砖头 400 块。（合钱 20 元）
>
> 还小波家砖头 1000 块。（合钱 50 元）
>
> ……

争　夺

爹冒着雪刚从颍河镇回到家，娘就对他说，麻脸刚走。

爹说，咋讲哩？

娘说，他不认。

爹就骂道，这鳖儿，还想啃地边，这回一寸也不能让他！

冬天的到来确实让爹感到烦恼，爹最怕的就是寒冷，一到冬季爹就躁动不安，他会莫名其妙地为了一点小事儿发火钻牛角尖。爹望着从阴郁的天空中飘落下来的雪花骂道，操！

娘很为爹的这句话担心，她知道爹是轻易不骂人的。但是她最后还是不得不对爹说，麻脸在河边等着你。我记得后来娘就是这样对我讲的。娘说，你爹听了我的话从门后取下一把镰刀别在腰里就走了。

我能想象得出爹踏着村道上的泥泞走向河道里的情景。爹走着走着就得停下来从腰里取下镰刀刮一下鞋底上的泥块。爹抬起头，他就看到满河道里的水都在阳光下闪耀，河滩里那片没有收割的苇子黄巴巴地显得寒酸，他同时也看到了麻脸像一条狗蹲在苇地边上吸烟。爹的镰刀在阳光里一闪，这使麻脸哆嗦了一下。这时他们同时听到从天空中传来的"嘎嘎"的叫声，他们仰起头来看到一队大雁在空中排成一个"人"字往南飞。爹想，今年真是奇怪，都到了这个时候了还有大雁往南飞。他们站在那里一直望着那群大雁飞得看不见了才把目光收回来。麻脸看了爹一眼，他说，来了？

爹不理他，爹一直用镰把挂着身子下到河滩里，然后才说，量好了？

麻脸说，量好了。一共十一步，可是咱两家应该是十二步。

爹说，步准吗？说着就从西往东量着走，边走嘴里边数着，一、二……数到十一他就停住了，苇子到此也没有了。他回头望一眼苇地，那些干枯的苇子横七竖八地躺在那里，早已被放羊牧鹅的孩子踏得不成样子。

麻脸说，你看咋分？

爹说，我家六步你家五步。

麻脸说，那不中，你家五步我家六步。

爹说，那咱找灰橛。

麻脸说，找就找。说着就朝东走，那里立着一把钢锹。他又从东往西走六步开始在地头上找灰橛。河道里非常的静，只有麻脸手里的钢锹插进泥土里去的声响。麻脸翻出很大一块也没有找到灰橛，他气喘吁吁地说，找不到。

爹把镰刀扔在地上说，我找。他又从西往东迈了六步开始在地上寻找，爹费了很大的劲也没有找到灰橛。

麻脸说，找黄狗给咱量。

爹说，找黄狗就找黄狗，走！

他们爬上堤岸穿过树林走回村子找到了黄狗。黄狗那个时候正和村头陆军还有痣脸他们几个打扑克。黄狗说，你们两家的事我不管。

麻脸说，你是不是村民组长？

黄狗说，是组长也不管，屁大个事儿就来找我，我该死你们手里？说完就对另外几个人说，起牌。爹和麻脸都很失望地站着，他们相互看了一眼，就趁着暗淡下来的天色一个东一个西走了。

那个夜晚爹回到家里一句话也没有说，他躺在床上老是感到冷。他混混沌沌地睡到半夜就再也睡不着了，翻来调去地想着河道里的那片苇子，他越想越气，黎明的时候他再也躺不下去了，他从床上起来，心想今天我就给你来招儿绝的。爹很为自己的想法感到兴奋，他把镰刀别在腰里又寻了一根麻绳拎着出了门。

雪不知道什么时候停了，半个残月挂在天上，把村道映得很明亮。脚下的雪发出"咔嚓咔嚓"的声响，爹穿过树林登上大堤就看到了河对岸那带朦胧的堤影，随后他看到了河滩里的苇丛，看到了苇丛里有一个人影在晃动，这使爹吃了一惊。爹说，谁？河滩里的人也不答话，直顾自己忙活，他弯下腰拾起一个东西往东边扔过去，只听"扑哧"一声就像一块肉掉在了地上。

爹飞快地往河滩里下，没小心脚下一滑，身子就像石磙一样滚到苇子地里不动了，他抬起头来，他被眼前的情景惊呆了。在月光里他看到一大片鸭子一样大小的大雁卧在地上一动也不动。

那个寒冷的夜晚麻脸和爹想到一块儿了。他们本来都想早早地起来多割一把苇子，给对方来个出其不意，结果他们却意外地见到了一群被冻在泥里的大雁。他们谁也不理谁，都飞快地拾起地上的大雁往自己地里扔。当然爹比麻脸拾得少，等他们拾完之后爹看到了麻脸正在朝他嘿嘿地发笑。

麻脸说，这真是想不到的外财呀。说着他就得意地从地上拿起一只大雁往岸上走，走了两步麻脸回头对爹说，你不回家拉辆车？

爹也意识到没法把这些大雁一下子弄回去，他也捉了两只大雁的脖子往岸上去。爹爬上河岸的时候麻脸已经进了树林子，爹愤愤地想，这个鳖孙家儿，他凭啥就比我拾得多？爹停住了脚。他看一眼麻脸走远的身影，转身回到河道里，他把手里的大雁丢在自己的那一堆上就飞快地往东边跑，跑到麻脸的那堆雁边捉起两只跑回来。当爹又转回来刚捉起两只大雁的时候，麻脸手里提着那只大雁出现在河岸上，麻脸朝爹吼道，放那儿！

爹先是被麻脸的吼叫镇住了，可是还没等麻脸下到河滩里爹就回过了神，爹也不理他，提着那两只雁只管往回走。麻脸飞快地跑过来上前拦住了爹，麻脸说，你给我放回去！

爹说，我操你妈！

麻脸愣了一下说，你骂谁？

爹说，就骂你！爹扔下手中的大雁一拳就打在了麻脸的胸上。麻脸也扔掉手中的大雁朝爹骂道，我日你先人！说着用头朝爹的肚子上撞去，爹的脚下被苇子绊了一下就跌倒在地上。爹爬起来顺手操起那把绳朝麻脸劈头盖脸地打过去，麻脸在爹的绳子下一声接一声地像狗一样地号叫，那阵黎明的黑暗就在麻脸的号叫声里慢慢退去，麻脸满脸是血地在地上打滚，成片成片的苇子在麻脸的哀叫声中倒下去，他吃力地跪在地上，只朝爹磕头，嘴里不停地说，别打了……我喊你爹中不中……

爹气喘吁吁地坐在地上，爹说，这雁……

麻脸说，都……都……给你……娘说，就在这个时候麻脸的手触到了爹带去的那把镰，他鬼一样地叫了一声朝你爹扑过来，爹还没弄明白是咋回事儿那把镰就砍进了他的腿肚子里，血就像水一样涌出来。

爹张着嘴睁大眼睛指着麻脸说，你……你……

麻脸也一下子木呆了，他张大嘴，看着爹那张痛苦不堪的脸。

就是这个时候他们听到了翅膀的抖动声，接着他们看到了地上的那些大雁一只只地飞向了天空。爹躺在地上，望着那些大雁一只一只地飞向天空，他觉得他眼里的一切都在晃动。你知道吗？后来娘说，那群雁堆在一堆，结果它们身上的冰都化了，它们的翅膀又都能活动了。最后麻脸和你爹眼睁睁地看着那些大雁一只只地飞上了天，一只也没有得到！

鹅 魂

七老太像段晒干的树根晃到河堤上，立住了。她的身子被一根紫红色的竹竿支撑着，已经没了影子，她细眯着眼睛吃力地朝河道里观望。夜像一个贼偷偷地藏在河边的柳丛里，河道像一条灰带子宽宽地摆放在那里。河面上已经没有了白帆，只有十几只赭色的船影远远近近地倒在水里安歇。

七老太终于看到了那群鹅，鹅群像组白色的幽灵嵌在灰白的水面上。一看到那白色七老太的嘴唇就哆嗦不止，她的下颌微微地朝上抬了抬，就有一团灰白的气体从嘴里放出来，那气体化成的声音异常地响亮。

鹅鹅鹅鹅鹅鹅……

河岸在她的声音里抖了一下，又恢复了原有的姿势。那群鹅在七老太的叫声过后都伸长了脖子，神情紧张地环顾半周，又去看浮在它们前头的那只体格高大的头鹅。头鹅像一个威严的武士张大双眼，淡黄色的嘴巴上两个鼻孔紧张地呼吸着。

鹅鹅鹅鹅鹅鹅……

当七老太的声音又传过来时，那头鹅张开翅膀在水里拍打着，它身后的那群鹅也都抖动着翅膀，乱叫着跟头鹅朝岸边游去。

随着七老太的叫声又一次传来的时候，突然从柳丛里飞出来一把土块，接着土块又接二连三地像雨点一样飞射下来。已经上了岸的头鹅惴惴地站住了，又一把土块落在了头鹅的身边，它又转身下到水里，群鹅也跟着飞叫着跳进水里，把河水打得哗哗响。然后像一把雨伞带一片白亮朝河心里去了。

七老太很是生气，她站在堤岸上骂了一阵，转身回家去了。这个时候，远处有一种声音走过来，走得近时，躲在柳丛里的老斜才感到有些不妙。等他从柳丛里钻出来时，雨点已经落在了他身上。他缩了缩脖子就往岸上走，可走了两步他又停住了，转身去看河道里的那群白鹅。老斜的两只下眼皮翻过来像两只红色的小辣椒垂在那里，缺乏水分的瞳孔被血丝包围着，他的目光穿过雨幕直直地盯着河道里的那群鹅。一看到那群鹅他就干脆坐下来，身子像只煮熟了的虾米蜷曲着。他从怀里摸出一支烟来点着，使劲抽了一气，把烟火捂在手心里，然后转脸朝岸上看。通向堤岸的小路上没有一个瞎鬼，风和雨水摇动着柳丛一排一排地朝他压过来，老斜不由得紧缩了一下身子。等他回过头来，那群鹅又从河心里游回来，他顺手从地上拾起一块砂姜扔过去，那群鹅又叫着拍打着翅膀游回河心里去了。

老斜用手捂着吸完烟，才从地上站起来。他从柳丛里拿出一张旧网来，又从身后的腰带子里抽出一把牛角尖刀来，就近砍了两根柳棍，系在网的两端，插在小路的两边，展开的网正好把通往岸上的小路拦死了。等做完这些，老斜突然感到浑身发冷，他身上的衣服全被雨水淋湿了。老斜哆嗦着蹲下来缩成一团，摸摸口袋，盒里的烟全烂成了一团。他气恼地把烟盒扔在地上，然后去看河里的鹅。由于雨水，河面上暗下来，那群鹅又从河心游回来，鹅群游过的水面像一团白光在河道里闪耀。一看到那群鹅又转回来，老斜又抱成一团蹲下来。那群鹅像一匹白色的绸缎在他的眼前飘动。老斜对那匹绸缎太熟悉了，两年来他几乎每个晚上都在这河道里等上几个小时，他像个夜猫子守着七老太家的这群鹅。这群鹅被他调理得像一群野鹅驻守在河道里。老斜每天黎明都能在河边上拾到几个或十几个鹅蛋。他每每看到七老太晃着身子来到河边寻找鹅蛋的时候，就得意地发笑。可是自从一个月前七老太的闺女给她送来这只头鹅之后，他就再也没有拾到过鹅蛋。每天傍晚七老太只要在岸上"鹅鹅鹅"的一叫，那只头鹅就领着群鹅上岸回家。起初老斜像丢了魂，像个冤鬼守在河道里，到后来他就心事重重像大病了一场，一看到那只头鹅他的下眼皮就充血，眼皮突突地跳动。现在他蹲在柳丛里，恨得牙齿咬得"咯吱咯吱"响。雨越来越大了，雨水顺着他干柴一样的身子流下来，他却顾不得这些，两眼只盯着那群鹅，一动也不动。

群鹅慢慢地游到岸边，在头鹅的带领下朝岸上走。当快走到网边时，老斜忽地一下蹿过来，那群鹅惊叫着逃散了，头鹅却一头扎进了网眼里，鹅头把网拧成了一团。老斜一下子扑过去就把它摁住了。

老斜抓住头鹅的翅膀，朝河边走，来到一块平地上停下来。他脱下布鞋翻过来，把鹅头放在上面用一只脚踩着，然后从腰里抽出尖刀，他犹豫了一下，还是扬起来，一刀砍下去。只见一道血柱从白色的鹅颈里飞射出来，吓得老斜跳起来，惊恐地望着那鹅。白鹅扑棱了两下翅膀从地上站了起来，没有头的血淋淋的脖子转过去，它用翅膀理顺了一下被老斜弄乱了的羽毛，然后朝老斜走过来。老斜被这只朝他走过来的没有头的鹅吓住了。他感到太阳穴突突地跳几下，眼前一阵发黑，就和白鹅一起倒下了。

第二天雨停的时候，镇里的人才发现河里涨了大水。七老太家丢了头鹅，她沿街叫骂了三天。后来河水落了，有人在河道里拾到了一把牛耳尖刀。

颍河镇上的人从此再也没有见到过老斜。

红雨伞

她终于看到了那把红雨伞。

那把红雨伞在湿淋淋的墨绿色的田野里如同一块凝聚的血液，她的眼睛不由得潮湿了。她朝左右看看，刚刚轧好的路基上只有稀稀的几个行人，她站在那里犹豫了一会儿，最终还是朝那把红雨伞走去。通向红雨伞的路程她走得很吃力，尽管田埂长满了野草，但她的鞋子上还是沾满了黄色的泥泞。她想停下来喊一声，可声音刚到嘴边又停住了。四周非常静，整个田野里只有雨水的脚步声。

那把红雨伞立在一座新坟前。

坟前的花圈已被雨水打得七零八落。在她走近那座新坟的过程中，那把红雨伞立在那里，一动不动。她喘息着，终于来到了那座新坟前，她伸出手，抚摸着站在伞下的孩子。她说，君，来这儿为啥不说一声，让我好找。

伞下的孩子没有说话，却有两行泪水流下来。他说，爸爸。

她看了一眼新坟，然后对孩子说，走吧，他不会答应你的，走，跟妈回去。

孩子跟在母亲的身后往回走，他们的鞋子上沾满了黄色的泥泞，他们走得很吃力。来到公路上，孩子停住了，他回身朝田野里观望。可他没有看到那座坟，那座坟已被越来越浓的雨水遮住了。

母亲说，走呀。

孩子转回身，他看到从北边的公路上过来一辆自行车，骑车人没有戴雨具，雨水里像一个落汤鸡，他拼命地蹬车，车轮子在刚刚轧好的路基上飞快地滚动着，一晃，就从他们身边闪过去，朝镇子的方向而去。孩子没有看清骑车人的脸，可是骑车人在离他们不到二十米的地方，被一根横在路基上空的铁丝给拦住了，他身下的车子飞快地滑了出去，在不远的地方倒下了，而骑车人则像一只装满粮食的口袋，"咚"的一声摔倒在路基上。

这时从路边的庵子里钻出一个人来，他朝躺在地上的骑车人呵斥着，眼呢？你的眼呢？装到裤裆里去了？前面路上写着牌子，下雨天路上不让走人，你是瞎子……骑车人狼狈地从地上爬起来，他在护路人的呵斥声里扶起自行车，溜到路边逃走了。

孩子看着那个骑车人消失在雨水里，可他的眼前老是晃动着骑车人被横在路基上空的铁丝拦下来的情景。他在雨水里走到那根系在两棵杨树之间的铁丝前，伸手晃了晃。铁丝系得很紧，孩子的手放开那铁丝的时候，铁丝还在雨水里发出了"嘤嘤"的声响。铁丝在雨中的"嘤嘤"声，给孩子留下了深刻的印象。在他走回颍河镇的路途中，耳边老响着那根铁丝在雨中发出的"嘤嘤"声。孩子跟着母亲回到了颍河镇，在他们拐向通往回家的胡同口时，孩子突然回到现实之中，他从一种幻想里走出来，像根钉子立在那里不动了。

母亲没有听到脚步声，她回过头来，看着孩子说，走呀。

孩子说，我不回去！

母亲说，你要气死我呀，你都十二了，妈的话你一点也不听！

孩子说，你让他滚，他滚我就回去！

母亲很气愤，她说，中，不回家也中，上你姥家去吧。

孩子说，去就去！

母亲说，死你吧！

母亲说完不再理孩子，她转身走进胡同。孩子很固执地立在雨水里，看着母亲的身影一直走到胡同的尽头，拐进了家门。胡同两边的杨树在雨水里哗哗作响，杨树的枝叶把胡同罩得很昏暗。孩子在通往他家的那条胡同前一直站立了很久，才朝姥姥家走去。在走进姥姥家的大门时，孩子听到过道里有斧头和锯吃进木头里的声音，孩子知道那是一老一少两个木匠正在给病重的姥爷打棺材。孩子站在过道里，他合上了手中的红雨伞。由于天下着雨，两个木匠把劳动的场所从院子里搬到了过道下，因而，过道里显得十分的拥挤，孩子的脚只能踏过墙边的一堆刨花，才能到院子里去。孩子在那堆刨花里刚走了两步，他就尖声地喊叫起来，一下子坐在了刨花堆上。那一老一少两个木匠忙丢下手中的工具拢过来，说，咋了咋了？

孩子把他的右脚搬起来，他们看到有一根吃透一块木板的铁钉，穿透了凉鞋刺伤了孩子的脚。

小木匠刚从孩子的鞋上拔掉那块钉齿板，姥姥就闻声从屋里跑出来，姥姥心疼地叫着，我的乖，我的乖……实际那根钉只刺破了孩子的一点皮肉，流了一点点血，姥姥只用了一小片火柴皮就贴住了孩子脚上的伤口。姥姥又用一块布给孩子包住，就安顿他在一只小凳上坐下来。

在接下来的时光里，孩子一直坐在过道里，手里拿着那块刺伤他的钉齿板，看着那两个木匠打棺材。他看到那个老木匠把一根又一根明亮的长钉吃进棺木里去，他就从凳子上站了起来，走到那只放钉的工具箱前，他回头朝院子里看一眼，那个时候姥姥正在厨房里给木匠师傅忙做晚饭，他就从工具箱里抓出一把长钉来，然后又寻了一块一尺来长的木板，他学着老木匠的样子把铁钉一根根吃透了木板。那些铁钉吃透木板之后长长地长在木板上，一共三排，很整齐，好似一片钉的林丛。在接近黄昏的那段时光里，孩子一直望着那个他新做的钉齿板发呆，在他的脑海里不断地闪现着那个骑车人被铁丝拦下来摔倒的情景。

天黑下来的时候，孩子打着他的红雨伞悄悄地离开了姥姥家。他走在颍河镇的街道上，突然感到这条雨中的街道是那样的漫长，街上没有一个行人，只有一两盏昏黄的路灯在雨水里挣扎。在拐进通往他家的胡同的时候，由于天黑，他有些害怕。孩子在他家的门前徘徊了一会儿，他有些犹豫不决，但最后还是敲响了家门。母亲和那个男人看到突然出现的孩子时，都感到有些意外，母亲说，君。

那个男人朝他友好地笑着，他说，我正要和你妈去接你呢。

可是孩子却沉着脸，他看着那个男人仇恨地说，你滚！

母亲生气了，朝他喊道，小君！

孩子仍然看着那个男人，他说，你滚！

母亲上前就给孩子一个耳光，她说，你再说！

孩子没有哭，他仍用仇恨的目光盯着那个男人，他说，你滚！

母亲又要打他，但被那个男人拦住了，男人说，好，我走。

说完，他就打开门。君的母亲拿起君刚放下的雨伞说，走，我送你。可是孩子突然上前拦住了母亲，他搂住母亲的腿说，你不要去，我有话给你说。

女人有些无可奈何，她只好把雨伞递给那个男人。男人在门口打开雨伞，回头望了她一眼，很快就消失在黑夜里。孩子听到了雨水击打那个男人头顶上的红雨伞的声音。在孩子的感觉里，那雨水击打红雨伞的声音仿佛离他十分遥远。

母亲说，啥事，你说吧。

孩子松开母亲的腿，他反过身关上门，然后上了锁。但孩子什么也没说，他的脸色在灯光里有些灰青，他站在那里，看上去有些冷，他的整个身子都在发抖。

孩子和母亲躺在床上，夜显得很漫长。整个黑夜里雨水都没有停下来，一直在敲打着他家院子里的那些桐树。孩子一闭上眼睛，就能看到父亲在院子里栽树的情景。孩子想，一晃，父亲栽下的树都长大了。天亮的时候，雨停了，外面的世界变得很静，明亮的阳光从窗子里射过来，打在了孩子的脸上，母亲静静地望着他熟睡的脸。就在这个时候，她听到从胡同里传来一声惊叫，接着就有纷乱的脚步声。她急忙开门跑出去，看到一个男人躺在雨水里，被雨水融淡的血流遍了整个胡同。她看到那个男人被一根系在路两边杨树上的铁丝所绊倒，他的胸膛上嵌着一个布满了钉子的钉齿板，她家的那把红雨伞就像一个弃儿扔在了一边。

夜游症患者

福田被作坊里的动静弄醒的时候，才意识到他夜里睡得很死。他感到肚子憋得慌，就小跑着蹿到厕所里，他掏出东西来，就有白亮亮的一道水击在发皱的尿池里，尿缸里散发出来的浓重的氨气扑鼻而来，但他却感觉很舒服。他的目光越过厕所的矮墙，看到河水正在炕炉边用煤锥捅火。他在河水的捅火声中提着裤子走到院子里，一眼就扫见西边的那扇门还闭着，他就扯着嗓子叫一句，月儿。

福田没有听到回音，他身后捅火的声音也消失了。福田回头看了一眼停下来的河水，还是走到那扇门前，他伸手敲了敲门，可没想到，那门却无声地开了。福田看到月儿的床上空荡荡的，衣服散落了一地，他回身看着河水说，月儿呢？

河水没有说话，福田看到河水的目光变得像寒月一样冰冷，他接着说，你来时没见着她？

我来的时候门就开着。

这闺女，又犯病了，不知跑哪儿去了。

河水说，她这病得抓紧看。

福田白了他一眼说，去哪儿看？医院都跑遍了你不知道，不挡吃不挡喝……

福田还没说完，大门外传来了杂乱的脚步声。福田看到月儿穿一身不合体的衣服走进来，接着，福田就看到了浮萍。浮萍的出现使福田感到了意外，浮萍看他的目光使他感到隐隐的不安。浮萍的眼睛像两潭深不可测的秋水，她的眼睛使福田想起她爹李老增。一想到李老增福田就想起自己的妻子。三年前一个秋日的早晨，他和妻子一块儿走进了李记食品店，当看到李老增那双眼睛的时候，他就后悔了。他后悔自己不该把妻子送到李老增的食品店里来做活。

浮萍说，半夜里醒来吓我一跳，床上咋多个人？拉灯一看，原来是月儿。

月儿站在那儿，脸羞得像一片红布。她低着头穿过福田和河水的目光，但走到门口她停住了。月儿回头看着福田说，爹。

福田咽了一口唾液说，啥事。

月儿看了浮萍一眼说，萍姐想在咱家干活儿。

福田脸上的肌肉抽搐了一下，他没有说话，转身走进了作坊。作坊里一溜放着十几个盒板，盒板里全都晾着黄灿灿香喷喷的月饼。福田扫一眼盒板上那些蓝色的印记，他知道那蓝色的印记下面压着一个"李"字。三年前当他把这些盒板从李老增家搬过来的时候，盒板上的那个"李"字是那样的刺眼，他就买来一盒蓝漆把那个"李"字涂住了。这会儿那个"李"字又从蓝色下透出来，刺着福田的眼睛。

工钱你随意给……

浮萍在他的身后说，可是话没说完她停住了。福田回过头来看着她，浮萍这才接着说，俺妈病得厉害，我求你啦，叔……

福田的嘴唇颤抖着，他没有说话。福田回身搬起一盒板月饼朝门面房里走，走到门口时他停住了，他说，干吧。

福田说完这句话，就后悔得要死。盒板上的那个"李"字压得他喘不过气来，他把憋在心里的气撒在门板上，他把门面房的门板一块块地卸下来，把门板撞得"扑嗒扑嗒"地响，已经热闹起来的街道仿佛离他很远。一个早晨没过，卖月饼的账他就算错了几户，不是多，就是少。

河水说，爹，你咋了。

他说，没咋。

接下来，一整天他的眼里都充满了迷茫，浮萍的红褂子像一团火在他的眼里晃来晃去，可福田又不敢正视她一眼。傍晚的时候，他实在忍不住，就来到正在包月饼馅的浮萍身边，他看着她说，你爹几年了？

浮萍说，三年了。

浮萍接着又说，还有三年。

福田问罢浮萍就后悔了，他心里比谁都清楚，李老增还有三年，可他为啥还要问？连他自己也想不明白。接下来，他只是机械地忙碌着，脑子里老想着李老增的那双眼睛，李老增的眼睛一次次和浮萍的眼睛重叠在一起。天黑下来的时候，河水对福田说，爹，俺妈去俺二姨家了，我想让月儿去看家。

福田点了点头，没说话。

月儿对浮萍说，萍姐，别走了，累一天，就住我屋里吧。

浮萍摇了摇头说，不中，俺妈一个人在家。

福田记得，那天的月光非常明亮。那天夜里福田坐在明亮的月光下又一次看到了浮萍，这使他感到意外。

浮萍说，俺妗子和俺表弟来了，还有他村里几个人，家里没地方住，我就过来了。

福田没有说话，他坐在月光下，看着浮萍撅着屁股在压井那儿压了一盆水，端到月儿的屋里去了，这一点福田看得非常清楚。接下来，他就听到有撩水的声音从月儿的屋里传出来。福田的目光穿过墙壁，就看到了一丝不挂的浮萍站在那里，他感到浑身燥热。这使他想起了三年前那个同样是月光很好的夜晚。那天他本来是跟着曾现民的建筑队去城里打工，顺便给正在城里上学的月儿和儿子红军送两件衣服，没想因为工钱他跟曾现民说僵了，他一气就从城里赶了回来。可到了家里却没有一个人，一看锁着的门他心里就来气，他踏着月光赶了六里路来到岳母家，岳母说，她没有回来呀。他就想到了李老增，一想到李老增他的心里就不踏实，他在李老增家果然找到了妻子，那个时候妻子和李老增两个人正赤条条地在作坊拧成一团……两千块钱……两千块钱……那个时候他真的缺钱，儿子红军和月儿在城里读高中，一月光伙食费就得七八十，李老增想用钱了结他和他妻子之间的事情，他默认了。至今他还清楚地记得他颤着双手接过那两千块钱的情景。可他咽不下这口气，后来他硬逼着妻子去告了李老增……

浮萍洗澡的声音又从屋子里传过来，那声音越来越响，越来越动听，福田的热血都沸腾起来了。在后来的许多日子里，在幻觉里福田都能听到这种声音，他躺在院子里的板床上，被这声音折磨得痛苦不堪。他猛地坐起来，抬头看了看挂在天空里的那轮明月，然后悄悄地来到月儿的门前，他用手推推，门从里面上死了。他很失望，也很烦躁，他身内的欲望把他搞得像一只饿狼。他想起了妻子，想起妻子他又回头看了看天空里的明月。那轮明月仿佛是妻子的眼睛，在很远的地方看着他。在恍惚里，他听到有一个声音在呼叫他，他知道那是妻子的声音。他顺着那个呼唤他的声音一直来到河边，望着月光闪耀的河水，他一直坐了很久。他知道妻子呼唤他的声音就来自眼前的河水里。他知道妻子的灵魂就藏在深深的河水里。望着当年妻子自尽的河流，福田的脑海里却一片空白。福田最后来到河套里，他在妻子的坟前站住了，风从河道里吹过来，他在那风里再次听到了妻子的声音，妻子的声音离他越来越近，妻子的声音越来越清晰，妻子说，你不敢吗……你不敢吗……

福田在那声音的挤压下感到痛苦不堪。他想找到那声音是从哪里发出来的，在朦胧的夜色里，他四处寻找着，月亮仿佛变成了一只眼睛，那眼睛在很远很远的地方看着他。他感到那只眼睛有些熟悉，可他怎么也想不起来那是谁的眼睛。他看着天上的那只眼睛，可是那眼睛被一片灰色的云彩遮住了，等那片灰云飘过去之后，那只眼睛没有了。出现在天空里的月亮变成了一只嘴巴，那嘴巴一张一合，在对他说话，你不敢吗？他想接近那只说话的嘴巴，可是他一走，那嘴巴也往前走，他就这样跟着那只嘴巴一直往前走，他在不知不觉之中跟着天空中那只会说话的嘴巴一直走进院子里。又有一片灰色的云彩把天空里的那只嘴巴遮住了，在福田的记忆里，那只被遮住的嘴巴从此就再也没有出来。福田站在院子里，在幻觉里，他又听到洗澡的声音从月儿的房间里荡出来，而且那声音越来越强烈，水的声音像混沌的夜色弥漫在他的周围。福田站在门前，他的目光穿透了关闭的房门，就看到了浮萍那一丝不挂的身子，她的身子白得耀眼，使他不能忍受。福田咽了一口唾液，他的手伸向了那扇关闭的门，那门竟轻轻地打开了。

福田痴呆地站在门前，看着后墙边上的那张床。尽管屋里光线昏暗，可他还是看清了那个躺在床上的女人的身体。他慢慢地脱掉身上的衣裤，突然间，他变成了一只饿狼朝床上的女人扑过去。三年来的饥渴搞得他头昏脑涨，他没有听清身下的女人发出怎样的呼叫，也没有听到从外边传过来的急促的脚步声。屋里的灯突然亮了，福田被突然亮起的灯光照得不知所措，他看到了立在床前的河水，而在他的身下挣扎着的却不是浮萍，是他的女儿月儿。福田一下子清醒了，他光着身子从床上哆嗦着下来，立在门口的河水转身跑到外边。福田刚从屋里跑出来，河水已经拎着捅火的煤锥一下子打在他的腿上，福田听到有骨头被折断的声音从他的腿里传出来，在他倒下去的时候，福田看到月儿哭着从屋里跑出来，河水手持着煤锥站在那儿发呆。福田看着月儿跑出了大门，他有些绝望地喊叫了一声，我的天呀——

他的喊叫声使河水清醒了，清醒过来的河水又一次扬起手里的煤锥朝他的腿上砸过来，他一边砸一边恶狠狠地骂着，老浑蛋，我打死你，我打死你……

一个月光清冷的夜晚，福田艰难地从镇里爬出来。在月光下，他来到了河套里，在妻子和女儿的坟前，却意外地见到了浮萍。浮萍看他的目光像月光一样清冷，浮萍的目光让他从噩梦里清醒过来，他痛苦不堪地抬起头，透过明亮的月光，他分明看到了李老增，李老增正坐在劳改农场的通炕上朝他微笑。

秋 夜

傍晚的时候飘起了毛毛雨。低个儿说:"算了吧?"高个儿抬头看看灰蒙蒙的天,说:"算了。"而后就把牲口下了套,一匹一匹地领着转圈在地上打滚。低个儿收拾车子犁子耙什么的,最后低个儿说:"来,把化肥抬上。"抬了化肥又抬磷肥。高个儿说:"谁的?"低个儿说:"俺婶的。一亩地。就这。"说完指了指脚下的生茬地又说:"俺叔不在家,没人手。要多少钱给多少钱,权当帮个忙。"

这个时候雨就稠起来。他们不再言语,只听铜铃"叮当叮当"地淡下去,混沌的镇子就近了。镇子里的树冠稠得像深海里的水,一个个浑亮的门洞像灯笼鱼一尾一尾地游过去。他们懵懵懂懂地行了片刻,就在一家门院前立住了。低个儿一推门就扯着嗓子喊:"婶子,回来了。"

一盏灯从远处的灶屋里走出来,灯后是一张半明半暗的脸,那脸说:"拉到柴棚里去。"高个儿听到那声音水泠泠的,像刚被毛毛雨洗过一样。接着就看到一个细腰肥臀的女人被灯影拉着走进堂屋里去,她随手拉了一只凳子放在门口,然后把灯放上去,说:"看得见吗?"低个儿说:"看得见。"女人说:"拉吧,菜一会儿就齐。"

昏暗里,高个儿眼里的院子显得老大,那三间堂屋深深地坐到后面去。他和低个儿把马和车子拉到大门西边的柴棚里。低个儿说:"走吧。"高个儿说:"不慌,我先把牲口喂上。"低个儿走到一半儿又被高个儿喊住了:"有水吗?"低个儿说:"有,出了大门就是河。找个灯吧?"高个儿说:"中。"高个儿一连下河提了三桶水,才下手淘草,等他给牲口加料时,低个儿已经把床给他铺好了。低个儿说:"齐没有?"高个儿说:"齐了。"低个儿说:"走。"高个儿就拍打着手上的草叶麦麸子跟着来到堂屋里。菜已摆到小桌上，两只凳子一左一右。低个儿说："坐。"说完又冲着门口喊："喝啥酒？"灶屋里就有声音传过来："柜子里放着，自己拿。"低个儿站起来，走到靠西墙的柜子前，在里面挑了挑说："喝四五吧？"他看高个儿笑了笑，就说："就喝四五。"低个儿在高个儿的对面坐下来，打开瓶子倒进酒壶又斟了两杯说："来，喝。"高个儿也说："喝。"

堂屋里很静，灶屋里"刺刺啦啦"的炒菜声和女人的走动声都能听清楚。雨细细地下着，沙沙沙，远处和近处，在黑暗里没有边际。

低个儿说："吃菜，别作假。"高个儿说："不作假。出门在外，谁作假饿谁。"低个儿说："就是就是。犁一亩地五块，你一季也不少弄钱吧？"高个儿说："也就六七百块吧。"低个儿说："咦，那不错。这三匹马都是你喂的？"高个儿说："是的。那匹枣红马半月前才买的，九百二。犁了地过完秋就卖它。"低个儿说："不赔？"高个儿说："赔？兄弟，不是给你吹，这马现在拉到集上，最少也得给一千二。我看过的牲口，不赚个百儿八十咱不干！麦前，我在城里东集买了西集卖，八天我赚一千四。"低个儿说："咦，那不错，你也是得法户呀。"高个儿"吱溜"喝了一杯酒，说："这不吹，麦头里我竖起来三间瓦房，麦后俺爹下世，待客的时候，全村老少一个不少。俺宋楼的人，没有一个人说咱别的。"低个儿突然放下筷子，瞪着眼睛看着高个儿说："你是宋楼的？认识青苗吗？"高个儿怔了怔，说："认识。"低个儿说："咦，那人可不得了，五年前，他一个人把俺东地的树偷走十七棵，后来判了两年，回来没有？"高个儿躲开低个儿的目光，低下头去，说："他死了。"低个儿惊得睁大了眼睛："死了？"

屋里静下来，只有雨细细地下，沙沙沙，敲打着房前的树叶，灶屋里的炒菜声也消失了，就听有脚步声响过来，女主人还没进门就急躁地问："他死了？啥时候？"

高个儿抬起头，那女人正好跨进门来，在他们对视的一瞬间，都惊住了。高个儿慌忙把头勾下去。这时东间里有一个孩子哭起来，高个儿就听那女人朝里间去了，她的脚步有些慌乱。低个儿小声说："真的？你可不敢胡说。那人可是俺婶子以前的对象。说起来他也是被逼的，这事可能你也知道的，他丈人要三间房子，他成亲也得盖三间，六间呀，得多少钱？

不然就结不上婚。俺婶啥时一提这事儿，眼就红了，自从她跟俺叔结了婚，就没回过娘家，恨她爹。"接下来，高个儿的目光就躲躲闪闪，再也不去看低个儿，脑子里嗡嗡作响，直到吃过饭低个儿告别，他才糊糊涂涂地来到柴棚下，在兜床上坐下来，呆呆地吸烟。这样不知过了多久，他突然站起来，悄悄地来到堂屋的窗子前，站在那里。细雨仍在下，沙沙沙，仿佛到处都是雨的声音，可高个儿站在窗前动也不动，任凭雨水打湿他的脸，打湿他的衣服。他听到屋里的木床偶尔发出咯吱声，心里就痛苦难忍。最后他终于悄悄地来到门边，伸手推推，没想那门竟开着，一股热浪从他的心头涌过。他正要推门进去，屋里突然传来了孩子的哭闹声。孩子的哭闹声像空中冷不丁地炸过来的一声春雷，那雷声止住他的脚步，他把伸出的手又收了回来。他在门前站了很久，但最后他还是悄悄地回到了柴棚里，脱下湿衣服在兜床上躺下来。他望着黑漆漆的棚顶，在马嚼草的声音里一根一根地吸烟。

不知过了多久，他听到有一个脚步声走过来，尽管那脚步很轻，但他还是听出来了。他屏住气躺在那儿，听着那脚步来到他的床前，他闻到了她呼出的气息，接着，有一只手轻轻地落在了他的身上，他体内的血液滚烫起来，他一下子捉住了那只手，叫一声"菊儿"。

一阵马嘶突然从他们的身边响起来，那马嘶声惊醒了屋里的孩子，孩子顿时哭叫起来。女人挣脱他的手，慌忙往回走。高个儿呆呆地坐在那里，过了好一会儿，他突然从床上跳下来，操起拌草棍就往马身上抽，那马嘶叫着，左右乱跳。马的嘶鸣使他不得不停下手来，棍子也从他的手里落下去。他久久地立在那里，最后他走到马的身边，抱住马脖子轻轻地哭泣起来。

女人醒来的时候，天已经亮了，雨也不知什么时候已经停了。她匆匆起身，来到柴棚里，可是柴棚里只有一床被，别的什么都不在了。她回到屋里把睡着的孩子抱在怀里，顺着车印追到地里。眼前的情景让她愣住了，她家的地已经犁好耙好了，地头上孤零零地放着一只化肥袋子和一只磷肥袋子。她望着空无一人的村道，就忍不住地流下泪来，她喃喃地叫一声："青苗哥……"

舞轿者

九月的阳光把田野里照得热烘烘的，正在地里干活的人看到从村子里走出一队娶亲的队伍来，有人就喊叫起来："来了，来了。"

田地里干活的人便都停住手中的活儿，静立着看。先是几面五颜六色的彩旗，随后是一把红顶黄流苏的小伞子，小伞子的后面，是四个提着红铜大锣的光头汉子。光头们迈着戏步，黄色的铜锣在阳光下闪闪发光，他们手中带有红缨的锣槌一起舞到空中，然后又落下来，击在锣面上，发出"咣——"的一声响。铜锣的声音像一群被枪声惊起的小鸟，和着身后的唢呐声在空中惊恐地飞翔。人们先是看到有两团白雾腾空而起，接着就传来了震耳的三眼铳的枪声。等那白色的烟雾散尽了，就有一顶红红绿绿的花轿出现了。

一个男人说："不是说用汽车吗？"

一个女人说："你知道凤琴的老公公是谁？老铁呀。他抬了一辈子轿，这回他儿子结婚，老铁会让他用车？"

男人说："那可不敢说，他儿子是乡里的团委书记。"

女人说："团委书记算个屁，能当他爹的家？"

说话时，那支队伍就过来了。在那支迎亲的队伍里，最惹人眼的就是那顶花轿。那花轿被四个轿夫抬着，四个轿夫一律的青灰衣裤，他们肩上的花轿晃晃悠悠，一起一伏，就像波动不断的水浪。花轿上的装饰物在阳光下放着刺眼的光芒。

田里的女人指着走在轿边的一个红脸老头说："那个就是老铁。"

男人哦哦地应着，目光仍痴痴地看着那花轿从他们的面前晃过，朝颍河镇去了。

跟在花轿边的那个红脸汉子就是老铁，远远近近的乡亲都知道老铁给儿子娶媳妇，可老铁今天满脸却没有一点笑容，冰冷冰冷的，即使是九月的骄阳也晒不化他的脸。老铁的驼背跟着花轿走，轿夫肩头上的杠子发出"咯吱咯吱"的欢叫声，那叫声像许多小虫子在他的身上爬，一种因焦躁引起的愤恨从他浑浊的目光里流出来，使那些熟悉他的人都不敢正看他一眼。老铁有些恍惚地跟着轿子往前走，扛三眼铳的汉子从前面折回来，迎着老铁站住了，汉子说："铁哥，进镇了，放枪吗？"

老铁停住脚步，抬头往前看，迎亲的彩旗已经进了镇子，他就把手一扬说："放！为啥不放？放！"老铁说话像是给谁赌气似的。汉子听了老铁的话，就小跑着跟上队伍，站在路边，把肩上的铳蹲在地上，吹一吹手中的火媒子，就点燃了三眼铳。一阵枪声过后，就有许多人都从家里拥出来，正在临街门面里忙活的人们，也都停下手中的买卖，往这边看。

颍河镇上的人最爱看热闹。正月十五，狮子龙灯竹马旱船高跷走阁就能出五六班子，每年都要闹上几天，十里八村的人都来赶正月会，人多得可着街筒子拥。不年不节的时候，如果有花轿路过，镇上的人都要拦住在街道里舞轿，况且这几年结婚用汽车的人渐渐地多了，花轿就更稀罕了。刚刚响过的三眼铳声，一下把颍河镇人冷却了几个月的热情挑逗了起来。转眼间，街面上就远远近近放下了好几张桌子，桌面上放了热茶，放了香烟，还备了鞭炮。轿夫们一看这情景，都拿眼睛看老铁。放铳的汉子又跑了过来说："铁哥，舞吗？"

老铁嗔着脸，嘴里只吐出了一个字："舞！"

说完，老铁整了整腰带，走到前面接过轿杠，他底气十足地喊了一声："动！"他的话音刚落，那顶花轿就在大锣唢呐声和轿夫们的吟唱声中舞动起来。内行的人都知道，这舞轿的路数可大有讲究，老铁自幼跟着父亲出门，般般武艺学了六六三十六套，什么"雄鹰展翅"，什么"高台亮风"，什么"金鸡独立"，什么"葵花向阳"……每套都能舞得令人叫绝。所以老铁在颍河镇一带赫赫有名，远远近近的轿夫提起老铁来，没有一个不口服心服的。你看，老铁今天的轿子也真的舞出了水平，使出了心劲。一阵阵叫好声从大锣唢呐声中传出来，只见那支油亮红光的轿杠在老铁的肩上，像被磁铁吸住一样，任老铁弯腰凸胸左出右击时高时低，它都不脱落。一条条长凳越过去了，一张张方桌上去又下来，直舞得轿夫们大汗淋漓，衣服像从水里捞出来的一样。那花轿子从上午十一点一直舞到下午三点，舞过了二十多张方桌，轿夫们换了一回又一回，唯有老铁没下来。大家都有些担心，几次想上去把他换下来，可是都被老铁推开了。最初的时候，还有看热闹的人说笑话："新媳妇这回非得尿裤裆不可。"到后来，人们看到老铁有些苍白的面孔时，心里都为他捏了一把汗，等舞到了最后一张方桌时，人们心里才轻松了一些。可轿夫们的心都寒了，他们知道，到了这一步，别说抬着花轿舞上桌子，就是空着手也难爬上去。放铳的汉子跑过来小声对老铁说："算了吧？"

那个时候的老铁两眼通红，他的手颤抖着，轿夫们都知道老铁的脾气，一看老铁的目光，就都止住了要说的话，只听老铁喘息着说："别坏了咱的规矩。"

老铁说完这句话，就感到头有些发账，要不是抱住轿杠，他非倒下去不可。可是眼前的那张桌子像一团彩云在他的前面飘，那些看热闹的人拥在彩云边，数都数不清。现在老铁只有一个信念，这最后一张方桌一定要舞过去，不能坏了规矩，一定要舞过去！这时三眼铳的枪声又响了，那枪声像血液一样注到了他身上，力气又像火苗一样在他的身上燃烧起来。花轿又在轿夫们的肩头晃动了，只见老铁的身子倾下去，用一只胳膊支撑着，那轿杠就从他的肩上滑到脖窝里，他把另一只手伸下去，想再来一个"水中捞月"。老铁极力想把动作做漂亮些，可是突然间，他肩上的轿杠变得千斤重，压得他喘不过气来。他只感到有一股热热的东西从他的体内涌上来，一张嘴，就有一口鲜血吐出来。老铁感到天旋地转，便一头从桌子上扎了下来。

四周的人惊恐地喊叫着。有人说："快叫新媳妇，她公公……"

说着，就有人跳到花轿边，等掀开轿帘一看，看热闹的人都愣住了，花轿里空空的，没有新媳妇，只有一袋粮食。

这个时候，从西边开过来一辆贴了大红喜字的吉普车，车上装着高音喇叭，那车开到人群前停了下来。人们看到从车上下来一对新人，他们的胸前戴着红花。新郎和新娘挤进人群，他们看到了躺在地上的老铁，新郎惊叫一声："爹——"就扑过去。

老铁微微地睁开眼睛，看着身边的儿子，挣扎着坐起来，他断断续续地说："小亮……爹总算是对……对得起……你……"

老铁当天就死了。老铁安葬那天，一下来了十多班子花轿，那些轿夫在老会首的带领下，一队又一队，长长地排了二里多地。漫天地里都是唢呐声，十多班子唢呐对着吹，只吹得天昏地暗。老铁的儿子在家里待客，一茬又一茬，就连他自己也不知道花去了多少钱。老铁的儿子觉得没脸在颍河镇混下去，就要求调动，带着他的新婚妻子到外乡供职去了。

六十年间

农历三月初九的傍晚时分，一位老太太颤颤巍巍地出现在村子东边的土道上。那个时候村子里的许多人都刚刚上坟回来。明天就是清明节了，他们在一些坟头上添了黄灿灿的新土，插了泛绿的柳枝，然后站在一望无际的麦田里，看着几处袅袅青烟在近处或远处晃动，目光里透着凄伤。他们转回身，看到一带灰白的烟雾被夕阳染红了，像条带子一样飘在黑浓浓的树头上，心中就生出一些茫然。就在这个时候，人们看到了那位老太太像一段木雕出现在村道上。

那位老人满头银发，嘴轮下陷，满脸垂着皱纹，她已经很老了。人们对这位陌生的老人在傍晚时分的出现都感到惊奇。他们跟着她来到村里，看着她在路边的一块麻石上坐下来。老人把一根斑驳的朱红拐杖放在地上，从肩上取下一个蓝色的包裹放在脚边，然后用她暗淡的目光打量着眼前的一切。一个中年人夹着铁锨提着纸篮子在她的身边蹲下来，问："老大娘，找谁呀？"

老人抬起手朝前指了指："那棵老槐树哩？"

"老槐树？"中年人朝老人指的地方看着，嘟哝了一句，"老槐树？"

老人说："这不是槐树庄吗？"

"哦，是哩是哩，老槐树出了，出了二十年了。"

"那座庙哩？"

"庙也扒了，1958年扒哩。"

"挨着庙有一个铁匠铺你知道吗？"

"不知道。"中年人眉头皱起问身边的一个人说："老二，你知道吗？"

这个时候老太太的身边已经围了许多人，那个被称做老二的低个儿说："我听俺爹说过，好像有一个铁匠铺，那都是很早以前的事啦。"

老人没有牙齿的嘴轮颤抖着，她说："寻点水好吗？"

"水？有有有。"老二对身边的一个姑娘说："花儿，回家端碗开水。"

那个叫花儿的姑娘就小跑着走进对过的一个院子里不见了。

中年人又说："找谁哩？"

"刘中会。"

"刘中会？"中年人又皱起眉头看着老二："谁叫刘中会？"

老二说："刘中会不就是老鸡吗？"

"哦哦哦，对对，老鸡，是老鸡，他死了。"

"死了？"

"死了。十几年了，一九七几年死哩。"

老人说："他的家哩？"

"早塌了。"中年人指了指老人身边的空地说："以前他就在这儿住。"

老人吃力地转过身，望着那片空地。那个时候西天的霞光正在淡下去，几片白色的云彩都被染红了。

"水，水来了。"人们听到声音，都给花儿让开路，花儿捧着一个黄瓷碗，递到老人面前。老人接过来，哆嗦着送到唇边，碗里的水一晃一晃，不断从碗边上溅出来，湿了她的衣襟。等喝完了，老人把碗还回去，用手背擦了一下嘴说："他没有后？"

中年人说："没有，打了一辈子光棍。"

"有一个吧。"老二说，"俺爹说他娶过一个，那女的跟人家相好，被他爹抓住，打得死去活来，最后沉河了，后来就没有再娶。"

老人说："老鸡他爹哩？"

"也死了，1958年饿死的。"

"都埋哪儿啦？"

"河边。"

老人就挣扎着站起来，一手提着蓝布包，一手拄着拐杖。

中年人说："就走吗？"

老人说："河边去。"

一群人前挤后拥地跟着她穿过村子往河边走。其实河边并不远，出了村子走不到百米就是。他们沿着码头的引路往河道里走，没有人说话，只有灰色的光线里荡起的尘土。河道依然，一带青水，两岸柳丛，一只赭色的渡船泊在水里荡来荡去，一位老艄公坐在船头吸烟。他看到一群人出现在河岸上，就把烟头从嘴上拿下来。老二走过来说："爹。"

艄公说："啥事？"

老二指了指老太太说："她要找老鸡的坟。"

老太太朝老艄公看一眼，就朝人们指着的坟头走去。她在那个低矮的坟头前坐下来，哆嗦着从包里取出纸钱和火纸，接着又取出一盒火柴来，可是她划了几根都没有划着。这个时候，老艄公走过来，不声不响地从她手里接过火柴，把火纸燃着了。老太太把火纸抖燃着，取出两份给中年人说："这份给他爹。"中年人拿着那份纸走出几步，放在地上。那是一片平地，没有坟头，只有青草。

老太太突然问老艄公说："你知道铁匠吗？"

老艄公一时茫然："铁匠？"

老二说："爹，你给我讲过。"

"哦，知道知道。"

"他人呢？"

"死了，早死了，五六十年了。他跟老鸡的女人相好，被抓住打瘫了，第二年就死了。"

"埋在哪儿啦？"

"就这一片儿吧。"

老艄公说着往草地上指了指。老太太又从包里取出些火纸燃着，挣扎着站起来，朝前走了几步把火纸放下来。那火纸在老人的脚下燃烧着，老人说："就这吧，就算这，拾钱啦，拾钱啦，起来拾钱吧……"然后就默默地站着，一直看着那火纸化成一撮跳动的纸灰，老人双手挂着拐杖就那样站着，默默地看着河道，灰黄的光线把河道弄得苍苍茫茫。

老艄公沉溺在往事之中，他说："老鸡是个好人，他爹要把他女人沉河，他却偷偷地送过河，让她走了。那天晚上下着暴雨，我才八岁，跟着爹在船上守夜。唉，一晃就是六十多年，快着哩。"

老太太转过身来，她哆嗦着抓住老艄公的手，抚摸了一下说："是呀，真快，六十年了，像梦一样。"

老人说完，走几步弯腰拾了包重新挂在肩上，拄着拐杖往回走。一群人都傻傻地站着，望着她的身影在黄昏里渐渐地淡了。老艄公突然醒悟道："噢，八成她就是老鸡的女人吧?"一群人也都醒过来，嘴里叫着："就是就是。"然后朝那淡弱的身影追过去。

洗产包的老人

白大夫一出产房，就惊叫起来，哎呀，下雪了，大娘，你来看呀，下雪了！在她的惊叫声里，有个老人走出来，看着天说，就是，还不小呢。天灰蒙蒙的，大片大片的雪花从天空中落下来，飘飘扬扬很自在。这个时候，不远处响起了鞭炮声，她们突然都意识到是年三十了。白大夫说，人家都下饺子啦！大娘，帮我收拾一下，我先走了。老人说，走吧。老人看着她沿着走廊急急地消失了，才回身进屋去。

一个中年妇女正坐在床边，伺候产妇喝红糖茶。她说，下雪了？老人说，下了。你命好，得个胖孙子！妇女说，一样操心。老人说，那是，人不操心还有啥过头？看着这大个子在身边站着，心里就高兴。那个一边站着的，刚做了爸爸的年轻人不好意思地笑了笑。妇女说，光笑，给你奶搬个凳子。老人说，不搬不搬，我还要去洗产包。妇女说，还洗吗，就过年了。老人说，不能放，再放就是明年了。妇女说，你可在这儿洗好多年了，我有小军时就是你洗的。

老人指着年轻人说，这孩子吗？记不清了，你光说，二十多年了。妇女说，二十三年了。老人说，他爸在哪？妇女说，食品厂，会计。老人说，噢，小名叫狗儿是吧？妇女说，是哩是哩。老人笑了。她指着年轻人说，有他爸的时候，还是我洗的呢。他爷不是老响吗？杀猪的，那是九四几年，老谭医生还在镇子里开诊所。那个时候，老谭刚回来，从汉口，正赶上你婆子难产，开刀拿的，要不是……你想呀，那时咱这儿还没解放，三五十里还找不着一个老谭这样的医生哩……

老人说得小两口愣愣地听，中年妇女就生出许多感慨来，就是，四十多年了。这时候，门响了，伸过来一个脑袋，说，妈，回去吃饭。老人说，你们先吃罢，我还要下河呢。然后对中年妇女说，我大儿子。大儿子说，吃了饭再去吧。老人说，不中，吃了三十的饺子，这一年就完了，先回去吧，一会儿就齐。门"吱扭"一声响，那汉子消失了。老人也走进产房里，她在里面摸弄了一阵，就挎着一篮子产包走出来。妇女说，还不少哩。老人说，七个，今儿生七个。妇女说，哎，对了，把钱给你。老人说，不拿不拿。妇女说，不拿能中？大年下，天又这么冷。说着，就递过去十块钱。老人说，那我就爱财了。妇女说，应该的。老人接了钱，从兜里掏出些零票找给中年妇女，说，两块。妇女说，两块太少了，多留点。老人说，不少。你有孩子那会儿，洗一个多少钱？三毛。老人说着把钱装回兜里去，她说，你们待着，我一会儿就回来。妇女说，你慢些走。老人说，没事儿。老人说着就出了门。

雪还在下，已经白了一地。老人挎着篮子走过一排又一排房子，然后穿过医院的后门，来到田野里。田野里的麦子还没有完全被白雪覆盖住，但那条通向河边的小路已经积了很厚的雪。她的小脚把雪踏得咯吱咯吱响，老人挎着篮子趔趔趄趄地来到河边。天很冷，河水已经结了冰，封住了大半个河面，雪也落白了大半个河面。对岸灰红的柳丛半隐半现地蹲在那里，河道里没有一个人，没有一只船，连只鸟也没有，河道里静得让人不敢喘息。老人在河岸上立了一会儿，还是小心翼翼地往河道里去。坡陡，她走得十分小心。可是，脚下突然一滑，接着就像是谁推了她一把，她的身子就朝河道里滚下去，一直滚到河边不动了。

老人躺在雪地上，感到天旋地转，好大一会儿才坐起来。坐起来她就寻她的篮子，篮子也跟着她滚下了河岸，产包撒了一地。她吃力地站起来，把产包一个一个拾到河边的石头旁。那块老大的红石头，时常随着河水的涨落而移动。早年的时候是她自己移，现在是她儿子移。在她把一切都准备停当的时候，有一滴血落在了她的手上。她用手摸摸额头，才发现额头在她滚下河堤的时候，被树枝划破了。但她不在乎，她一辈子见到的血太多了。她把一个产包抖开，洁白的单子上片片地印着鲜红的血迹，她就想起一个个女人躺到产床上的样子，她就想起一个个丑陋的婴儿从娘肚里走出来的情景。这人……老人喃喃地说一句，就在河边蹲下来，开始洗。

　　雪仍在下，把河道下得迷迷茫茫，老人吃力地扬起棒槌，就有咚——咚——的声响在河道里游荡。河水很凉，刺得骨节有些发麻，一道道血口子在她的手上裂出来，火辣辣地痛。可是老人没有停下来，被她用棒槌砸出来的冰洞已经染成了红色。河道里仍然很静，只有棒槌击打产包的声音，是那样的单调和孤独。老人的身上落满了雪花，但她没有停下来，仍在一件一件地洗，等一件一件地洗完了，她的手也冻木了，她艰难地把湿淋淋的手伸到袄袖里去。老人想，该回家了，儿子和孙子都在等着我哩。老人坐在那里暖了一会儿手，才吃力地站起来，可是她没有站稳，她突然感到一阵头晕，那晕来得好突然，她一下子就跌进了河水里。等那片红色的波纹消失后，河道里就变得很静，只有沙沙的落雪声。

老蚌生珠

黎明时分，有人敲门。刘群对妻子秀丽说，要是老权，你就说我在发烧。说完，刘群脱打脱打上了床，用被子蒙住了头。果然是老权。老权说，群哩？秀丽说，他发了一夜的烧，这会出汗呢。老权说，你家的船被水冲跑了。老权在门口迟疑了一会儿，看刘群没说话，就拐着腿离开了。

老权刚出院门，刘群翻身从床上下来说，老东西，我刚从河边回来，骗我哩！秀丽说，就是他的船，你也该去帮帮他，他瘸着个腿。刘群说，帮他？河里要过鱼了！刘群说着，又蹲在地上去收拾鱼旵子。

清晨，刘群来到颍河边，浑黄的河水又往上涨了好几米高。那条拴在岸边柳树上的小渔船像一片叶子在水面上摇摆不定，他的草帽还挂在船桨上。刘群嘟囔着，骗我哩，你的船这会怕是已冲出几十里路了。刘群站在河边向东眺望，初升的太阳在浑黄的水面上映出一片耀眼的光芒。刘群知道，每年的洪水季节，上游的水库都会开闸放洪，水库里的鱼就会顺水而下。那天上午，颍河里果然过鱼，河岸边熙熙攘攘地挤满了捕鱼的人。刘群兴奋地喊叫着，他在河岸边蹿来蹿去，一会儿水里一会岸上，大鱼和小鱼不时地落入他的旵子里，挣扎着跳动着，他把鱼旵子里的鱼一条一条地扔给岸上的妻子，半小时他就捉了十几条。为了省力，刘群干脆把鱼旵上的绳子系到手脖上，他双腿叉开，立在河岸边，两眼盯着混沌的水面。站在刘群身边的一个穿红衣服的女孩，一不小心从他身边滑到深水里去，人们惊叫起来。刘群本来伸手就可以抓住她，但就在这同时，有一条大鱼跃出水面，刘群扑到水里，他手中的鱼旵子一下罩住了那条大鱼。而那个女孩，却从他身边一闪而过，被水冲远了。

那只进到刘群鱼旵子的鱼足有三尺长，刘群死死地抓住鱼旵把子，却被那鱼带进深水里去，两岸的树木和人群迅速地从他眼前滑过去。刘群用力把那条大鱼拉近自己，那条大鱼红色的脊背横出水面时，在阳光下闪闪发亮，这使刘群兴奋不已。刘群用力游两下，一只手搂住鱼身，他试图抠住那大鱼的鳃，谁知那条鱼尾巴一甩，打在了他的头上，把他打晕了。那条大鱼往上一蹿，没想竟脱去了鱼氅，在空中翻了一个身，扑通一声落进水里不见了。刘群恍惚中看到个人朝他游过来，那是老权。就在刘群要沉下去的时候，老权游过来伸手揪住了他的头发。刘群伸手搂住了来救他的老权，没想他的脑门被拳头击打了一下，就失去了知觉。

刘群醒来的时候，隐约听到有人在哭，他睁开眼，看到自己身边还躺着一个人。那人的腿弯曲着，接着他看到了那张骨瘦如柴的老脸，是老权。刘群吃力地坐起来，看着身边的老权。老权平静地躺在那里，脸色蜡黄。正在哭泣的秀丽停下来说，咱的船是老权爷给追回来的。刘群顺着秀丽的手，果然在河岸边看到了他的渔船。刘群说，咱的船不是在码头边吗？秀丽说，你以为挂着你的草帽就是咱的船了？那草帽是我昨天忘在老权爷船上的。

刘群的目光从河道里的船上收回来，他木呆地看着躺在他身边的老人，许久才从地上爬起来，然后在老人的身边跪下来。阳光从西边漫过来，刘群的身影在一片红光之中被烧成了黑色的剪影，那剪影在水浪击打河岸的声音里颤抖着……

命 运

　　杨洪为人忠厚，工作踏踏实实，虽说性情腼腆，但却能写一手好文章。自从他毕业分配到颍河镇的农林技术推广站，总是得到领导的青睐。特别是他随同杨书记去县里开了一次林业会议，由于他写的材料出色，因而书记很高兴。杨书记拍着他的肩膀说，小伙子，好好干！杨书记五十多岁，为人爽快，说起话来总是哈哈大笑，书记一笑，杨洪的脸就红了。随后杨洪就被借调到镇党委办公室，传言杨书记准备让他抓组织工作，虽然还没有正式下发任命文件，但杨洪已经很感动，因此，他便忘我地工作起来。人们都说，这孩子工作起来真像老书记。杨书记工作起来就是不要命，但最忌讳谁说他老。逢着谁叫他一声老书记，他就会烦到骨子里去。因此，他常常到基层去，以示他的青春常在。最近他下乡总是喊上小杨，目的是让他跟着跑跑，开开眼界，长长见识。

　　一天他们去镇里调查专业户的情况。半晌的时候，杨洪正和村里的干部们谈得热火，忽然闯进一个老农来，他大声嚷着，你们管不管，我种了三亩地的桐树苗儿，说是给二百斤粒子肥，可俺村组长把着不放。村里的书记员说，你喊个啥？书记在这，还解决不了你的问题？老农说，书记在哪儿？书记员看杨书记不在，就随手朝身边的杨洪指了指。老农上去一把抓着杨洪的手说，杨书记，您得给我做主呀。

　　杨洪的脸刷地一下就红了，忙说，我不是杨书记。老农说，别讲姓啥，只要是书记就中，是书记就能解决问题。人们一听都笑起来，这是什么逻辑？书记员就给杨洪开玩笑说，你就承认是杨书记，又有啥？我也是书记呢，只是书记后面还有个员字。哎，往后我们就喊你杨书记了。杨洪忙制止说，别乱别乱，那可不敢乱喊。天近中午，杨书记和杨洪要回去的时候，村里的书记员拿着杨洪忘在办公室的本子追上来喊着，杨书记，你的本子。

杨书记转过脸来，书记员诡秘地一笑说，不是叫您，我叫杨书记。杨洪的脸就红了，他胆怯地看着杨书记。杨书记看了他一眼，然后转身走了。杨洪拿本子的手就哆嗦起来，他说，你看你看，你这玩笑开大了。

后来杨书记就成了杨洪的官称，镇里的干部也不明不白地跟着叫，直叫得杨洪消瘦起来，工作也没以前大胆了，就连走起路来都格外小心，如同身患重病。这天杨洪又跟着杨书记来到颍河镇，杨洪就把书记员拉到一边悄悄地说，伙计，别喊我书记了中不中？书记员说，中呀，那你得请客。杨洪说，中，我请。杨洪忙跑到街上掂回来两只烧鸡一瓶酒，还有二斤花生米，真肯破费，就像过生日一样。等村干部们吃好了，喝足了，杨洪就说，客也请了，求你们往后就不要再叫我杨书记了。有人说，那往后怎样称呼你？还没等杨洪回答，书记员就说，那吧，我们就干脆叫你摘帽书记算了。村干部们一听都笑起来，说，对，我们就叫你摘帽书记。杨洪颓丧地站在那儿，一句话也没说。时近中午，杨书记和杨洪要走了，书记员又拿着杨洪忘到办公室的本子追上来喊着，摘帽书记，摘帽书记……

杨书记一听，站住了，他的脸刷一下黑下来，双目注视着书记员。书记员嘿嘿地笑了，他说，不是叫您的。杨洪站在阳光下，身上的汗刷地就下来了，他胆战心惊地站在那儿看着杨书记黑着脸一个人走了，他回头看着书记员说，你这玩笑开大了，杨书记眼看就退休了。

后来，乡里配班子，杨洪没有进党委，而且吊了起来。杨洪在办公室没事干，每天只给书记端茶倒水，他一看见书记就哆嗦，日子提心吊胆，夜里睡不着觉，吃饭也不香。白天走路，无论听谁说话，都好像是别人在喊他摘帽书记，他停下来，两眼直直地看着说话的人，神情有些痴呆。

两个月没过，杨洪就病倒了，连续高烧，在医院里一连躺了三天。等他醒来的时候，只会看着人傻笑。他常常坐在阳光下，口水银线一样从他的嘴角垂下来，随着他嘴里嘟嘟囔囔的话语飘荡。可是从他身边路过的人，却没有谁能听懂他说的话。

母 亲

　　母亲费了好大的劲，才走完这段被太阳暴晒的柏油路，她的脸上流淌着汗水，可她的脑海里却仍想着那个阴凉的世界。母亲颤抖着手把一份退休申请书递给了主任，开始她有些担心，自己毕竟才是小五十的人，离退休的年龄还有些距离。没想主任迟疑了一会儿说，可以吧。听了主任的话，母亲长长地出了一口气。多少天来，母亲一直被一种说不出来的痛苦折磨着，现在她可以把正在蒙头大睡的儿子从痛苦中解救出来了。

　　母亲站在树荫下，看着路边瓜摊前的一个孩子在吃瓜。一个年轻妇女，孩子的母亲，正在一旁看着，她的嘴角露出一丝欣慰的微笑。这使她想起了自己，她也有过这样幸福的时候，她是多么地爱自己的孩子，可是后来……母亲闭上了眼睛，泪水从她的眼角里流出来。

　　母亲沿着路边的树荫往家走，儿子的面孔在她眼前闪了一下，又闪了一下。他黑黑的皮肤，厚厚的嘴唇，那双有些忧郁的眼睛，太像他的父亲了！不，她不想让她的儿子像他，她的儿子没有父亲。二十多年前她把儿子送人的时候，她是忍受着多么大的痛苦呀，可不行呀，丈夫抛弃了她，她连自己的死活都顾不了……

　　当初，你为什么把我丢了……

　　一个月前，她去找儿子，儿子这样冷冷地问她。听着儿子的话，母亲的心都要碎了。是呀，不应该，可她一个进了劳改场的右派分子，那个时候……二十多年了，日子真的不堪回首。现在，她右派的帽子摘掉了，她又有了工作，那么她就必须把儿子找回来，她要把儿子丢失的一切再还给他，可是一个母亲对儿子的爱呢？她知道，现在她能做的就是弥补，弥补一个母亲对儿子丢失的爱。

一个月来，母亲给儿子跑户口，跑工作，可她到处碰壁，但她又不忍心对儿子说，自己把苦恼和劳累悄悄藏起来。母亲想来想去，最终决定自己提前退休，把自己的工作留给儿子，哪怕他去学校里敲个铃，打个杂……

家门就在眼前，母亲终于回来了，怀着复杂的心情，母亲推开了门，东西杂乱地堆放着，儿子不见了。他走了……母亲无力地在桌边坐下来，在桌子上，她看到了儿子留给她的纸条：

> 我走了。你不要再去找我，我永远不会原谅你，无论什么原因，我都不会原谅一个抛弃自己儿子的母亲……

母亲拿纸条的手哆嗦着，她强撑着身子站起来往外走。母亲挣扎着来到大街上，可是大街上空无一人，只有被阳光晒化的柏油路面发着嗞嗞的声响。

谋杀案

一个细雨蒙蒙的天气里，从纽约哈莱姆区里的一座灰暗的住宅里，走出了一位驼背的老人，他步履蹒跚地来到大街上，他把手中的皮箱紧紧地护在胸前。驼色的帽子低低地压住他那有些失神的眼睛，他久久站在细雨中，最后他终于上了一辆的士。当他在汽车上坐定之后，他取下帽子，目光有些茫然地望着两边纷纷闪过的一座又一座高大的建筑，他厚厚的嘴唇有些微微地颤抖。

的士在离百老汇大街不远的一家旅馆前停下来，老人下了车走进了旅馆，他要了二楼临街的一套房子。他来到房间里，放下皮箱，久久地注视着桌子上的电话，最后他还是走过去。他把话筒拿起来，但他抬起拨号码的手却又慢慢地垂了下去，他呆呆地站了片刻，又把话筒放了回去。他迟疑了片刻，从皮箱里拿出一个包，走进卫生间细心地刮起胡子来。当他在镜子里看到自己干干净净的面容时，这才走出来再次抓起了电话。

"喂，是万象金融中心吗？……哦，我找你们的经理托·斯·哈伊利……对，告诉他我是芝加哥黑色金属实业公司的侨·迈斯……对，我们通过话的，我住阿瑟敦大街十九号的旅馆二楼七号……"他放下电话，站起来，又一次打开箱子，这次他从箱子拿出一把手枪。他来到窗前，把窗帘拉开，从这里正好可以看到旅馆的大门。他知道从百老汇驱车到这里用不了五分钟。他又看了看手中的枪，然后把他装进裤兜里。现在他把一切都准备停当了，可他突然显得有些紧张，他握着双手，在窗子前走来走去，他注视着窗外，他感到腿有些颤抖。

一辆红色的轿车从阿瑟敦大街驶进旅馆，停在车位上。一个身穿银灰色西服的中年人走下车来，老人一眼就认出他来了，哈伊利！他差点叫出声来，他的腿一抖，就坐在了沙发上。他坐在那里听着那个他熟悉的脚步声慢慢地走过来，当门被推开时，他不由得从沙发上站了起来，他张开双手，朝站在他面前的那个中年人叫道："哈伊利——"

哈伊利站住了，他冷冷地看着眼前的这位老人，他一句话也没说，转身就要离去。

"站住！"他听到身后传来的声音有些颤抖，当他转回身时就看到一支手枪对准了他。那个老人哆嗦着说："我……我给你打过不下一百次电话，难道你就不想跟我坐下来谈一谈？"

哈伊利说："把枪放下来，不然我就喊警察了。"

老人的手颤抖了，他看着哈伊利的身影消失在门口，他垂立着，样子像一座塑像。最后，他慢慢地来到窗前，当他看到哈伊利的身影时，他抬起了手枪。

"嘭——"枪响了，他看着哈伊利倒下去。突然，他像从噩梦中醒来一样，丢掉手枪，呼叫着哈伊利的名字，疯了似的往楼下跑去。在院子里，他蹒跚着扑向他，亲吻着他的脸，他嘴里不停地叫着："儿子，我的儿子……"但他还是被赶来的警察拉开了。

事隔二十六天，纽约某区的法庭开庭审理了这起谋杀案。当法庭静下来的时候，站在被告席上的老人紧紧地闭上了自己的眼睛。

"被告人哈斯·比姆，一九二一年生于萨比纳斯，一九三六年定居美国。当过农工、水手、炼钢工人。住在哈莱姆黑人区……一九八九年三月十三日上午十一时三分……"法官把事情的经过叙述了一遍，最后他说："哈伊利身负重伤，三小时后身亡。"

"什么？他死了？"老人睁大了惊恐的眼睛，然后他绝望地拳打着自己的头，"他死了……他死了……我只想让他陪我坐一坐，说会儿话……没想到他死了……"听着他的哭诉，在场的人都愣住了……

内科大夫

这几天他老觉得心里难受，食欲大减。老伴催他几次去看大夫，可他家门庭若市，来看兔子的、来取经的、来买小兔的、来买兔毛的，他走不了。他也不想走出这使他难以割舍的家。都快过一辈子了，日子啥时候有今天这样红火？可挣俩钱也不轻松，今天一起床，他的脸色蜡黄，胸骨跳疼，干活紧张累着了。老伴看他那副样子，就忙喊儿子过来，硬是把他送进了医院。

哎呀，病成这个样，怎么不早来？院里的内科大夫是他光屁股一块长大的，大夫把听诊器放下来沉着脸埋怨他。然后对他身边的儿子说，先拍个片子吧。

等片子拍出来，大夫避开他对儿子说，骨头有问题，怕是……

是啥？儿子紧张地说。大夫说，可能是癌？儿子惊愕地睁大眼睛说，癌？

大夫说，光凭片子也说不准，再做点别的检查，然后才能确诊。大夫说着在桌前坐下来开处方，等开完后又对儿子说，二梁，这事千万别让你爹知道，不然他思想有压力。往后也别让他干活，多吃点好的，这样的病，怕是……

儿子就忙给爹去做检查，一项又一项。完后把老爹拉回家，二话没说就提着篮子上了街，鱼呀，鸡呀，什么好吃买什么。

有熟人碰到二梁就问，二梁，家里有事？

俺爹……二梁一句话没说完，眼泪就流了出来。这样消息就悄悄地传开了。梁家门前的人便多起来，出一屋，进一屋。他一辈子都没和人红过脸，认识他的人没有不念他好处的，日子不多了，所以都想过来看看他，说句安慰话。二梁忙得脚打屁股，拿烟敬茶，小腿肚儿都跑得转了筋。梁家的亲戚朋友也多，每天院子里扎满了自行车。人来了，总不能让人饿着肚子走吧，所以二梁他娘和媳妇就没离开过厨房，又是煎又是炒，没一会儿的闲工夫。

大夫也来了，一进门就按住他说，躺好躺好，别起来。

他说，就这点小病，还麻烦你跑来。大夫临走的时候，把二梁拉到一边小声说，咱乡里医院条件差，确不了诊。别再拖了，去省城吧，我有一个朋友……

第二天，二梁就带着爹去了省城，他们在省城住了一个星期。等从省城回来，梁老汉的气色就变过来了。检查结果并不是什么癌症，而是劳动过度，神经疼。

消息传出去，人们都长长地出了一口气，心里的石头落了地。内科大夫的老婆听了回去告诉大夫说，二梁他爹得的不是癌症。

大夫只是淡淡地笑一笑，然后在椅子上坐下来吃捞面，他咬了一口蒜说，我也没有给他确诊呀……

大夫老婆说，哼，有俩钱不是他了，我去买一对还要一百块，哼！他这前前后后下来，怕是要花去三十对西德兔子的钱。

内科大夫又咬了一口蒜，白了老婆一眼说，你能。

声 音

他从昏迷中醒过来。周围很静，静得能听到自己的吸呼声。然而，那声音仿佛离他十分遥远。他吃力地睁开眼睛，恍惚看到床边有个白色的吊针架，这才慢慢想起来自己在什么地方。我来这儿有多少天了？记不起来了。但在感觉里，他仿佛已经在这里度过了一生的光阴。不知为什么，他为此感到心里难受。

这时门吱的一声开了，一个声音说，咋没生火？另一个声音说，没柴了。哦……男人接着说，他醒了吗？女人说，还没有。

就听房门吱的一声响，随后便没有了说话声。刚才是谁呢？他一点都听不出来。在思索里，四周又静下来。他突然感到有些冷，怎么不生火呢？柴烧完了？哦，完了，完了……一夏天我做了二十几张课桌，刨下的刨花和下脚料都在学校木工房里堆放着，哎，那些下脚料可别烧，还有用呢，说不定谁家孩子的板凳坏了，说不定哪个老师去刮根教鞭……

这时房门吱的一声又开了，一个声音说，还挂不挂了？另一个声音说，不挂了，医生叫抬回去。一个声音说，往哪儿抬？学校？一个声音说，不。一个声音说，那往哪儿抬？一个声音说，还能抬哪儿？菜园里他那间小屋。

他的嘴唇突然哆嗦起来，一只枯皱的手慢慢地举到空中，他说，我……他的声音是那样的微弱，扬起的手像树叶一样在风中抖动着……

他又一次醒来的时候，感到自己的身子在旋转，他吃力地掀开蒙在脸上的被子，一股寒风刀子一样刺在他的脸上。他听到沙沙的脚步声，那是雪。一只手伸过来，不由分说又把被子蒙上了。他眼前的世界漆黑一团，一星火花从他的眼睛里飞出来，又一星火花飞出来，接着是无数的火花，像晴朗的夜空布满了星辰。在明亮的星光里，一群孩子朝他跑过来，他们喊叫着，爷爷——爷爷——他睁开眼睛，那群孩子随着星光消失了，眼前仍是一片黑暗，别走呀……他说，都别走呀……

　　他再次醒来的时候，一切都静止了。他睁开眼睛，漆黑低矮的房顶压在他的脸上，潮湿发霉的气息像水一样浸泡着他，他的手哆嗦着，但已经举不起来，他掉光了牙齿的嘴像个无底的黑洞，他的思想随着他的呼吸从那黑洞里飘出来，我要……回学校……

　　低矮的屋里挤满了人，在灰暗的光线里没有一个人能听清他说些什么，大伙屏住气，看着他干瘪的嘴唇哆嗦着，却没有谁听到死亡的脚步声正悄悄地走近他……

信 仰

　　镇东的河套里响起唢呐的时候，老东刚好把喷灌机装在架子车上。老东的嘴角就露出嘲笑来，鸡巴这些人，求吧！说着，老东拉着架子车走出他家的菜地，朝他的麦地走去。在老东接近麦地的时候，那群求雨的人在他的视线里越来越清晰。老东看到几十个老头老太太一排一排地跪在灿烂的阳光下，正对着香火和供品给老天爷叩头，他们身后挤拥着一片看热闹的熟悉的面孔。鸡巴，都什么年代了！老东在心里说着，吃力地把架子车拉到一口机井边。可当他停下车子的时候，才发现通往机井来的电线被人偷走了两段。哪个鳖孙干的？老东在井边停住朝东观望，看到他家的塑料大棚在阳光下映照着太阳的光芒。

　　现在，老东行走在四月干燥的空气里。自从过了年，老天就没落过一场雨，尘土几乎覆盖了整个大地，就连干枯的颍河也显得土头土脑。老东从塑料大棚里取回电线的时候，天气开始燥热起来。老东在机井边脱掉褂子，只穿一件红色的汗衫。身穿红色汗衫的老东这会儿正穿过他家长势很好的麦田去接那两段被人割去的电线，他要给他家的麦子浇第三遍水了。老东从河边传来的唢呐声里爬上第一根电线杆，两条黑线拉在他的屁股后面如同两根细长的尾巴。

　　就在这个时候，他听到一种异样的声音，他感到天空陡地暗淡下来。他转回脸来看到整个东天一片浑黄，那浑黄咆哮着朝西边滚滚而来。老东还没有明白过来怎么回事，那股强大的风已经来到了他身旁，吹打着他的衣服发出猎猎的声响，好像有一只巨大的手要把老东抓到天上去。老东闭着眼睛，死死地搂住在风中摇动着电线杆子。

　　当那股浑黄的旱风吹过去阳光重新出现的时候，唢呐声消失了，大地一片寂静。老东看到那群求雨的人傻子一样站着或跪着，突然有人朝天上指着喊叫起来，快看——

众人都朝天上看，有个老人颤抖着声音说，那是龙……

老东从电线杆上滑下来，他也抬起头，可是阳光刺得他睁不开眼。老东把手罩在眼上，这才看到天空中有一条灰色的长物在摆动，那是什么？真的是龙？

这个时候他听到身后麦子的响动声，老东回过身，他看到人们已经潮水一般地拥过来，一个老人喊叫着，老天显灵了，都跪下叩头……

那些求雨的人，那些老东熟悉的面孔拥到他家的麦田里一排一排地跪下来，他们脚下的麦子嘶叫着倒下去，老东失声地喊叫着，麦，我的麦……

可是，没有谁听到老东的喊叫声，人们不停地拥进老东家的麦田跪下来。老东在绝望里抬起头来，他看到天空中那个灰黑的影子越来越大，他的腿一软，也跪在了麦地里。老东双手按地，头慢慢地低下去。

四周没有一点声音，人们都虔诚地胆战心惊地跪着，没有一个人胆敢抬头看一看那突然从天而降的圣物，那灰黑的影子离大地越来越近，老东听到了那圣物在空中舞动的声音。老东抬起头，小心翼翼地睁开眼，他看到一块巨大的塑料布从天空中飘落下来，几乎把跪在地上的人都覆盖住了。老东看到，原来那是他家大棚上的塑料布……

老篾匠

我家隔壁有个老篾匠，他人缘好。我年幼的时候，爷爷常常带我到他家串门。至今我还能记起爷爷搂着我，用脚打着节拍吟唱的情景：

> 怀搂孙儿唱古曲，
> 篾匠兄弟好手艺。
> 三月三日竹发笋，
> 四月八日竹成林……

爷爷轻轻地唱，老篾匠笑吟吟地听，不知不觉我就长大了。

现在爷爷早已作古，篾匠爷也年近八十。他孤独地一个人自己生活，很有些凄凉。于是我就时常给他提水，打面，时常给他送些菜饭，把他当亲爷爷看。他很是感激，也挺乐意我孝敬他。

这年冬天，大雪来得特别早。这天篾匠爷早早地起来去厕所，不小心摔了一跤，倒在地上不能动了。幸亏我看见，把他背回屋去，一看他脚上的鞋，我就后悔莫及。我本来早准备让妻子给他做一双棉鞋，可事忙竟忘了。你想，都快八十的人了，怎能穿着沉重的草鞋去踏雪？

我忙回家把自己穿过的一双棉鞋拿来给他穿。篾匠爷倚在床头上细眯着眼睛看着我手里的鞋，脸上露出了一丝微笑。鞋尽管旧些，却给他带来了安慰，我心中也就格外的轻松。

谁知跌了那一跤之后，他就病了，而且病得很厉害。我忙给他穿上棉鞋，扶他上车，送进镇上的医院。来看他的人看着他那变形的五官，都说他没几天阳寿了。

第二天我回家拿东西，刚进门，妻子就一把抓住了我，她一脸的紧张，说，你看，咱光知道让他穿鞋，倒没想到他快不行了。

那有啥？

有啥？没事怪好……

正说着，东院的大娘和西院的二婶来了。

大娘说，咱这儿谁不知道，穿过的鞋不能送给快死的人。

二婶说，那不等于让死人踩着你？霉气都留下来，你往后还会有好日子过？

我只好拿了老人的草鞋去医院。看着老人布满皱纹的面孔，又望了望床边的旧棉鞋，我心里一阵慌乱，伸出去的手都有些颤抖了。想着大娘和二婶那认真的样子，我还是狠了狠心，用报纸包着让前来送饭的妻子带走了。

等打完一瓶点滴，老人的精神好多了。他嘴角上挂着微笑，和来看他的人唠家常。大家都松了一口气，安慰他说，老篾爷，过了这个坎，你还能活上一阵子呢。

老人要出去小便，我只好把他的草鞋拿给他，他一看那草鞋，就怔住了。

我忙说，怕你冻脚，才拿过来。

老人说，还穿棉鞋吧，棉鞋稳当。

我一时不知该怎样对他说好，就顺嘴撒了个谎，我说，棉鞋在外边晒着呢。

老人点点头，就穿上草鞋，让我扶着去厕所。然而我忘了，外边根本没有太阳，老天还在下着雪呢。我没有勇气看他一眼，突然，我觉得老人的手颤得厉害，我一看，他两眼失神，呼吸急促，尿液就顺着他的棉裤流下来。我忙把他扶到床上，去找医生。医生为他诊脉，挂针，而后我就守在他的身边，一言不发。

黄昏降临了，我又想起了难忘的童年往事，想起爷爷瓮声瓮气的腔调来。我极力想象着老篾爷细眯着眼睛微笑的样子，可现在，无论我怎样叫，他都不愿意睁开眼睛，一直到他离开这个世界。

那双旧棉鞋，还有老篾爷那双闭合的眼睛，成了我心中永远的伤痛。

受害者

她拉了一下他，看着前面拥挤着的人群说，那是卖啥的？他感到胳膊有些酸沉，就把手里的两个包放在脚下说，你去看吧。她说，你拿钱呀。

爹安排他说，谈个对象不容易，只要她愿意，见面要彩礼的时候，她要啥，咱给她买啥。他就只好把钱从衣兜里掏出来，抽出来几张十块的递给她。他提着两袋东西在路边的台阶上坐下来，看着她走向拥挤的人群，心里冰块一样灰冷。他恶狠狠地想，你看中的不是我，是我兜里的钱！这时他看见有位满头灰发的中年妇女从人群里挤出来，她一边胡乱地摸着自己的衣服一边往前走，等走到他身边的时候突然一屁股坐在地上哭叫起来。

他忙过来说，大娘，你咋了？中年妇女像见到了救星似的，突然捉住他的手说，钱，我的钱……他说，你的钱咋了？她哭喊着说，我的钱没了。

他想把手收回来，可却被中年妇女攥得紧紧的。街上的人很快就把他们围在中间。他感到很尴尬，中年妇女却一个劲地叫着，我的钱，我的钱……

一个围观者说，这咋回事？另一个围观者说，娘给她儿子要钱。又一个围观者说，肯定是个不孝顺的儿子。

他瞪着说话的人说，你才是她儿子！他一边挣脱着中年妇女抓他的手一边对人们说，我根本不认识她。可是等他用力把她的手掰开，中年妇女又一下子搂住了他的腿。

一个围观者说，肯定是个小偷。他马上向说话的人反击道，你是小偷！他说完，弯下腰耐着性子去问中年妇女，你到底丢啥钱？中年妇女说，我卖猪的钱。一个围观者说，她卖猪的钱被偷了。他说，在哪里丢的？你站起来好好找找。他说着，伸手把她扶起来，那中年妇女在围观者的注视下，把身上摸了遍，可结果什么也没有找到。中年妇女又一屁股坐在了地上伤心地哭述着，老天爷，没法活了，一家人都等着用钱……

他咋看坐在地上哭诉的妇女都像他刚去世不久的亲娘，就从兜里掏出钱来从中抽出一张五块的递给她说，大娘，你别哭，我帮你一点，别嫌少。中年妇女抬起头来怀疑地看着他说，二百多呀。

一个高大的汉子突然伸手抓住了他的衣领，横眉怒目地说，我多会就看不下去了，还有呢？他一时没有弄明白他的意思，他说，你说啥？汉子说，啥？钱！把钱都拿出来！他挣扎着想摆脱他的手，可是汉子的手像钳子一样牢牢地抓住他。他说，我啥时候见她的钱了？汉子愤怒地骂道，杂种，你还充好人，掏！偷人家多少，就拿出来多少！他挣扎着说，谁偷她的钱了？汉子说，没偷？没偷人家搂着你的腿不让走？你说，街上这么多人她不搂，为啥单单搂你的？

汉子的话立刻得到了围观人群的响应，对，让他说说，为啥拉着你不放？他说，你问我，我咋知道。有人说，别听他说，翻，翻他的身。一听说要翻他的身，他就下意识用手护着自己的衣兜。

汉子抬手给了他一个耳光。一个围观者喊叫起来，打他，还让他偷！仇恨的情绪在人群里一下子高涨起来，围观的人朝他拥上来，他被推倒在地上，各种各样的鞋子朝他的身上，脸上踢过来，他感到有一股热乎乎的东西从他嘴里鼻子里流出来，他感到有一个东西猛地击打在他的头上，他的眼一黑，就失去了知觉。

等他醒来的时候仍然感到天地在旋转。他听到一个陌生的声音说，你站起来，好好找找，到底装哪个兜里啦？他听中年妇女说，就这个兜。陌生的声音说，这裤腿里面是啥……这是啥，这不是你的钱吗？中年妇女连连叫起来，没丢没丢，老天爷，咋就掉到裤腿里去了？

他睁开眼睛，强烈的太阳光使他看不清围着他的人，他挣扎着坐起来。这时有个人在他身边蹲下来，他恍惚地看到那个人戴着一顶大檐帽，那个陌生的声音就是从他嘴里发出来的，他说，都是谁打你了？

可是他的眼睛还没有适应眼前的光亮，看不清。有一个围观者说，别讲谁打的，先让那个妇女给他看。有人迎合着说，是呀，她也太大意了。那个陌生的声音说，你先去给他看伤吧。

他再次睁开眼睛，看到那个中年妇女愣在那儿，他看到那个打他耳光的汉子朝中年妇女说，你还推迷，要是出了人命，你吃不了兜着走，别说你一个猪钱，就是十头猪也顶不住一条人命。

他挣扎着从地上爬起来，他去找他放在街边那两个装满见面彩礼的袋子，可是刚才他放袋子的地方什么也没有。他抬头看刚才卖东西的摊子，那里也没有人。他回过头来把围着他的人看了个遍，也没有找到他要找的她，他的腿一软，就像一堵墙壁一样，轰地一下倒在了地上，黑暗再一次在他的眼前降临了。

尹先生

还是读小学的时候，就听尹老先生对我讲，难得糊涂。只是如今记不准这话出自哪位名家之口，是郑板桥郑老先生还是……但写在这句话后面那行用来填空白的小楷我却记得牢实：

> 聪明难，糊涂难，
> 由聪明转入糊涂更难……

说起尹老先生，这是我长大以后才这样称呼他的。其实我当时认识的只不过是位挑大粪住茅屋吃红芋面的老头儿。他中等个儿，背驼驼的，长长的睫毛，脸终日刮得干干净净，连下巴的皱纹里都透着青色。你听咯吱咯吱的桶攀响，他来了。一副发臭的粪桶挑在他的肩上，白色的口罩在他胸前荡来荡去。无论见了谁，他都会说，您好。面上总是带着微笑。

那时每天到了晚上，或者雨天不上学，我们几个半大小子就要到他的茅屋去，闹着他讲故事。他呢，有求必应，他的肚里装着一肚子故事，掏都掏不完。尹先生住在镇中北面的大坑边，一间不大的小屋，土墙茅顶，但屋里井井有条，盆是盆罐是罐，就连灯罩都一尘不染，扫得干净的空地上，时常摊着一片黄沙。每当我们去时，尹先生总是坐在那片黄沙前用手指练字，神情肃然，一丝不苟的样子。他每写完一句话右手都会猛地往上一提，那手势仿佛真的握着一管沉重的笔。他挺着胸，屏着气，细眯着眼睛，身子往后倾着，专心致志地欣赏着沙滩上的字。

我感到奇怪，就问他，为啥不写在纸上？

尹老先生抬起的胳膊落下来，说，这不挺好吗？

说完，他看着我们，长长地叹口气说，你们呀，多好的时光……

话说了一半，又转了。他说，我小的时候，给雷九少家挑水，看着人家去上学，都眼气死了。没钱买纸，我就用黄沙……

尹老先生讲到兴致，眼里放着渴求的光彩，两颊泛着红晕，眉也舒展了，他说，我现在要是有杆笔，哪怕是杆羊毫……

看着他渴求的神情我更产生了一个念头，给他弄一支笔。可我一个四年级的小学生去哪儿弄一支羊毫笔呢？思来想去想起了我的老师。我的老师姓孙，高个，大眼，他也爱写字。我清楚地记得他有好几杆带着红绳的毛笔，我就趁他贴大字报的时候，从他的抽屉里拿了一支，藏在了袖筒里。然后我飞快地跑出校门，来到尹先生家，喘着气把笔递给他。他接过笔拿到眼前，细细地看，又把笔头放到嘴里湿了湿，用拇指和食指夹着顺了顺，随后在手心上写了两下，脱口叫道，好笔，好笔。圆、兴、齐、健四优俱全，写流畅的草书，这长锋笔最好！

看他高兴，我心里也乐了，我说，明天我再给你撕些大字报……

没等我说完，他就拦住了我。他说，使不得，使不得，那是犯罪。你能给我找一块小黑板来就行。

我说，有，我上学时买的，在家里的墙上挂着。

好好，那就借给我用用。正说着，他像发现了什么，把笔凑到门前的光亮里，一边看一边说，咦，这笔还是我的呢。这真是个意外，我也凑上去看，笔杆上果然刻着一个小小的"尹"字。原来这笔是"造反派"从他家抄走的。

尹先生说，这笔你从哪弄的？

我红着脸，低下头，如实地说了。他说，笔是好笔，只是来路不明，不能脏了咱手下的字迹。

我心里很是害怕。尹先生说，你别紧张，晚上我领你到孙老师家赔个不是，往后不这样做，把笔还给他不就行了？听他这样说，我心里热乎乎的，低头摆弄着手指，又担心孙老师不放过我。出乎意料，孙老师非常欢迎尹老先生，又敬烟又端茶，一口一个老师，他们谈得很投机。临走的时候，孙老师把那支毛笔送给尹老先生，还给他拿了两叠厚厚的油光纸。尹先生挣脱不过，只好收下。他说，好，收下收下，我一生一世都记得你，放一着，退一步，当下心安，非图后来福报也。

那天他高兴得像个孩子，深深地给孙老师鞠了个躬。孙老师送我们出了门，说，尹老师，明儿我弄些宣纸，装订成册，请您老空闲时给我写本字帖，也让我临临，好不好？

尹先生说，不敢当。你要是不嫌弃……

没过几天，孙老师真的送了宣纸给尹先生。尹先生很高兴，每日劳动过后，都要坐在油灯前认认真真地写上几张。他入门习的是柳体，青年时却爱上了怀素的狂草，从结构到运笔、从章法到神韵，都有令人叫绝之处。他常对我说，字外求形，字内求神。但直到我成人之后，才悟出了他的两重性格：入了字，发狂极致。入了世，温和极致。只是他的面颊更加消瘦，睫毛显得更长，生活更辛苦。早晨在锅里贴几张玉米面饼子，烧点红薯茶。一连月把还吃不上一顿豆面条，更别说吸烟了。我心里很不是滋味，就在放学的路上，在街上给他捡些烟头撕成丝，让他裹着吸，他很是感激。

过了半月，尹先生就把字帖写好了，他用木板压了两天，才托我给孙老师送去。

谁知，第二天我们学校里召开斗争大会，台上的横标上写着：批斗资产阶级教唆犯右派分子尹化若大会。我坐在下面，怕极了。孙老师来到我身边说，马上你要上去揭发他……

孙老师话还没说完，我的头就轰一下炸了。我不知道我是怎样站到台上去的，只模模糊糊地看见尹先生脖子里挂着一个大牌子，模模糊糊地记得孙老师手里拿着毛笔和字帖进行批判发言……

当天回到家里，我被父亲狠狠地揍了一顿。

从此以后，尹先生更孤独。但他整天仍然面带微笑，右手扶在扁担上，左手前后地摆，一副粪桶在他的肩上咯吱咯吱地响，只是没了胸前的口罩……

我害怕见他，而心里又存藏着一个信念，给他弄一杆毛笔，以补偿我的过失。于是我趁星期天，拾破烂到供销社里去卖，一分一分地把钱积攒起来。后来我用积蓄买来了一支毛笔，在一个夜晚，我怀着紧张的心情偷偷地来到他的小屋前，微弱的灯光从门缝里射出来，我悄悄地凑近门缝朝里看，只见尹先生正稳坐在那片黄沙面前用手指写字，在完成最后一个字的时候，他胳膊高高地举起，手里仿佛握着一杆沉重的笔。他腰身挺立，面颊上的肌肉微微地颤动着，两只眼睛细眯着，欣赏着他的杰作。

我的眼角有个小虫在爬动，用手一抹，是泪。我把毛笔放在门台上，悄悄地离开了……

终 点

　　雪在傍晚时分下起来。父亲站在门口望着飘飘扬扬不紧不慢的雪花还是拿起雨衣往外走。女儿忙从屋里出来说，爹，还去吗？父亲说，去吧。女儿说，爹，下着雪……父亲说，正好坐车的多。父亲说着往外走，父亲走到门口又回过身来。父亲说，推两趟就回来。女儿说，爹……女儿的声音有些凄伤。父亲看到有泪水从女儿的眼睛里流出来，就走回来，伸手为她擦了一把。父亲说，看你，爹推两趟就回来，有啥哩。父亲说完又说，好好在家看书，去吧，回屋吧，下点雪算啥？父亲说着走出门，从车棚里推出三轮车骑上往外走。父亲骑车穿过街道，最后来到通向城里的公路上，可是他始终感到有一道目光跟着他，他知道那是女儿的目光，那目光使他不敢回头，那目光一直在后面凄然地送他来到城里。

　　城里的路灯都亮了，飞扬的大雪使得街上的行人和车辆都很匆忙。父亲一边骑车一边注视着路上的行人，父亲想，没带雨具的人肯定会坐车，他企望着今夜有个好生意。可是骑了好远也没有见到有人要车，父亲不免有些焦急。这时父亲看到一个女孩提着一个包在风雪里往前走，飘雪落白了她的衣领和头发。父亲就把三轮车靠过去，父亲说，要车吗？那个女孩停住了，她看了一眼推车人。由于这段路面没有灯光，父亲没有看清那个女孩的面容。父亲说，要车吗？这么大的雪，我会把你送到家门口的。那个女孩犹豫了一下，最后还是上了车。父亲很高兴，父亲想，生意来了。父亲一边朝前推一边朝女孩子问道，去哪儿？女孩犹豫一下说，朝前走。父亲就蹬车往前走，父亲一边蹬一边对那个女孩说，拍拍雪，化了会凉的。可是女孩却坐着不动，好像压根没有听到他的话。父亲想，咋回事？心里不高兴？父亲就不再言语，只管蹬着往前走。到了一个十字路口，父亲把车速放慢一些对女孩说，拐弯吗？女孩说，不拐。又来到一个路口，父亲问，拐吗？女孩说，不拐。就这样一直往前走，过了一个路口又一个路口，最后车子走上一座大桥，桥很长，桥上的风雪很大。灯光里，父亲看到车上的女孩紧紧地抱着双肩，身子在不停地发抖。父亲说，你冷吧，要不把雨衣脱给你？那女孩颤抖着声音说，我不要。父亲无奈，只好继续往前走。下了桥又到一个路口，父亲说，还不拐吗？女孩说不拐。父亲就继续往前走，路边的房屋渐渐少起来，灯光更加稀少，最后他们来到一个院子的大门前，路就断了。父亲说，到了吗？女孩坐在车里不说话，父亲往大院里看一眼，院里是一片空地。父亲心里就不由得有些发抖，咋啦，碰到鬼了？父亲说，前面没路了。女孩说，没路就拐回去。父亲想，坏了，碰个难缠的主。父亲一边把车掉过头来一边小心翼翼地问道，你家到底住在哪儿？女孩子突然发起火来，说，哪儿那么多话，烦不烦？你不就是要钱吗？蹬吧，一直蹬，等我不想走了，要多少钱给多少钱！

父亲一听这话心里就打战，父亲想，这是啥话，无家可归了？你要一夜不下车，我就蹬你在城里转一夜？到末了你一分不给我能咋着你？她咋回事？为啥下着大雪往外跑？跟家里生气了？父亲忍不住说，跟家里生气了？这回，那女孩没吭声。父亲说，你不回家，家里人不急？那女孩还是没吭声。父亲又说，想开点儿，有啥大不了的？女孩子突然叫起来，你这老头儿，有完没完？我的事儿跟你有啥关系？

父亲说，那我蹬到哪儿算完呢？你连个点都没有。这时车子回到了桥头，父亲说，要不你下去吧，我一分钱不要，算我倒霉中不中？女孩也生气了，女孩说，下去就下去！女孩掂着包就下了车，也不理他，一直走上大桥，可走到桥中央的时候，她停住了。她站在桥栏前一动不动，任风雪吹打。父亲蹬着车子往前走，心里嘟囔着，算我霉气！他一边走一边往回看，他看到那个女孩孤零零地站在那里，风雪吹打着她的头发，高高地扬起来，父亲心里一下就软了。父亲想，她要是想不开，一头栽下去可咋办？父亲这样想着又折回来，他把三轮车停在她的身后，在灯光里，父亲看到她的双肩在抖动，她哭了。父亲拍拍身上的雪，朝她走过去，父亲把脚下的积雪踩得咯吱咯吱响。父亲说，我又回来了。那女孩没有动，她仍在哭。父亲说，真要是没地方去，跟我回家吧。父亲停了一下又说，我有个闺女，她在郑州上大学，我今儿个出来给她挣学费……你要真是没地方去，就跟我一块儿回家吧。父亲没想到听完他的话，那个女孩哭得更厉害了。父亲不由得一阵心酸，父亲说，别哭了，闺女，走，跟我回家吧。说着，他走过去，提起女孩的包，轻轻地拉了拉她的胳膊。这次女孩没有拒绝，她转回身来，在灯光里看着父亲，父亲没想到她腿一软，就给他跪下了。父亲惊慌起来，父亲说，这弄啥这弄啥，起来起来。父亲把女孩子拉起来，让她上车，然后蹬着三轮车往回走。父亲一边走一边想，这算啥事儿？父亲一边蹬车一边就着灯光看车上的女孩，女孩的背影使他感到温暖。父亲想，她的后背多像我的女儿呀。

结　构

　　朋友说，你能行吗？我说，你这不是笑我吗？我怎么不行？你以为我喝多了是不是？朋友说，好好，你别生气，算我没说还不中？哎，那明天你得准时来呀。我从朋友手里接过自行车，说，不就是早晨六点吗？朋友说，噢，你还不迷，那我就放心了。

　　这是什么话？我一边走一边这样想，这臭小子，以为我喝多了，就你那二斤小酒还能让老子喝趴这儿？你也不打听打听我是谁？我就这样晃晃悠悠地往前走，不知怎么回事我摔了一跤，他妈的，咋啦？你以为我真喝多了？老子没有喝多！那不是路灯吗？你看那灯像什么？鸡蛋黄？太阳？你别用你那套鬼把戏骗我，天又没有下雾，太阳怎么会是那个样子？你骗不了我，那是路灯！你看路灯下走着的是什么？那是人，男人和女人，那不是猪也不是狗，那是人，是人你知道吗？你看那路边长的是什么？那是树！你以为那不是树吗？那是树！你以为树正在落叶我就不知道那是树了吗？那是树！你给我说说那树的后面是什么？那是房子！那是楼房！一幢又一幢，你当我不知道？你看到那一幢了吗？路边那一幢，那就是我的家，我的家就在那幢楼上，五楼，右手，你当老子喝多了？哼哼，老子没有喝多，老子喝多了还能爬上楼来？五楼呀，你看是不是？右手，你看是不是？咦，我的钥匙呢？噢，在这呢！你看是不是？这是防盗门上的钥匙，你看我把防盗门打开了是不是？这是里边门上的钥匙，我又把里门打开了，你还说我喝多了，真他妈的放屁。好了，这下你放心了吧？老子到家了，老子现在就站在自己的房子里，这下你该放心了吧？

　　你看我这房子还可以吧？三室一厅，这是书房，这是儿子的卧室，这是我和妻子的卧室。咦，老婆去哪了？萍，你在哪？你还在厨房里忙着的吗？咦，厨房里也没有。你在哪？萍，你在卫生间吗？卫生间里也没有呀？萍，你在哪里？儿子呢？儿子怎么也没有在家呢？他们都到哪儿去了？去他姥姥家了？不可能，他姥姥家在另一座城市里。噢，对了，一定是去车站接他爷爷去了，他爷爷打电话说的就是今天来，对，他们去接我老爹了。是这样，你看，我还不迷吧，我告诉你，老子没喝多！

我没有喝多，是吧，我喝多了还能摸回家？要不咱看会儿电视吧。那不是我的电视吗，三十四寸的大彩电，我打开让你看看，你看这画面怎么样？你看那是谁？叶利钦？不是不是，克林顿，那个人肯定是克林顿，你说我还不认识克林顿？他不就是美国总统吗？算了算了，外国人有什么看头？关掉。我有点口渴，喝点饮料吧。我家的饮料就在客厅的冰箱里放着，下面那一层，你看是不是？你喝什么？是健力宝还是可口可乐？就喝听可口可乐吧。哎呀，真舒服，凉丝丝的。哎，你吸不吸烟？我的烟就放在沙发边上的床头柜里，没有谁知道，是我放的，儿子和妻子都不让我吸，我就放在沙发边的床头柜里了，你看，这不是吗？不吸？不吸就算了，我也不想吸，我瞌睡，我想睡觉，我真的很瞌睡，我想睡，那是我的卧室，那是我的席梦思，我瞌睡……我这样胡乱地说着，我知道我的身边没有一个人，可我还是这样胡乱地说着，我觉得这样心里才是味。说着说着，我的脑子就糊涂了，我晃晃悠悠地来到卧室里，倒在床上就睡着了……

我是被一阵电话铃声惊醒的，可是当我伸手从床头柜上拿起电话的时候，电话里传来的却是忙音。我伸手拉亮灯，看到已经是六点二十了。这时我腰里的传呼机响了。我伸手拿起电话，拨了传呼机上的电话号码。电话刚一通，朋友就开始在电话里训我。朋友说，你怎么回事？你不是说六点准时来吗？你看看现在都什么时候了？我这才想起我们昨天晚上的相约，我说，我这就去。说完我就急忙起身，脸都没洗就跑下楼了。

到了碰头的地方，朋友笑我说，怎么回事？昨天回去，是不是嫂子不让你上床？我说，哪能呢。朋友说，那我打电话，嫂子怎么说你不在家，是不是不想让你来？我说，你往家里打电话了？朋友说，打了。我说，你嫂子在家？朋友说，在家，我还以为是你不想来了。

这就怪了。我忙往家里拨了一个电话，电话是我妻子接的。妻子一听是我就发起火来，妻子说，你跑哪儿去了？一夜都不进家？我说，我怎么没在家？我在家里睡了一夜，就没见你和儿子的影子，你们跑哪儿去了？妻子听我这样说，就更加生气。妻子说，你是不是有病？咱父亲昨天就来了，在家里等你一夜，你倒问我们去哪儿了？要不让咱父亲跟你说话吧。接着，电话里真的传来了老爹的声音，我一听老爹的声音，头"嗡"的一下就大了。我望着朋友呆呆地站着，朋友说，你怎么了？

我没有说话，就那样有些痴呆地站着，朋友过来晃着我的肩膀说，哎，你怎么回事？我喃喃地说，我不知道……我说，我是不是在做梦？

丧　失

> 去吧，一切都只是浮影
> 我的存在也不属于我
>
> ——瓦雷里《海边的墓园》

我的眼睛，天哪，我的眼睛怎么了？那树上的叶子怎么都变成灰色的了？还有那房子、汽车，路边的花草，路上的行人，怎么都变成灰色的了？怎么，我成色盲了吗？是的，我一定是成色盲了，你看从对面走过来的那个女孩子，她穿的一定是一条红色的衣裙，她的脸色也一定红得像个苹果，可现在她在我的眼里却像一张走动的黑白照片，没有了一点色彩。我的天哪，我成色盲了，我成一条狗了，只有狗眼看世界的时候才会是这个样子，我成了一条狗，一条焦躁不安的狗。我沿着城里的马路四处奔跑，我不停地思考着，我怎么会成为一个色盲？我怎么会成为一条狗？救救我吧！我对路上的陌生人这样喊道，救救我吧！可是那些人都不理我，他们匆匆忙忙，仿佛都在争先恐后地赶往墓地，仿佛墓地里只有少数的几张床位供他们去争夺。去吧！我对着他们远去的背影这样喊道。可是我呢？我该到哪儿去呢？

我一边思索一边往前走，最后我来到了单位里。可是那里的一切都变成了灰色，门，窗帘，办公桌，转动的风扇，还有我的那两位胖得像狗熊瘦得像猴子的同事。我说，你们怎么回事，你们在我的眼里怎么都变成了灰色的影子？

怎么，胖子说，你有病了？那还不赶快去找领导汇报？我说，领导？对呀，瘦子说，这些天你不是一直都在找领导吗？是的。他们的话使我突然恢复了记忆。这些天来我是一直都在寻找我的顶头上司。在我的生命里我不能没有他们。上班的时候，没有他们我就不知道应该怎样来安排自己。如果没有他们的目光，我不知道自己应该去喝茶还是去看报纸；如果没有他们的语言，我不知道自己应该是坐着还是站着；如果没有他们的身影，我就会变得焦躁不安，无所适从；没有他们的脚步声的时候，我就会变成一只无头苍蝇，在白色的墙壁之间撞个不停……可是，就在上个星期，我的前任上司在换届的时候成了调研员，我们新上任的领导又去省里开会去了，而临时主持工作的领导在前几天突然出了车祸……

胖子说，你一直没有找到他们吗？没有。我颓丧地说，我去了老领导那里，可他到南方疗养去了。瘦子说，我听说你不是去省城了吗？我苦笑着说，省城？我在那儿转悠了三天，也没有问到领导开会的地方，你说，省城这么大，我一个人去哪儿找呢？我满脸痛苦地站在他们面前，我说，你们说说，我该怎么办？再这样下去，说不定我就要急疯了，你们救救我吧，再这样下去说不定我就会死了，我求你们了，你们帮我想个办法吧……

胖子想了想说，你为什么不到医院里去呢？我说，到医院去？瘦子也说，对，到医院去，我们不是还有一个领导在住院吗？我在绝望之中仿佛看到了一线希望，是呀，我为什么不到医院里去寻找呢？我匆匆忙忙地从单位里跑出来。在医院里，我终于找到了我的上司。那个时候正有几个身穿灰大褂的人在我的上司身边忙来忙去，我刚要接近他，却被一只手推开了。我迫切地说，我要见他。

那个人停住手，看了我一眼说，你是他什么人？我……我说，我需要得到他的抚摸，我需要他看我一眼……那个人说，那好吧。不过，你得先在这上面签个字。说着，那个人就把一个硬纸夹递给我，我看了看纸上的内容，那是一张死亡通知单。怎么？我说，他……那个人说，现在他正需要你，就像你现在需要他一样。

我似乎明白了他话语里所包含的意思，我犹豫了一下，还是在那上面签上了自己的名字。我把硬纸夹还给他，就迫不及待地朝床边扑过去。在床边，我看到了我的希望，尽管我的上司头上缠满了绷带，尽管我看不到他的眼睛，但我焦躁的心情立刻平静下来。我慢慢地在他身边蹲下来，轻轻地拉住他的手，那是一只已经僵硬的手，我把那只手拉到我的脸边，让那手轻轻地抚摸我的脸。就在这个时候，我的眼睛慢慢地恢复了正常，在我的眼睛里，一切都开始有了色彩，我慢慢地觉得自己又有了希望……

飞 翔

全伯说，我走了你就好好地守着，别出去乱走。呈祥说我知道了。全伯走出门又站住了，回头望着呈祥仍有些不放心地说，我说的都记住了？呈祥说，记住了。全伯说，我三五天就回来，我真的回不来就让长安再派一个人回来，别急。呈祥说，我不急。全伯走了两步又站住了，他回过头来又说，要不是家里打电报过来，说啥我也不会让你一个人在这儿守着，这么大个工地……呈祥说，你放心走吧，我又不是小孩。全伯说，我说的都记住了？呈祥说，都记住了。你去吧，你看 6 路车过来了。全伯说，那我就走了。

呈祥站在十月的阳光下，看着全伯匆匆地融进人流里，一会儿，呈祥就看不到全伯的身影了。呈祥想，都走了，在这座城市里我连一个熟人都没有了。呈祥在建筑工地的栅门前一直站了很久，汽车荡起的尘土如细雨一样在他的面前飞扬，各种声音如鸟的翅膀一样在他的面前发出呼呼的声响，可是他一点都没有听到。他立在那里，十月的阳光照在他的背上，照在他的头上，汗水从他的脸上流下来，一直流到脖子里。他想，家乡田野里的阳光也这样炙热吗？他突然意识到，他应该站在更高的地方朝家乡的方向看一看，他真有些想家了。呈祥这样想着，回头看一看身后已经立起的大楼，呈祥想，十层呀。呈祥一边想着一边回身关上工地的栅门，又用锁锁上，他站在杂乱的堆着各种建筑材料的工地上沉思了一下，就走向工棚。来到工棚里，呈祥在自己的床铺前停住了，他从枕头下抽出了两本书。呈祥回身立在那里看着一排靠墙卷起的铺盖自言自语地说，正好有时间复习功课，我不能这样就完了，我还要考，明年还要考！非得到这城里读大学不可！呈祥的心里又涌出一种复杂的情感，他一边往工棚外边走一边这样对自己说，明年我还要参加高考！

　　呈祥再次来到阳光下，他抬头看一眼面前高高耸立的大楼，而后朝楼里走去。在还没有完工的楼梯上到处堆放着废弃的工具，他一边往上爬一边踢动着那些东西。有一只废桶从楼梯的缝间落下去，片刻，呈祥才听到楼下传来一声沉闷的声响。当他爬到楼顶上的时候，他突然看到楼顶的平台上有一群鸽子，那群散漫的鸽子在阳光下发出咕咕的叫声。那群鸽子一看到突然出现的呈祥都呼呼嗒嗒地飞向空中，在呈祥的面前飞向了一望无际的淡蓝色的天空。天空里布满了阳光，阳光下是一片高高低低的呈各种样式的楼群。呈祥想，这就是城市？在城市之外呢？那很远很远的地方就是我的家乡。全伯现在一准已经乘上回家的客车，那客车要不停地走上五小时才能到家。家里的秋庄稼都已经成熟收割了，玉米、大豆、高粱、芝麻、棉花。他仿佛看到了父亲赤红的脊梁在田野里映射着太阳的光芒，他仿佛看到了母亲那双粗糙的手在棉田里忙碌。呈祥想，接下来就要翻耕土地种麦子啦，种完麦子长安就会带着人马回来了，还有全伯。呈祥想，全伯现在到哪儿了？呈祥立在楼顶的平台上，有风从远处吹过来，掀着他的衣角。呈祥的目光又落在远处的楼群上，他拍一拍手里的书自言自语地说，考吧，再考一年，我就不信考不上。呈祥这样想着就在平台上坐下来，倚着墙壁坐下来，那里没有风，呈祥坐在楼顶的阳光里感到很舒适，在十月的阳光里呈祥很认真地打开了不知被他看过多少遍的课本。呈祥想，我再考一年，我就不信我考不上。呈祥一边看一边这样想，阳光照在他身上，使得他浑身发懒，头也有些晕晕的，不一会儿，他就在阳光里不知不觉地睡着了。

　　呈祥在十月的阳光里慢慢地入睡，时间一点点在他的睡梦里流逝。在睡梦里呈祥和全伯一起乘车要回故乡去。呈祥说，我想家。全伯说，想家就走吧。呈祥就跟着全伯往车站去。可是到了车站呈祥还没上车，客车就开走了，呈祥对着车上的全伯不停地叫，可是车还是开走了。呈祥想，我要是会飞有多好呀！呈祥一急真的飞了起来，一会儿就追上了那辆客车。呈祥后来就被一种声音弄醒了，他迷迷糊糊地看到在不远处有一群鸽子。呈祥迷迷糊糊地说，是鸽子。鸽子会飞我也会飞，呈祥这样说了一句又睡着了。阳光真的使人浑身发懒，呈祥这次不知睡了多久。呈祥又做了一个梦，他梦见自己要到城里去，可是他找不到城门，他沿着又高又大的城墙一直往前走呀走呀，一直走到日落西山红霞满天，他也没有找到进城去的门。这时他看到从城墙上飞起一群鸽子。呈祥想，我要是会飞多好呀！会一飞我就飞进城里去了。呈祥这样想着，一用劲果然飞起来了。就在这时，呈祥再次被鸽子呼呼嗒嗒的扇动翅膀声所惊醒，呈祥看到他的视线里满是红色的霞光，那霞光里有一群鸟在高高地飞翔。呈祥迷迷糊糊地想，等等我。呈祥在傍晚的霞光里站起来，他张开双臂往前跑，在满天的霞光里往前跑，他突然感到有什么东西拦住了他的腰。由于他跑得猛，呈祥的身子就越过了楼顶边的围墙，朝下跌去。在他重重地往下落的时候，他手中的书也落下去，那书真的像一只鸟在空中扇动着翅膀，发出呼呼的声响。

门

我的背后挂满了喷血的长舌
耳畔高低不平的暗语荡漾

——于扬《暗语》

他们被一阵激烈的争吵声惊醒了。

丈夫说，谁在吵。

妻子说，不知道。

接着又从外边传来了什么东西撞击在地板上的破碎声。

丈夫说，啥被砸碎了？

妻子说，花瓶吧。

丈夫说，他们是不是打了起来？

妻子说，可能是吧。

丈夫说，我得起来去看看。他说着就急忙穿衣下床。他一起来，妻子也跟着起来了。两个人一起来到门边，可是谁也没有去开门。妻子凑在猫眼儿上往外看，丈夫在后面着急地说，看见了吗？妻子回头看他一眼说，不会小声点，就咱对门这一家。

说着，门外又传来了激烈的争吵声。

男人说，有本事你使呀，不要脸的东西！

女人说，我不要脸？我不要脸我去给俺娘找男人！

啪——一个耳光。

丈夫忙挤到猫眼儿上去看，妻子在后面急得直拉丈夫的衣服。外边的女人叫骂起来，你个鳖孙，你敢打我？你打，你今天不打死我，就是婊子

163

养的！说着，两个人就厮打起来。丈夫一边从猫眼儿里往外看一边小声说，又打起来了。丈夫离开猫眼儿就要去开门。

妻子一把抓住了他，你干啥？

丈夫说，我去劝劝。

妻子说，你咋劝？

丈夫说，不让打就是了。

妻子说，你知道他是谁？

丈夫看着妻子说，你知道？

妻子说，我们对门都住了几年了，你连人家姓啥名谁，在哪儿工作都不知道，你咋劝？

丈夫就不言语。妻子拉开丈夫又凑到猫眼儿上看。听声音好像是那个女人跑到走廊里来了，她喊叫着，你打，刘建国，今天不打死我，你就是婊子养哩！那个女人在楼道里一边哭一边高声地叫骂。那个男人追出来，他抓住女人就往屋里拖，女人发出了鬼一样的号叫声。接着，房门"咣咚"一下关上了，门外的声音也一下子小下来。

丈夫把妻子拉开，说，去看看吧，要不出了事儿咋办？

妻子说，可不能管，你没看他家成天都是来的啥人吗？不是嘭嚓嚓地跳舞，就是呼啦啦地打麻将，喝个酒也喊得楼上楼下不安生，你个书呆子，去了给人家说啥？弄不好人家就把你赶出来，再说不好，人家以为你是看他笑话。

他们正说着，门外的声音又大了起来。女人鬼一样地号叫着，快来人呀，要出人命了！要出人命了！

丈夫说，我出去看看吧？

说完他就伸手去拉门，可是妻子一把抓住了他。妻子说，不能去，你刚才都没有出去，这会儿再去，人家会咋看咱？

丈夫伸出去的手又落了下来，他说，那你说咋办？咱就隔着一道门，看着人家出人命？

妻子说，咱又没出声，他咋会知道咱在家？

丈夫说，深更半夜不在家上哪儿去？

他们正说着，就听楼道里传来了杂乱的脚步声，接着就是砸门的声音。一个男人叫着，开门，建国，开门，建国，开门！另一个男人说，把手伸进去，把手伸进去。丈夫忙又趴到猫眼儿里往外看，妻子在一边焦急地说，弄开了吗？弄开了吗？

丈夫回头推了她一下说，你嚷啥？怕人家听不见？

妻子趁势趴到猫眼儿上往外看。可能是来人把门弄开了，又有杂乱的脚步声朝楼下去了。一个男人叫道，慢点慢点，抓住他的胳膊！那些杂乱的脚步声和说话声慢慢地小下去，慢慢地消失了。

妻子看着丈夫说，走了。

丈夫又趴在猫眼儿里往外看了看说，是哩，他们都走了。咦，他家的门没关……

丈夫回头看着妻子说，我去看看吧。

丈夫说完又去拉门，妻子又一次拉住了他。妻子说，你疯了？人家家里没人，才不能去呢，要是少了东西，你吃不了兜着走。走，回去睡觉，看你的手，都冻得冰凉。

丈夫不再言语，跟着妻子往里走，在拐进卧室的时候，他又回头朝他们家的那扇门看了一眼，他突然感觉到那门上有一个蓝莹莹的东西，他想，那可能是从猫眼儿透进来的光吧。

米 兰

那个带子细细的长长的黑色坤包，挂在她的右肩上，一直垂到胯骨下，随着她的高跟鞋敲击水泥路面的声音，一下又一下地在半空中跳动。市场里的喧闹声像水浪一样，在她的耳边经久不息地响着，这使她感到麻木。她在一个"派"牌服装专卖店的门前停下来。有一个嘴唇涂得鲜红的女孩，正挎着一个五十多岁拿着手机的男人从店门里走出来。她朝店里走去，在和他们擦肩而过的时候，她狠狠地撞了一下那个女孩。

女孩停下来看着她说，你没长眼吗？

她停住，回过身来冷冷地看着她，说，你回家，躺到大床上没人挤你。

女孩还要说什么，但被她身边的男人拦住了。那个男人朝她笑了下说，对不起。

她冷笑道，你对不起谁？回家给你老婆说这话去。

说完，她不再理他们，转身走进店里。她在心里骂道，婊子！野鸡！流氓！淫棍！这时，她看到有一个穿米黄色大衣的女孩从她的对面走过来，那个女孩沉着脸，嘴唇红红的，怀里抱着一个大熊猫玩偶。她是谁？我好像在哪儿见过她？只一瞬间，她就明白过来，那是她自己，她自己从一面镜子里朝她走了过来。她不由得停住了脚步，立在那里，仔细地看着她。她突然感觉到，和她对面站着的女孩十分陌生，她隐隐地看到她的眼角里已经有了细细的皱纹，从她的眼睛里，她看到了她的疲惫。她想，那就是我吗？我那一脸纯净到哪里去了？

这时，有个中年男人从一边走过来。他说，小姐，你要点什么？

她细眯着眼睛看着他说，看看，看看还要钱吗？说完，她转身就往外走，她的心里骂道，这些狗男人，没一个好东西！

在店门口，她没有看到那对男女，他们像水滴一样已经融入在流动的人群里了。初冬午后的阳光从遥远的天际里斜照过来，这却使她感到寒冷。她一边茫然地在熙熙攘攘的人群里走着，先把怀中的大熊猫玩偶换到左胳膊里，然后掏出手机来，拨了一个号码，又甩了一下额边的长发，这才把手机放在耳朵上。停了片刻，她学着电话里的女人说，没应答，那你就歇着吧。说着，她把手机关住了。

米兰。

她突然听到一个陌生的声音在叫她，她停下来，朝四下里寻找，可是她没有看到一个熟悉的面孔，也没有一个人朝她这儿看。她想，是谁在喊我？

她听到有个陌生的声音说，这是米兰吗？

她循着声音看到了一个老太太，那个老太太正站在一辆三轮车前看花卉，那辆三轮车上放满了盛开的菊花和一些常青的植物。

卖花的人说，对，这就是米兰。这花要是放在屋里，满屋都是香气。

老太太说，我知道，年轻的时候，我在南方养过这种花。这么多年都没有见过了，没想到现在我们这儿也有了。

卖花的人说，现在许多南方的花草，我们这里都能养了。

老太太说，这一盆我要了。

她明白了，原来他们在谈论一种和她的名字相同的花，这使她感到亲切，有一股无名的热情涌上她的心头。她走过去，看到那棵植物上开满了米粒一样的小白花，就对卖花的说，我也要一盆。

卖花的男人一边从车上往下搬花一边说，对不起，卖完了。

她说，就拉一盆吗？

卖花的说，拉六盆呢，全都卖完了。不过我花圃里还有，你真想要，我明天可以给你送来。

她感觉到这个卖花的人很亲切，有点像她的哥哥，那个远在家乡土地上劳动的哥哥。她说，你种很多花卉吗？

卖花的男人说，是的，两亩多。说着，他伸手从站在他身边的女人怀里接过孩子，抱孩子的女人朝她淡淡地笑了笑，就对男人怀里的孩子说，叫阿姨。

那个小女孩长得像一朵花，她甜甜地叫了一句，阿姨。

她的心突突地跳几下，她走到男人的身边，看着那个小女孩说，叫阿姨抱抱。她从男人的怀里接过小女孩，她一只胳膊抱着大熊猫玩偶一只胳膊抱着小女孩，她的眼眶里莫名其妙地就湿漉漉的。

卖花的女人说，大妹子，你家在哪儿住？留个地址，明儿我们给你送去。

她说，对不起，我家不是这的。说完，她对怀里的孩子说，这是什么？

孩子说，大熊猫。

她说，喜欢吗？

孩子说，喜欢。

她说，喜欢，阿姨就送给你了。

说着，她把孩子连同那个大熊猫玩偶一起送到女人的怀里，她没敢看那个女人一眼，转身朝街道里走。

卖花的女人忙说，哎，大妹子——

她回身朝他们摆了摆手，伸手拦一辆开过来的的士。她上了车，对司机说，八一路南段。

在行驶的汽车里，她的脑海里一直浮现着那对青年夫妇在花棚里劳动的身影，在他们的周围到处都是盛开的鲜花，到处弥漫着花的芬芳，他们的女儿在花草里奔跑，她在追赶着一对翩翩起舞的花蝴蝶。想象中的田园风光使她感动，她眼中的泪水忍不住地流下来。

回到三楼那套四室一厅的居室里，她感到异常的劳累，一种从来没过的迷茫涌进了她的脑海里。她坐在沙发上，望着她和他的合影，那个可以做她父亲的男人一手搂着她发出了得意的微笑。她拿起手边的电话，拨了一个号码。话筒里传来了一个女人的声音，那女人说，你找谁？她拿着话筒没有出声，电话里的女人不停地询问着，她叭的一下挂断了。她把那张照片拿起来，突然有一种末日来临的感觉，她手上的照片在微微地颤抖。这时，电话铃突然响了。她听着电话铃声发呆，但最后她还是拿起了话筒，话筒里传来了一个男人的声音，米兰？

她嗯了一声。电话里的男人又说，你去哪儿了？

她说，火葬场。

电话里的男人说，看你，又生气了不是？公司里忙，实在走不开……

她说，你有多忙？连个接电话的空儿都没有？

电话里的男人说，真的很忙，等忙过这两天，我一定陪你。

她说，美死你了，你以为我是什么？商场的模特儿？动物园的大熊猫？我告诉你，你再不回来就见不着我了。

电话里男人说，看你，又来了，我这不是在忙业务吗？我要赚钱你知不知道？

她说，我知道。她尽量地使自己平静下来，她说，好好干吧。

电话里的男人说，这就对了，好好地待着，让我放心。

她说，知道了。

她把电话挂断了，可她的手却哆嗦不止，她手中的镜框叭——地一下落在了地上，破碎了。她望着那些玻璃的碎片把她和他的脸切割得惨不忍睹。她把照片从那些碎片里拾起来，怔怔地看了一会儿，就把照片撕成了两半。她把那个男人的照片丢在了茶几上，随后站起身来，走进了卧室，她用了很短的时间，就收拾好了自己的旅行箱。她拉着那个旅行箱来到客厅里，从兜里掏出来一串钥匙，把其中的两把取了下来，和那个男人的照片放在了一起。她抬头看了一眼她曾经熟悉的房子，最后拉开了房门，拖着她的旅行箱走了出去。

现在，她走在大街上，耳边仍然回响着防盗门在关闭时所发出来的声响，那种声音渐渐地离她远去，慢慢地走远了。她在大街上停了下来，抬头看了看天上的阳光。阳光照在她的身上，使她有一种温暖的感觉。

打　赌

　　丁南走出农场的食堂，他看到大雪已经把院子里的空地下白了。王金珠和夏岚他们也从食堂里走出来，夏岚一出来就夸张地惊叫着，哇！好大的雪呀……这时浪子不知从哪里冒了出来，他高声唱道，穿林海，跨雪原，气冲霄汉……

　　王金珠接着朗诵道，《沁园春·雪》，毛泽东。千里冰封，万里雪飘，……好一派北国风光！

　　夏岚说，丁南，咱去颍河边玩吧。

　　丁南说，现在不行，雪还小，明天一早，上河道里踏雪。夏岚一听就跳起来，好哩！随后她就一下子搂住了王金珠的脖子。王金珠推开她说，别闹别闹。哎，她对丁南说，可是这么漫长的一夜怎么打发？浪子说，打扑克。夏岚说，对，还打升级，往脸上贴纸条。王金珠看着丁南说，你说呢？浪子看着他们做了个鬼脸说，怎么，你们八字还没一撇哩就早请示晚汇报了？

　　丁南没有看浪子，他裹了一下大衣就朝前走，他一边走一边说，走，回去打扑克。王金珠瞥了浪子一眼，她拉着夏岚也跟着往前走。浪子用他的翻毛皮鞋狠狠地踢了一下地上的雪，但他还是小跑着跟了上去，他越过王金珠和夏岚，赶上丁南说，你去找扑克，我先去写纸条怎么样？

　　去吧。丁南说完就站住了，他看着浪子踏着薄薄的积雪穿过一排房子，这才回身对身边的王金珠和夏岚说，你们也去，我去找扑克。

　　那天傍晚，丁南冒着飘飘扬扬的大雪几乎找遍了他们所在的农场，也没有找够两副扑克，因为在那个寒冷的冬夜来临的时候，农场里所有的扑克都被知青们占用着。丁南没有办法，只好来到了农场的小卖部里，用自己身上仅有的三毛四分钱买了一副小扑克。当他回到宿舍的时候，浪子早已把纸条写好了。浪子说，扑克呢？你找的扑克呢？

丁南没有说话，而是接过他写好的纸条放在灯光里看。丁南仍没有回答他，他从兜里掏出扑克扔到了床上。夏岚一看，就跳了起来，哎，还是新的，快来，王金珠，快入座，还是你跟丁南，我跟浪子。浪子从丁南手里接过纸条，他趁别人不注意，又从兜里掏出来一沓纸条加进去，像洗牌一样洗了洗。他们就把两张床合在一块，下面铺了两条被子，上面盖了两条被子，就开始打扑克。浪子说，今天咱不打升级。夏岚说，你说打什么？浪子说，交公粮，谁输了谁往脑门上贴纸条。王金珠说，交公粮就交公粮，起牌。第一局夏岚输了，她伸手捏了一张纸条看也不看，放到嘴唇边湿了湿贴在脑门上，大家一看，就哄地一下叫起来：哈哈，日本鬼子——叫完了又去起牌。第二局浪子输了，等他贴上纸条后大家又一起叫起来：哈哈，蒋介石——他们就一直这样打下去，他们的欢叫声把其他宿舍里的人也都吸引来了，十几个人围了一大圈子，他们不时地发出哄闹的声音。有一局王金珠输了，她捏了一张纸贴在脸上，众人一看都笑了，然后大家一起哄叫道，哈哈，你是我老婆——

丁南一看不高兴了，他冷冷地看了浪子一眼。王金珠说，老婆就老婆，来，继续打！说完就起牌。可是下面的一局王金珠又输了，她看了丁南一眼捏起一张纸条贴在了脑门上。众人一看又哄地一下笑起来，大家一起叫道，哈哈，大破鞋——丁南这下火了，他起身伸手抓住浪子，当胸就是一拳，他说，叫你给我捣鬼！浪子也火了，我捣什么鬼？丁南说，刚才你写的有这吗？浪子说，你恼个啥？人家输家还不恼呢？你恼个啥？谁输了谁贴，我还光想贴哩，大破鞋！他这样一说，丁南更火了，他伸手抓过那些纸条三下两下都撕碎了。他说，你写这算个球！浪子说，我写不好你写！丁南说，我不识字！咱不来这小打小闹的，你有种敢不敢跟我打赌？

众人起哄道，对，打赌！

浪子也上了劲，他说，打赌就打赌，你说怎么个打法？

丁南说，你说。你说到哪我认到哪，谁要赖账谁不是人！

众人起哄道，对，谁要赖账谁不是人！

浪子说，咱脱衣服，谁输一盘就脱一件，一直到脱光为止。

众人起哄道，对，脱衣服，脱得连裤头都不剩！

丁南冷笑着说，脱衣服算个球。

浪子说，那你说怎么赌？

丁南说，你真有种敢跟我赌吗？

浪子说，你别拿大话吓人，你说怎么赌吧？谁要赖账他就是婊子养的！

众人起哄道，对，谁赖账谁是婊子养的！

丁南说，那好吧，你听好，谁要是输了，他立马就到颍河里去洗澡！

浪子愣了一下说，去河里洗澡？

丁南说，对，去河里洗澡！

众人一听都狂叫起来，他们的狂叫声把全农场里的人都给弄醒了。人们不知道发生了什么重大的事情，有的人还以为又从北京传来了伟大领袖毛主席的最新最高指示。人们纷纷起床，出来打听是怎么回事。一听说浪子和丁南要打赌去河里洗澡就都来了劲，都在一边起哄，快点，砸冰的家伙都给你们准备好了……丁南和浪子站在那里，丁南看了一眼身边的王金珠，就在床上坐了下来。浪子看了一眼众人也在床上坐了下来。人们静了下来，看着他俩一张一张地起牌，四下里静得能听得见屋外雪花飘落的声音。他俩出牌的声音就像寒风一样在众人的耳边响起。他们手中的牌一张张地少下去，出到最后，丁南从床上站了起来，他二话没说，下床，穿起鞋子就往外走。众人愣了一下就明白过来，都随后跟了出去。

那天晚上丁南走出屋子的时候，雪下得像鹅毛一样大，他的鞋子踏在地上发出咯吱咯吱的声响。王金珠从后面追上来一把抓住了丁南，她说，你不要命了？

丁南推开她，头也不回地往外走。场里的一百多号人全都跟在他的后面，他们个个身上裹着棉衣，头上戴着棉帽，脚上穿着棉鞋，有个人肩上还扛着砸冰用的大铁锤。他们的视线里全是白茫茫的积雪，他们浩浩荡荡地在那个大雪纷飞的冬夜向着二里外的颍河进发，他们的鞋子踏在雪地上发出了杂乱的咯吱声。

丁南走在前头，他心里突然产生了一种莫名其妙的兴奋。他回头看了一眼那群跟在他身后的人们，有一种在战场上冲锋陷阵的当英雄的感觉。当人们来到颍河的岸边，当那把铁锤砸着河面上的冰块发出啾啾的声响的时候，他突然感到有些茫然。他在众人的注视下一件一件地脱衣服，那个时候河道里静得要死，寒冷的空气里只有那些人的喘息声。众人看着丁南把衣服一件一件地脱下来，好像在为这个人送葬。他们看着丁南脱得赤条条地，然后一步一步地哆哆嗦嗦地走向那个刚刚砸出来的冰窟窿。当丁南跳进水里去的那一刻，所有的人一起发出了惊叫，有几个人忙过来把丁南从水里拉上来，他们喊着叫着，慌乱地把一件件大衣裹在丁南的身上，他们呼叫着抬起他往岸上奔跑。

沉默一下子爆发了，他们的喊叫声在空旷的河道里四处回荡。

阳 台

　　她随着他走进屋来，回身看着他关上门。屋里的光线已经有些暗淡，她朝客厅里看一眼说，她真没在家？他说，看你，还信不过我？她说，医院里还有谁？就她自己守着老头吗？他说，是的，就她自己。我从医院里一出来就给你打传呼，可是我不知道你的传呼是什么时候停的。她说，昨天。起初我也不知道，我说不对呀，怎么一天都没有人给我打传呼呢？他说，打电话也找不到你，我一直在你们单位门口等了半小时，你的传呼怎么停了呢？她说，可能是欠费吧。

　　她说着上来就搂住了他，她亲了他一下说，想死我了。说完他们就搂成一团。他把手伸进她的衣服里，她就哼哼地叫着，两只胳膊像条蛇绞在他的脖子上。他把舌头探进她的嘴里，她的哼叫声就消失了。他弯了一下腰，把胳膊伸到她的腿弯处，一用力就把她抱了起来。他抱着她在客厅里转了一圈就往卧室里去，就在这个时候，楼道里传来了脚步声。

　　谁？她说，会不会是她？

　　看你，他说，怎么会是她。楼上的人。

　　可是那个脚步声偏偏在他家的门前停住了。他把她放下来，拉着她快步走进客厅里。他们先听到有轻轻的说话声，随后有一个脚步声往楼上去了。接下来，就有哗哗啦啦的钥匙响，有钥匙插入了防盗门的锁孔里，防盗门被打开了。他吃了一惊，说，真是她？

　　她也紧张起来，她说，咋办？

　　他灵机一动，推着她就往书房里走，他一边走一边小声地说，到阳台上待一会儿。说着就拉开通向阳台的门，仓促里，他又亲了她一下。等把阳台上的房门关上，回到客厅里，就听到有钥匙开门的声音。他说，谁呀？

门外响起了一个女人的声音，是我。

他拉开门，看到妻子站在门口，妻子一边拔掉钥匙一边说，你上门干什么？他笑了笑说，是不是你用错了钥匙？她看了看手中那串颜色相同的钥匙，现在她已经没有办法来区分她刚才使用的是哪一把钥匙了。她说，怎么会用错呢？他说，人嘛，总是会有走神的时候。她也笑了一下说，可能吧。

她随手打开了灯。把手中的提兜放在沙发上说，你怎么还在家里，我还以为你早走了。你不知道医院里没人？他说，医院里没有人那你回来干什么？她说，你妹去了，我就回来看看。哎，你给老头拿的衣服呢？他说，我在路上碰到一位老同学。

她似乎有些生气，是呀，你一百条理由都能找出来，你怎么就不想想老头在医院里等着换衣服？说着她就走进另一个房间，拉开柜门翻找起来。一会儿就整了一包衣服，她看了看倚在门口的他说，看，你就会看，还不快提上走？他把那包提在手里说，那你呢？你不去？小妹轻易不来，她一来你就躲开，什么意思？她会怎么想？你还记着以前的事儿？她说，我又没有说不去，你说这么多干啥？看你们陈家，都是一些啥人！他说，好了好了，你就当我是一泡狗屎好不好，就算你这花儿插错了地方，走吧走吧，老爸还等着换衣服呢。他走到门边随手把灯关上了，屋里暗下来。他说，走吧。然后拉开了门。楼洞里的灯已经亮了，他们先后走出去，咣咚——咯嘣——把门全关上了。

她站在阳台上，听到屋里恢复了平静。她伸手去拉门，可是阳台上的门却从里面插上了。她站在那里迟疑了一会儿，回过身来。她这才注意到阳台是用茶色玻璃装封的，在灰暗的光线里她看到阳台上摆放着几盆花草，其中有一盆是铁树。那盆铁树已经长得快有她这么高了，它四处伸展的叶子几乎占满了整个阳台。她朝前走了一步，来到阳台边，通过茶色玻璃朝楼下观看，她已经看不清那些在街道上行走的人了，有一些黄色的的士在街道里穿梭，车轮荡起的尘土被亮起的车灯照得像一团又一团黄色的雾。突然，她看到了他。他和他的妻子站在路边，有一道车灯照亮了他们。她看到他朝那辆开过来的的士扬扬手，那辆的士就停下了。他拉开车门坐进去，可是他的妻子却站在车下，她不知道她在对他说什么，她朝车里打了一个手势就转身往回走。她怎么又回来了？她立刻紧张起来。这时她看到他也从车上走了下来，他朝阳台这儿看了一眼。她想拉开窗子对他摆摆手，但是他却回身对车里的司机说着什么，一转眼，他的身影也消失了。她知道他在担心她。她为什么又回来了？她站在那里迟疑了一会儿，听到外边有开门的声音，她顿时紧张起来，她伸手想拉住那棵铁树的叶子，但铁树坚硬的叶子刺了她一下。疼痛使她从沉迷中清醒过来，她弯着腰钻过铁树的叶子，来到铁树的另一边。这样一来，那棵铁树的叶子就挡住了她的身子。她站在铁树的后面，屏着气，听着外边的动静，她听到有一对男女的对话声从客厅里传出来。

男的说，他呢？女的说，在楼下。男的说，那我怎么办？女的说，你就在这儿等我，我到医院把他安排住就回来。咦，他上来了。男的说，谁？女的似乎很紧张，她说，肯定是他，你听脚步声，他上来了。男的也紧张起来，他说，那我怎么办？

她听到一阵脚步声朝书房里走过来，接着，阳台的门拉开了，她不由得往下缩了缩身子。她透过铁树的叶子看到有一个陌生男人走到了阳台上，随后，阳台上的门就关上了。她听到有一个脚步声走进屋来，她听到了他的说话声，你在哪儿？

我在这儿。她听到那个女人说。

他说，你在那儿干什么？她说，我在找东西呀。他说，找什么东西？黑乎乎的你找什么东西？

吧——书房里的灯亮了。灯光从窗子里穿过来，照亮了阳台。她蹲在那里，她看到了那个站在门边的男人往后退了退，她想，我好像在哪见过这个男人。

这时书房里又传来了他们的对话声。他说，书房的门怎么没插上？她说，我刚才去找东西了。他说，找到了吗？她说，没有，我记错了，还在那屋里。哎，你怎么又上来了？他说，我忘了戴手表，夜里看老头，没表不中。

噢——她明白他的话是在说给她听。她蹲在那里听到那个女人说，那赶快去找吧。不知他们是谁把灯又关上了，阳台上也刷——地一下暗下来。她听着他们走出去，片刻，就听外边的门咣咚——咯嘣——就关上了，屋子里又静了下来，她听到站在铁树另一边的那个男人长长地出了一口气。她想，他是谁呢？噢——想起来了，这不是他吗？他怎么会……噢——她明白了，她暗自笑了一会儿。她感到自己的腿蹲得有些疼，她就慢慢地站起来，但她的手还是碰到了铁树的叶子，那像针一样的叶子再次扎疼了她的手，她不由得轻声地叫了一下。她发出的声音把站在铁树另一边的男人吓了一跳，他说，谁——

她没有接他的话，她从铁树的叶子下钻出来，她在灰暗的光线里看了那个男人一眼，但她没有看清他的面容，她只听到他因紧张而发出的呼吸声。

她说，你别怕。他哆嗦着说，你是谁？她说，我是上帝的使者。他说，上帝的使者？你怎么会在这里？她说，因为我是上帝的使者，所以我可以无处不在。可是你为什么会在这里？他说，我——

她笑了一下，随手推开了门，走进了书房。她回头朝那个面孔模糊的男人看了一眼说，你还愿意在阳台上待着吗？要不要我把门在里面帮你插上？

不不不。他连声地说道，他也从阳台走到书房里。她说，你说，他们走远了吗？他说，可能吧。她说，要不要我把灯打开？他说，我想是可以的。听他的语气，他似乎已经恢复了平静。只听吧——的一声响，书房里的灯又亮了。

在灯光里，他看清了她，他惊讶地说，哎呀——怎么会是你？她说，你还记得我？他说，看你说的，怎么会不记得。那次你和陈林一块儿去皇家夜总会……哎，你的舞跳得真好，探戈，真好。她说，你的歌唱得也好，《三套车》，我还以为你是搞专业的呢？她停了一下，看着他说，很想听你再唱一遍。他笑了笑说，是吗？她说，是的。他说，如果你乐意的话……他说着抬起胳膊看了看手表说，我请你去吃西餐好吗？她说，我很乐意，我的肚子正好有些饿了。他说，那我们走吧。她说，走。

　　她随手关掉了灯，在灰暗里她伸手挎住了他的胳膊，他们一同走到门边，他伸手拉开了门。就在这个时候，屋里的电话铃响了，他们在灰暗的光线里互相看了一眼。

　　他想，一定是她打来的电话。

　　她想，一定是他打来的电话。

　　但是他们站在那里谁也没动，他们听着刺耳的铃声一下又一下地在灰暗里响起来又落下去，最后他说，走吧？她说，走。

　　他们走出去，他咣咚——一下把里面的木门关上了。她咯嘣——一下把外边的铁门关上了。她挎着他的胳膊沿着楼梯往下走，他们隐隐约约听到那急促的电话铃仍在不停地响着。

赤脚医生

村夫图之一

有一个电影叫《春苗》，写的就是农村赤脚医生的事儿。记得上小学的时候，我们成群结队地去田间小道上拾蒺藜，割青蒿，去坑塘里捞浮萍，去河水里捞杂草。那些都是中药，我们每个人都有任务，晾干后要交到大队医疗室里。医疗室门前的空地上放着堆积如山的中草药。后来读《本草纲目》，才知道现在能吃的东西几乎都是中药，许多不能吃的东西也是中药。

我们大队里的赤脚医生有好几个，给我印象最深的就数吴青云了。他长一口黄板牙，好吃生蒜，放个屁是蒜气，就别说他呼出的气息了。他要是给男人打针，男人就把脸转到一边去，那就别说女人了，女人们更不会让他往自己的屁股上打针。吴青云之所以能当上赤脚医生，一个原因是他在部队上喂过三年猪，会给猪打针。他转业回来的第二天，在街上见到了他二大爷。二大爷说，啥时候回来的？吴青云说，昨晚。二大爷一听就生气了，妈那个×，才出去两天就学洋了，坐碗，你还坐盆呢！别人问他，青云，在部队上当干了几年，当个啥干部？吴青云说，他妈的，班长以下的干部。吴青云的故事在我们那儿广为流传。吴青云能当上赤脚医生的第二点是因为他会治黄病。

我们颍河镇北边一个名叫苏堂的村庄，村子里住着一个姓苏的老太太。早年间老太太的男人得了黄疸病，后来又成了肝炎，黄疸带上肝炎，就很难治。老太太拉着自己的男人山南海北地去看，最后也没能把她男人从病里扒出来。常言说久病成医，最后那个老太太就成了远近闻名的医生，赤脚医生。那个老太太是吴青云的二姨。吴青云治黄疸病的药都是从他二姨家里偷来的。他二姨家制成的治黄疸的药丸一筐箩一筐箩地都晾在院子里。常言说，家贼难防，二姨会防她的外甥？所以吴青云就成了赤脚医生。能使吴青云成为赤脚医生的是我们那儿的老中医曹老仙。多年以来曹老仙都想弄明白苏老太太治黄疸病到底用的是哪几味中药，后来吴青云就把那些黑丸子药送到了曹老仙的手上，但他到死也没能分析出来。

多年前的一个秋天我回老家。刚坐船渡过河，就有一个中年人迎上来，他笑容可掬，我一眼就认出了他是吴青云，但他却不认得我。他说，客从哪儿来？我说，有事吗？他笑了，说，去苏堂吗？我笑了，明白了他的意思。在苏堂南边和北边的公路上，都站着这样的人，为的是迎接从远方来的求医者。他把你迎住，然后带到苏老太太那儿。苏老太太看病从来不收钱，只收礼。远道来的投医者都要在村上的小卖部里买些东西掂着。那些把你带到老太太那儿去的人家里大都开着小卖部，他也不要你的酬谢，你只要买他的东西就行。吴青云后来就干这个行当。听母亲说他在苏堂找了个媳妇，倒插门过去了，就在他二姨家不远的地方，所以他家也开了一个小卖部。客人送到他二姨家的礼品后来又都回到了他的小卖部里，等着下一个客人来买。

我有一个朋友，是个医生，他说，那很简单，只不过是一个治黄疸病的单方，几味中药，磨碎，做成豆粒大小的黑丸，就成了。说着他在一张纸上写了几味中药：茵陈、土木贼、星星草、豆杆灰、霜打的红芋面、车前子，再加上白糖。我说这可是秘方。我的朋友笑了，他说，什么秘方，药书上都写着呢。就这么简单，大凡识字的中国人，从《本草纲目》里摘几个单方出来，或许都能做医生，赤脚医生。李时珍了不起，教给了无数人养家糊口的本领。所以中国能人多，在医生前面又加上"赤脚"两个字，很新鲜，也很革命化。赤脚医生是"文化大革命"的产物。文化革命在二十多年前就结束了，所以赤脚医生这个词对现在的年轻人来说也一定很新鲜。

有一次我回故乡，听说那个苏老太太去世了。在码头上我也没有见到迎客的吴青云。他可能是接了他二姨的班，成了一名真正的赤脚医生。因为吴青云在我们颍河的河套里还有二亩地，农忙的时候，他还得到地里去劳作。

锔　匠

村夫图之二

在我们颍河镇一带，锔匠不光锔碗，还锔盆锔缸饲锅。锅是铁锅，尖底，大口。铁锅大小不一，所以锔锅的锔子也大小不同，因锅而宜。锔子有铁有铜，还有银的，但一般人家用不起。锔子的两端分别有一根朝一边弯着的细细的脚钉，中间的形状像柳叶，大小不等的柳叶。铁锔子像生了锈的柳叶，铜锔子像秋天里在空中飘落的柳叶，银锔子呢，就是月光里的柳叶。中秋的圆月下，你看到微风中柳树上有梦一样的亮光，那就是银锔子。铁锅烂了，主人请一锔匠，用铁锔子把锅重新锔到一起，一排锔钉随着裂纹弯曲而上，就像村姑衣服上的一排用布绳盘着的扣子。但我们那儿锔锅不叫锔，叫钉。锔匠走村串户，肩上的桑木扁担忽悠忽悠，你听到从他嘴里喊出的就是：轱辘锅——钉锅——那喊声前一句是从锅字那儿升高，然后再下滑，到了后一句是钉字猛地一高，最后那个锅字才悠然地飘下去，有些太康道情的风骨，柔而不腻，就像一道清香可口的豫菜。轱辘是我们那儿的方言，就是补。比如说锅底上捣了一个洞，锔子拿不了，就得轱辘。锔匠先生升一盘炭火，炭火上放一特制的小锅，化铁汁。锔匠轱辘锅一般喜欢在傍晚，干着干着天色就黑下来，炭火上还有半锅铁汁没用完，就打铁花。从农家里找来一把扬场的木锨，舀一勺火红的铁汁，吧——地一下猛地打出去，夜空里满天的火星，就像天女散花，好看！所以锔匠一般都通晓铁匠的活儿，锔子大多都是自己打。

我老姥爷就是个铁匠，但他却不学锔匠的活儿。老姥爷说，懒汉才干那活儿，拿个小土钻坐在那儿日——日——地钻眼儿，不够腻烦人的。他自己长得人高马大，看不起那小打小闹的手艺。可是不知为什么，到了我姥爷那儿，人却生得又瘦又小，遗传基因在这儿不管用。铁匠铺里有师傅有徒弟，各围一块帆布围裙，戴着护脚，师傅左手的火钳从炉火里拖出一块烤人的红铁，徒弟眼明手快，丢掉风箱把子抓起锤把子。师徒弓腿弯腰站在砧子边上，师傅右手拿一把小锤，在砧子边上敲得叮当作响。师傅的小锤指向哪里，徒弟手里的大锤就打到哪里，火星四溅。可是姥爷那身体，一拉不动大风箱，二抡不了大锤。老姥爷生气地说，你去做锢匠吧！姥爷后来真的投了一个师傅，做了锢匠。老姥爷拍着自己的胸口悔恨不已，他说，哎呀，看来这人不能说过天话呀，说哪儿跌哪儿，报应呀，报应！可姥爷的锢匠却做得有滋有味。姥爷的手艺在我们那一带是出了名的。姥爷最拿手的活儿是锢缸和盆。缸是陶缸，都是一些粗陶，小底，大肚子，红枣一样的颜色，缸壁很薄，在那样的陶片上用土钻打眼上锔子真得好功夫。盆是瓦盆，盆口上有一圈腰子，好用手抓住来回搬动。外边粗糙，橘红色，里面上了釉子，深红色，玻璃一样光滑。小时候常常看见一个陌生人拉一车子瓦盆来到我们镇子上，在街边放了一地，叫卖。那时我们那儿家家的厨房里都有瓦盆，所以我姥爷在我们那远近闻名。姥爷在一个马扎子上坐下，把烂成几块的瓦盆放到铺了蓝布的膝盖上，日——日——地土钻响，就有细小的粉红色瓦沫流下来。姥爷一边钻眼一边看着站在阳光里的主妇说，铁锔还是铜锔？家景好一些的人家就会说，铜锔吧。

　　姥爷干了一辈子锢匠，却从来没有用过银锔子。但姥爷的师傅用过。银锔子一来锔银器，二来锔玉器。姥爷还没有跟师傅的时候，师傅就锔过一回玉器。那是一只玉碗，镇上地主雷九少家的。师傅说，和田你知道吗？在新疆，那里的玉最好。师傅又说，知道吗？玉有两种，软玉和硬玉。硬玉又叫翡翠，像玻璃一样光滑，清澈如秋水。硬玉有翡翠绿，苹果绿。软玉呢？纯得就像雪，叫雪花白，咱这儿叫羊脂玉。我锔的那只玉碗就是羊脂玉。哎呀，那玉……师傅说得姥爷两只眼睛都放着绿光。最后师傅说，一个锢匠，要是一辈子没有锔过玉器，那还叫啥锢匠？所以姥爷一生中最大的愿望就是要锔一回玉器，用一回银锔子。

　　姥爷死于 1976 年，那一年他八十五岁。姥爷一个人在家憋得难受，就把自家的一个细瓷盘子在石头上磕成两半，把他的小土钻拿出来，锔。那一回姥爷用的是十二个一寸半长的小锔子，锔子是银的。那十二个银锔子装在一个小布袋里，那袋子黑夜白天都挂在姥爷的腰带上，那是师傅临死前传给他的，几十年来从没有离开过，光装锔子的小布袋就换了六个。那一年姥爷用十二个银锔子锔了一个瓷盘子，了结了他一辈子的心愿。那个秋天姥爷的眼已经花了，小土钻把他的手指钻破了，结果中了风。姥爷死了，后继无人。

张奶奶

村夫图之三

张奶奶是我家的邻居，东西特别的贵，母亲上她家借过两回水桶，一回都没有借来。她养了一只花猫，喂猫用的是一只粗瓷碗。有一天花猫把粗瓷碗打烂了，烂成了三块。她气得提着一根棍子把那花猫追了三圈子。回到家里又见儿子把粗碗扔到了粪堆上，气得张奶奶把儿子骂了一顿。

张奶奶说，这日子算过不好了。

儿子说，烂了就烂了，一个粗瓷碗顶上两毛钱……

话还没有说完，张奶奶又是一顿臭骂，儿子不惹老娘生气，就躲到一边去了。过天镇上来了一个铜匠，张奶奶就把铜匠请回了家，把那烂碗拿出来。

铜匠看看粗瓷碗说，锔吗？

张奶奶说，锔。

铜匠说，用铜的还是用铁的？

张奶奶说，用铜的多少钱？

铜匠说，铜的一毛五。

张奶奶说，那就用铜的。

铜匠就在院子里张了摊，在膝盖上搭了一块灰布，把碗片放在腿上，拿着一把小土钻，在碗片上日——日——地钻眼，开始锔碗了。金黄色的锔钉在阳光下闪闪发光，一片一片锔钉锔上去，粗瓷碗就恢复了原样。数一数，一共用了十六个锔钉，一算，总共二块四毛钱。

儿子回来一听就朝张奶奶瞪眼，你疯了？买一个新碗才五毛钱……

话还没有说完，张奶奶就生气了，骂道，这日子算过不好了。

张奶奶也不用那碗喂猫了，就放在堂屋的方桌上，对来家串门的人说，看看人家那手艺。

这都是多年以前的事了，现在有这样的傻瓜吗？没有。所以张奶奶是个大艺术家，一般人达不到那个境界。

队长袁鳖

村夫图之四

　　父亲六四年因为"四清"中犯了四不清的错误，被送到百里之外的劳改场，家里只有母亲一个人挣工分。那个时候我们兄妹六人，一年分的粮食不够半年吃。于是大哥不得不下学去队里劳动，和大人干一样的活，大人拿十分，他却只拿五分，没办法，那是队长袁鳖领着大家评出来的。袁鳖有个相好的，他男人是个瘸子，去地里看青，每天还拿十二分。大哥气不忿，就去各家各户挑大粪。那大粪可全不是屙尿出来的，为了多挣工分，家家都往茅缸里倒洗锅水，这可苦了大哥。大哥累得吃不住了，我就去替他。我算得上公社的小社员，那个时候我还没有扁担高。有一回我挑着粪桶上坡，一不小心被从桶里泼出的尿液滑倒了，一直滚到坡下，头被磕破了，留下一个疤。现在伸手摸摸还能闻到一股子臭气。

　　为了挣工分，社员都听队长的话。队长说东我们不西，队长说打狗我们绝不骂鸡。现在已经记不清那个时候我们的生产队长换了多少任，可是给社员定工分的权力谁都不肯放。做得最绝的就要数袁鳖了。工分票就在袁鳖的口袋里，秋夜里男劳力都下地看庄稼，在地头上睡一觉就能得两个工分，谁不睡？袁鳖却在镇子里转悠，在张寡妇家睡一夜，张寡妇家的床头上就多了一沓子工分票。在刘寡妇家里睡一觉，刘寡妇家的床头上就多一沓子工分票。袁鳖还自吹自擂地说他祖上与袁世凯家还有点血缘关系，是皇亲贵族。我们颍河镇离袁世凯的老家不到三十里，或许有这回事儿。但是隔着一条河，颍河，颍河里有名的特产就是鳖。袁鳖的嗓子非常好，铜音。夜里站在东街里一喊，镇子西街的狗就汪汪叫。收麦的季节，夜里他站在当街上一声喊，都到三里庄割麦去了——去晚了扣工分——袁鳖喊过，街道里就咕咚咕咚地有拉架子车的响动。我也跟着母亲迷迷糊糊地起来，穿上棉袄就下地了。五月的清晨还十分寒冷，天黑，到了地里什么也看不见。早等晚等也不见袁鳖，就知道他个龟孙喊罢那几嗓子又回去睡觉了。众人就把架子车盘在地头上，把身子窝在一起，一觉醒来天还没有亮。

社员除了白天上工有分，夜间开会学习也有工分。没有会开的时候，就学习。没有习学的时候，就都挤到牲口屋里听广播。那个时候家家门后的墙壁上都挂着一个形状像一只瓦碗的黑纸碗，碗底是一个圆形的黑磁铁，还有铜色的线圈，黑碗里有一短短的细针尖，用手一拨，嘭——嘭作响，那就是有线广播，我们颍河镇人管那叫喇叭。社员就靠那东西了解外边的世界。每天六点钟《东方红》的乐曲准时响起。广播就是社员的钟表。中午的喇叭响了，社员们就对队长说，队长，下班吧，镇里的广播都响了，我们还等着回去听陶灿播讲《艳阳天》呢。社员们回到街上，看到涂了半截柏油的电线杆子下面，已经坐满了人，大人小孩男女老少都抬头看着挂在电线杆子上的喇叭。那个时候陶灿才刚刚开始播讲，陶灿拖着长腔说，地主分子马小辫……袁鳖也站在一边听，听着听着高兴起来，他张口就道，这个鸡巴马小辫……发分，今天谁听广播都发一个工分！说着说着，手就伸到兜里去掏工分票。

农闲的时候，大队里就组织"大兵团作战"，叫着宁可地闲也不让人闲。大年初一，都到地里平整土地，过革命化的春节。地里寒风刺骨，到处红旗猎猎，到处都是袖着手喷大空的社员。有一个女社员去水塘边小便，惊吓了一只藏在草丛中的兔子。兔子的出现使土地上的人一片惊呼。袁鳖一看就高兴起来，他亮起他的铜嗓子喊道，逮呀——谁逮着就给谁加上十个工分——于是群情激昂，几百人像蜂群一样朝那只兔子围追过去，兔子逃到哪里，人们就呼喊着拥向那里，顿时杀声四起。清冷的阳光下狼烟弥漫，苍黄的原野上万马奔腾。那场面极为壮观。

自来笑

村夫图之五

我们那儿没有山，所以也没有石头。碌碡都是从外地运来的，走水路。水是淮河的支流，叫颍河，发源于五岳之首的嵩山。船是国营船，升着白色的风帆，兜风顺水而下。在码头边洗衣的女人听到呱咚呱咚水浪拍打船舷响，那就是货船靠岸了。镇里的搬运工人歌着号子把碌碡从船上卸下来，横的竖的摆满了镇子东边的土产仓库，一片殷红。

生产队场院里的碌碡就是从土产仓库里买来的。我们那儿碌碡不叫碌碡，叫石滚。碌碡大多都是红石，少数是青石，还有一种马牙石，很少见。我见到过的碌碡有两种，一种是短的，粗。一种是长的，细，圆柱形，我们那儿叫打地滚子。细碌碡约有五尺长，圆柱的直径不到一尺，横切面的中心镶有一个凹下去的圆形的金属槽，好挂木框，用来碾青。冬里麦苗出来了，要是气温高，就疯长，得用碌碡碾一碾，不然会影响明年麦子丰收。粗碌碡长不到一米，直径约有二尺，用来平场面。我们颍河镇一面靠河，地少，金贵。所以每年都要把场地耕翻了，种庄稼。每年到了收麦的时候再把庄稼收了碾场。先把地整平，再泼上水，这时就用得上粗碌碡了。卡在碌碡上的木框两边各有一个圆形铁环，铁环扎透木头盘在木框上，一边挂牲口套，一边挂一把扎在一起的柳树枝。柳树枝上摊上一片泥，牲口拉着碌碡就能碾场面了。框足在碌碡的金属槽里叽钮叽钮响，黄昏来临的时候，场面就碾好了。

生产队的麦场很大，在我幼年的记忆里那就是我们的天安门广场。等麦子上了场，最忙的就是牲口和粗碌碡了。火热的太阳下，自来笑头上顶着一条羊肚子手巾，腰里系一根麻绳，麻绳的一头系在牲口的笼头上，拉着碌碡在铺满麦子的场面碾，一圈又一圈。粗碌碡的后面挂上两个耢石，耢石是一个薄片，三四寸厚，半圆形，弧上有一个眼，好用铁钩挂在碌碡的木框上。自来笑把牲口使得急了，挂在碌碡后面的耢石就碰得当当作响。自来笑吆喝牲口的声音听上去涩拉拉的，干燥。自来笑的嘴角整天往上翘着，就是死了亲娘老子，他的模样还像笑。自来笑长得人高马大，饭量也大。有一年去贾鲁河挖河，他一顿吃了二十一个馍，所以后来大队里对公差，领工的当面就和队长说明了，我们不要自来笑。自来笑的饭量使很多人都胆战心惊。他不知怎的娶了一个外地老婆，矮个，姓麻，人们都叫她老麻。她的老家在海南岛，听说她当年还参加过红色娘子军，打过南霸天。老麻会用缝纫机做活，每逢过年，母亲都要领着我到老麻家去量尺寸。但老麻不会做农活，拉到地里教也教不会，所以每年麦子进了场，家里要是用麦莛，那都是自来笑的事儿。

那个时候我们那儿住的大多是草房。苫上房顶的麦莛几年就要换一次，所以麦莛就要年年摔。摔麦莛是一项很苦的活。地里的麦子割下来之后，先捆。捆好的麦子运到场里，要在太阳下面暴晒，等到了下午两三点的时候，就得站在太阳地里摔。这个时候是摔麦莛的最好的时候，如果天晚了，麦秆一返潮，麦粒就摔不净，摔出的麦莛也不好。下午两三点，是一天中最热的时候，那个太阳，真是叫毒，让人热得没法。人家都是女人下场摔麦莛，只有自来笑家是男人。自来笑头上顶个手巾，从场边上竖起一个细碌碡，双手一合，把碌碡搬到场心里，一边骂老麻一边摔麦莛。一场麦莛摔下来鼻子眼里都是黑的，衣襟上沾满了白色的麦芒。

每年打完麦子都要垛垛，垛垛是一件很隆重的事儿。那天家家户户不做饭，都到场里过共产主义。吃过早饭队长就派十几个妇女到牲口屋里去烙馍。队长说，破五百斤面，烙，狠劲烙，让他们都吃个肚里圆！不但烙馍，还杀一头猪。洗上两车大萝卜，放上两麻袋粉条，出一沟葱，再放上几马勺盐，掺在一起，烩。自来笑站在高高的麦秸垛上，对下面干活的社员说，闻到香气了——一时群情振奋，都摩拳擦掌，准备海吃一顿。等垛垛好了，饭就拉来了，队长一声令下，片刻就没有了说话声，光听嚓嚓的牙齿声，就像来了铺天盖地的蝗虫。吃到最后，还剩下二十多个烙馍。队长有些得意，看着众人说，吃，还吃呀。可是没有人吃了，人们的腰带都是松了再松。这时队长就点自来笑的戏。自来笑一手抚摸着肚子一边说，不能吃了，再吃肚皮就要破了。队长将军说，自来笑，你能再吃两张这剩下的烙馍都是你的。自来笑说，就那也不能吃了。最后自来笑看着他脚下的青石碌碡说，那吧，我把这个碌碡举起来中不中？众人起哄道，中——自来笑不看众人，只看队长，说，中不中？队长说，中。只要你能举起来，这烙馍都是你的。自来笑就用脚蹭了蹭地上的碌碡。那个碌碡是细长的，有二百来斤，以前他搬过，不在话下。自来笑紧了紧腰带，往手里吐了一口吐沫，弯腰就把碌碡竖起来，然后慢慢地放在腿上。当他把碌碡举到胸前时，他的腰带砰地一下断了，自来笑的光屁股就露在众人的视线里。社员们都哄笑起来，自来笑在人们的哄笑声里蹲下来，可是他顶不住碌碡的重量，一下倒在了地上，那碌碡砸在了他的肚子上。自来笑的肚子被压破了，肠子都流了出来。没到天黑，自来笑就死了。后来老麻带着她的孩子又走了一步，嫁到城里去了。那个碌碡呢，队长说，队里也没有什么东西陪葬，就把这个碌碡给他吧。那个细长的碌碡就和自来笑一块儿进了墓穴。

陈祥云

村夫图之六

在我儿时的记忆里，我们那里吃的面全靠石磨。石磨石质不同，有青石、红石，还有一种像玉一样颜色的马牙石。石磨大小不一，薄厚不等，但形状都是圆的。石磨有上下两扇，下扇的圆心上，有一个凸出来的约有两寸长的铁笋，是公。上扇的石磨上有一个凹进去的圆槽，是母。母磨压到公磨上，铁笋插进圆槽里。下扇的石磨固定在磨盘上，上扇石磨的圆周边上，相等凿有两个孔，用来穿绳子，拿一根磨棍往绳子里一穿，往石磨上一别，磨就能推了。石磨上扇的中间有两个直径约三寸的圆孔，圆孔上下穿过石磨，好用来下粮食。粮食小山一样堆在石磨上，石磨呼呼地转动，粮食就从磨眼里下到两扇石磨中间，磨。粮食从石磨的肚脐里落下来，小麦白白的，玉米黄黄的，就碎了。磨碎的粮食不停地从石磨的肚脐眼落到磨盘上，磨盘上靠着下扇石磨的周边就慢慢地生长出来一排形状相等的山峰来，有点儿像卡通画。

磨盘大多都是用木料做成的，有杨木，有柳木，好的磨盘是用楸木做出来的。楸木的质地瓷实，细腻，再用桐油一漆，亮得能照人脸。但我们那儿很少人用楸木做磨盘，我们那儿的楸木大都运到颍河的河道里去造船。做磨盘最好的木料是柏木，我们颍河镇上只有东街的陈祥云家的磨盘是柏木的。陈祥云的大儿子在宁夏石嘴山当工人，每次回来都会带回来一些木质品。陈祥云给儿子打信说，下次回来给我带个磨盘。他儿子回来过年的时候，磨盘就真的起了货件，还是陈祥云拉着架子车从一百六十里外的漯河运回来的。宁夏的柏木，真是千里迢迢呀，有些贡品的味道。如果你想用陈家的石磨，那你就去夸他家的磨盘，准成。你说，哎呀，柏木做成的磨盘……陈祥云就十分的得意，他的眼睛会笑成一条缝。

但是我家的磨盘不是木料的，连最下等的杨木也不是。家里穷，没有木料，磨盘只好用方砖垒，用石灰掺麻丝掺桐油砸成的油灰抹缝。砖是镇子城墙上扒下来的。墙是明朝时的城墙。砖呢，一尺二长，半尺宽，三寸厚，海大。"文革"的时候，红卫兵破四旧，先破了镇子西街的关帝庙，接着就是明城墙。明朝的城墙还不旧？那个时候我大哥也是红卫兵中的一员，白天扒，夜间就和小哥一块用筐往家里抬。母亲说，那砖头可以垒鸡窝。没想到后来扒了鸡窝用到了磨盘上。

那个时候我家有一盘石磨，马牙石的，是母亲花十八元钱在离镇子六里地的土屯买来的。石磨支在西屋里，每天放了学我们兄弟几个都要跟着妈妈推麦磨。麦面是给供销社食堂里推的，推好麦面送过去，我们留下剩下的面做口粮。那个时候家里粮食不够吃，母亲白天去生产队里上工，晚上回来领着我们推麦磨。

磨用的时间长了，不吃食，就得请石匠过来锻一锻。石匠把两扇磨支在我家的院子里，一手拿着钢钎，一手拿着锤子，叮叮当当地就锻起来。石磨上纹路都是斜的，一钎一钎地下去，纹路就深了。石匠的样子使我想起坐在虎头山上打石头的陈永贵。锻好的石磨用起来好使，两扇合到一起就能工作。一天又一天，我们就像生产队里的那头毛驴一样被蒙上了眼睛，不停地在磨道里转着圈。推好了，我们累得倒头就睡，可是母亲还要为我们做饭。有一天我们正睡得香，母亲就把我们叫醒了，吃饭吃饭，都起来吃饭。我们迷迷瞪瞪地起来，母亲已经把饭给我们盛好了，一人一碗。饭是好面条，淡的。筷子往下一插，却插上来一块红薯。那个时候红薯刚下来，鲜物。放到嘴里一尝，呀，好吃！那是我有生一来吃的最好吃的一顿饭。后来我吃过山珍海味，大鱼大肉，但是都没有那顿饭好吃。

可是队长袁鳖家的人从来不推磨，队长的老婆十天半月都要把生产队里的驴子牵回家。袁鳖的儿子在内蒙古当兵，是军属，军属就可以用队里的驴子磨面。队长的老婆总是在人们吃晌午饭的时候牵着驴子从街道里走过，她的脸上总是洋溢着小人得志的神情。陈祥云远远地看到就有些气不忿。他会笑着用手中的筷子指着驴肚子上吊下来的长长的驴圣说，哎呀，那里怎么又伸出来一个头？蹲在街边吃饭的人们哄地一下子都笑了。袁鳖家里的红着脸对陈祥云说，那是你爹的腿！陈祥云不买袁鳖的账，因为他有个儿子在宁夏当工人，这是最让袁鳖头痛的。袁鳖对老婆说，不理他，看我有机会怎样收拾他。袁鳖家照样用生产队里的毛驴磨面，袁鳖家里的把驴子牵回去，用一块布系在驴头上，挡着驴子的眼睛，不让驴子吃磨上的粮食。驴子走着走着就会在磨道里屙一泡尿一泡，所以袁鳖家的磨道里总有一股子尿臊气，就连他家蒸出来的馍也有一股子驴粪气。

那时我最恨的就是队长家能用生产队的驴子磨面，有一回我瞅着队长的老婆上厕所，就进到他家的磨屋里把驴子的眼罩去掉了，那头驴子把袁鳖家的粮食足足吃了有二三斤，心疼得袁鳖的老婆用荆条抽驴子。她把驴子抽急了，驴子一抬后腿，就把袁鳖他老婆踢了个嘴啃泥。那个时候每当我抱着磨棍推磨的时候，就会对母亲说，长大了我一定去当兵，当生产队长！那个时候我们就可以用生产队里的驴子磨面了。母亲一边用箩箩面一边看着我笑了。母亲头上顶着一条手巾，她手中的箩不停地在面箱里发出呱咚呱咚的声响，一些细小的面粒飞扬起来，把母亲的眉毛和一些头发都落白了，像早晨里落在草叶上的霜雾。我们家有两只箩，一只粗箩，一只细箩。我家的箩都是陈祥云张的。陈祥云是个箩匠，他家门前的老槐树上终日吊着一只箩圈，镇里镇外的人都知道陈祥云的箩张得好。陈祥云坐在当街的门口里，腿上搭着一块蓝布，把箩圈放在腿上，就开始张箩了。箩圈都是用枣木做的，枣木锯成板，量好尺寸，放到火上烤，一点一点地把木板捏圆。木板的接头处重叠在一起，钻上眼，用牛皮绳扎实，再在箩圈的一边张上箩底，箩就成了。一只好箩圈能用好多年，箩圈都用成了深红色。箩底就不同了，要常换。于是陈祥云总是很忙。有一年陈祥云却闲了下来，袁鳖把他张箩底的活儿当成资本主义的尾巴割了。箩底箩圈被扔了一街。陈祥云没有生气，他只是招招手把袁鳖叫到身边，对着他的耳朵小声地骂道，我日死你姐那小×！骂得有些咬牙切齿。结果陈祥云被带进了群专指挥部。出来时，有一条腿就瘸了，走起路来一拐一拐的。

二　叔

村夫图之七

　　我们颍河镇一带，赶大车的叫车把势。我二叔就是个老车把势，二叔赶了一辈子的大车。在我们那儿，凡是用大牲口和牛拉的车都叫大车。最初的时候，二叔赶的是太平车，太平车有四个木轮，木轮上隔三寸远就锔一个铁扒锔，一是行驶的时候防滑；二是车轮耐磨。由于行驶，扒锔被磨得光滑可鉴。四轮车的车厢有现在的席梦思那样大小，但没有席梦思坐上去舒服。一头或者两头牛拉着，二叔喊，小牛，扛哩！1958 年大食堂过后，镇上的好多人都得了大肚子病，二婶就是那一年死的。二叔赶着太平车把二婶送到地里去，太平车慢悠悠的，车轴唧叽呀呀地发出刺耳的声响。二叔知道是车轴缺油了，二叔就喝住小牛，解开裤子站在车边往轴里尿尿，尿了半截，止住，转到另一边，又尿。给车轴膏完油，又走。后来那头牛拉太平车往地里送尸体的时候累死了，村人就把它的皮剥了，把肉吃了。

　　后来太平车的四个木轮去掉了两个，木轮也换成了橡胶轮胎，很多地方叫这种马拉的车叫马车，但我们镇上的人仍称这种车为大车。马车的形状就像一辆放大的人力架子车，前面的两根车辕很粗，那个时候我的小手量几下还量不过来。一匹高大的红马驾辕，两只轮胎和汽车的轮胎很像。我最爱听马车轮胎放气的声音。没人的时候，拿一根细竹棍，摁着那个和烟卷一样粗细的气门芯里的小疙瘩，就能听到哧哧的放气声。你看过电影《青松岭》吗？老万山赶的就是这种车。那个电影里不但讲了阶级斗争，还有一首歌在当时也十分流行：

> 长鞭也那个一甩，
> 吧吧地响，
> 我赶着大车出了庄……

我二叔就常常赶着大车出了庄。二叔农忙的时候往地里送粪，往场里拉收获的庄稼，农闲的时候就到外地给生产队里往回拉煤，拉化肥。车辕上挂着一盏马灯，在黑夜里一走一晃，马车巨大的身影长长地伸到旷野里去，时不时听到二叔手中的鞭子在空中"吧"地响一下。在车上坐久了，腿就麻，二叔就会从车上跳下来，跟着大车走一段。有时候大车还成为娶亲用的彩车。在车厢上扎一个席棚，棚前棚后挂两块红布，彩车就成了。那彩车多是把乡下的姑娘拉回来到我们颍河镇，但也有把我们镇上的女人送出去的时候，镇子东街的寡妇赵春兰就是。赵春兰死了男人之后，我二叔一直给她家挑水，可是挑来挑去赵春兰还是坐着二叔赶的马车嫁到乡下去了。在给赵寡妇收拾东西的时候，我在她家床下意外地发现了我家一年前丢失的风箱，这就引起了一场风波。

那风箱我是熟悉得不能再熟悉了，我十岁的时候，就是一个收拾风箱的老手了。那个时候我们那儿做饭烧的都是庄稼的秸秆或者树叶，没有风箱不行。风箱的活门四周得勒上鸡毛。公鸡毛最好，母鸡毛次之。鸡毛大都是从供销社食堂里的粪堆上拣的，公鸡毛都被有权有势的人家要走了，我只好用粘了鸡屎的母鸡毛。我把臭烘烘的母鸡毛小心翼翼地一小撮一小撮地勒在风箱的活门上，烧出来的红薯茶仍是很香。在一个风高月黑的夜晚，我家的灶屋被盗了。由于白天劳累，那一夜母亲忘了把风箱搬回堂屋里去了。那个时候风箱是我们家里的主要财富，一天没搬到堂屋守着就被人偷走了。母亲很伤心，气得坐在大街上握着脚脖子哭了一场。街坊邻居围了一群，乡下来镇上赶集的人从我们身边一个个默无声息地走去，那一天我们全家大小都没有吃饭。二叔黑着脸从东街里走过来，二叔说，骂，骂那个没良心的贼！我们就都骂那个偷风箱的贼，从天明一直骂到天黑，嗓子都累哑了。可是后来我却在赵春兰家的床底下发现了那只风箱。母亲揪着赵春兰的衣服把她拉到大街上，指着她的鼻子要她说说清楚。可是赵春兰不说话，只管捂着自己的脸哭。本来是她的一场大喜，结果镇里的人都指着赵春兰说，没想到她是个贼。

这个时候蹲在一边的二叔突然走过来，伸手把我母亲拉开了。二叔说，不是她的事儿，那风箱是我偷的。一句话把人们都说愣了。二叔一句话也不说，他把赵春兰推上了大车，把她送出了镇子。那天二叔在赵春兰新嫁的那个村子里喝了很多酒，回来的时候从马车上掉了下来，马车从他的腿上轧了过去，二叔成了一个瘸子。二叔从此整天沉默寡言，终日走路都勾着头，一直到死都没有抬起来过。

剃头匠老梅

村夫图之八

剃头匠老梅在我的印象里总是那样清瘦，肩上的挑子一头热一头凉。热的一头是一个炉子，炉子上放着一把铁壶。老梅挑起挑子上路的时候，炉下的风门是关着的。挑子的另一头是一只长凳，长凳的面只有一尺半长，半尺宽，凳下的四条脚张得很开，空间里做成上下三层小抽屉。抽屉里放的都是剃头的工具：推子、膏推子用的油壶、刮脸用的刀子，等等。凳子的一头还挂着一条黑色的油光油光的备刀布子。一个男人在凳子上坐下来，老梅伸手把炉子上的风门打开，一会儿，蓝莹莹的火苗就上来了。等把那人的头剃光了，老梅就从热水里捞出一条毛巾来，捂在那人的脸上，然后拿起刀子在凳子边上蹲下来，伸手拉起备刀布子，喳喳几下，刀刃就变得飞快。刀子走在那人的面颊上，青胡楂子就喳喳地响，声音就像菜农蹲在菜园子里割韭菜。

老梅新中国成立前当过国民党的兵，但是当兵却从来没有扛过枪，他身上背的是一副剃头用的家伙，平时给兄弟们剃头，而更多的时候是跟着团长。团长长着一副又粗又硬的脸面胡子，三天不刮就像野草一样长起来。老梅不但头剃得好，手下的小活也做得干净，掏耳屎，打泪腺，松筋骨，一会儿团长就在他的手下睡着了。有了这段经历，"文革"中他就成了四类分子，天天要去受批判。有一回批判他，他先要求去厕所。队长袁鳖说，管天管地，管不住屎屁放屁，去吧。可是左等右等就是不见他的人影。袁鳖等急了，就亲自到厕所里去找他，一看，他一个人在粪坑边弯着腰低着头站着。袁鳖说，老梅，你装啥熊？老梅说，我先练习练习。袁鳖说，好呀，上台吧。老梅就挑着剃头挑子下了地，社员的口号喊得震天响，先挨批斗后剃头。袁鳖指着剃头挑子说，老梅，这剃头挑子你算是哪一头？老梅指着有火的那一头说，那一头。袁鳖说，放屁，你想冻死我们贫下中农？老梅说，那我是这一头。袁鳖说，放屁，你坐着，让我们站着，你想累死我们贫下中农？老梅左右不是，最后只好说，那我是扁担。斗完了，袁鳖往凳子上一坐，说，来，给我刮脸。可是一用刀子，老梅的手就颤抖，一不小心就把袁鳖的脸皮割破了。袁鳖很生气，说，你想害死我们无产阶级呀？袁鳖一恼就罚他去菜园子里推水车。

老梅跟着被蒙了双眼的黄牛不停地围着水车转。他突然感觉到水车的结构十分复杂，齿轮式的圆盘怎么正好咬着一节又一节的水车链子？链子上卡着的红色的或黑色的橡胶皮碗儿嗞嗞地滑过系到水井下的水筒子，就有清凉凉的井水流出来，流着流着就听"砰"的一声响，红色的皮碗就出来了，接着还有水流出来，随后又是"砰"的一声响。只要那头黄色的老牛不停下来屙屎尿泡，老梅就得跟着那水车不停地转，井水就无穷无尽地流出来。怎么会这样呢？老梅想不通，可是老梅的手一摸着水车上的木棍就颤抖。老梅想，完了，我这剃头的手艺算完了，我这手怎么一摸东西就抖呢？老梅感到恐惧，老梅惶惶不安，没人的时候他就从菜地里摘了一个葫芦，拿起一根木棍当剃刀，那个头一样的葫芦一放到他的面前他的手就抖。老梅那天回到家里哭了，老梅哭得很伤心。老梅的老爹拄着拐杖来到他的身边，用拐杖敲着他说，没出息，哭个啥？老梅说，爹，你教我的手艺完了。爹说，咋完了？老梅说，我的手拿不住刀子，一拿刀子就发抖。他爹不再说什么，从兜里掏出来一个布包扔在了他的面前。他爹说，拾起来。老梅把布包拾起来，打开一看，原来是一把油亮油亮的剃头刀子。爹往他身边的凳子上一坐，说，这是你爷留给我的，来，在我头上试试。可是老梅拿刀子的手总是颤抖，他看着爹，不敢动手。他爹就生气了，爹说，还站着干啥？老梅说，爹，我这手……爹说，别摆理，刮！老梅只好走到爹的身边，伸出手中的刀子。可是两刀子还没刮下来，他就把爹的头皮割了一道口子，有血立刻流出来。老梅看着爹说，口子。爹瞪他一眼说，瞎当了几年兵，刮！那天把爹的头剃下来，老梅一共在爹的头上留下了二十一道口子，爹的头上伤痕累累，在老梅的眼睛里，爹的头一片血光。可是说来也奇怪，等把爹的头剃好了，老梅的手也不抖了。

多年以后老梅在我们镇子东街开了一个理发店，他仍用老式的理发推子，可是那种推子越来越不好买了，老梅不会用电推子，因而年轻人从来不到他那儿去剃头。到老梅店里去的大多是一些剃光头的老人，再有就是那些长了脸面胡子的人。袁鳖也常常到老梅的铺子里去剃头，他们常常一边剃头一闲唠。有一天袁鳖突然问老梅说，哎，你那剃头挑子还放着吗？老梅说，没有，十多年前就废了。于是两人就生出许多感慨来。那些往事现在讲起来，就好像是很久很久以前的事了。

恩舅

村夫图之九

在我们颍河镇一带有一种手艺人，推着一辆破旧的自行车，车把上拧着一根细铁丝，铁丝上系着一绺红布，不用问，那就是打马掌的。我恩舅就是干这营生的。恩舅不是亲舅，和我母亲已经是五伏头上，也就是说恩舅的爷爷的爷爷和我母亲的爷爷的爷爷是一个人。我也算是和他有了血缘关系，别看就这样的血缘关系，恩舅就特别知道和我们家的人亲。恩舅每次推着他的飘着红布绺的自行车路过颍河镇的时候，就一定要往我们家里拐拐，他的车把上不是挂着三四个麻花子，就是提溜着四五根油条。因而我特别喜欢恩舅到我家里来。恩舅进了我家就姐长姐短地喊我母亲，母亲也就待他特别好。恩舅一来，母亲准会从她的衣兜里掏出两毛钱来对我说，去，给你舅买烟去。可是我买回来的烟恩舅从来不吸，恩舅吸的是旱烟。

恩舅的烟嘴是翡翠的，绿里透亮。他把旱烟袋放在嘴角上，烟袋下装烟丝的荷包儿一晃一晃的，那个荷包上绣着一对鸳鸯。听我母亲讲，那个荷包是一个名叫三妮的女孩子给恩舅绣的，二十岁的时候恩舅曾经和三妮偷偷地相爱，可是三妮的父亲却自作主张把她许给了一个瞎了一只眼睛的军官，那个军官曾经在解放开封的时候立过大功。三妮哭哭啼啼地跟着那个军官进了城。有一年那个军官回故乡省亲，我在镇子的东街还见过三妮，那个时候她已经是一个吃得白白胖胖穿得像青菜一样的城里人了。我不知道那一次恩舅见没见过三妮，我只知道恩舅一直到三十岁上还没有娶女人，他把那个荷包终日拿在手上，每次见他的时候那荷包都要淡一层，可是荷包总是干净得一尘不染，就像刚刚洗过一样。恩舅到三十岁上那一年才找了一个寡妇。那寡妇是我们镇子东边刘陈庄的，丈夫在焦作的煤矿上挖烟，有一次井下出了事故，他就再也没有出来。恩舅没想到那个寡妇是一个风骚的女人，恩舅不在家的时候她就和村里的队长勾搭成奸。风言风语在村子里传荡，后来就传到了我母亲的耳朵里。母亲有一次实在忍不住，就对恩舅说，别光想着在外边做生意，家里的事儿你也得管一管。恩舅说，管啥，不是好好的吗？母亲说，你就不管管你媳妇？恩舅说，她一不怕我吃二不怕我喝，管她干啥。母亲生气了，说，她给你戴绿帽子。一句话就把恩舅说愣了。母亲说，你们庄里的人都讲疯了，就你蒙在鼓里。片刻间，恩舅的脸就变得一片灰暗。从此，恩舅变成了一个沉默寡言的人，恩舅从此不愿意回家，推着他的车子满世界地转。走到哪个村里找个牲口屋，往草垛里一窝，就是一夜。

恩舅做活都是到生产队里的牲口屋里去。队里拉车的牲口蹄下的马蹄铁磨坏了，就要换下来，不然，牲口就不能走路。我曾经见过一次恩舅给大牲口打掌。打掌的时候必须要先把牲口的蹄掌切平。恩舅的车子后面有一个用生牛皮做成的皮夹子，皮夹里放着大小不等的几把切铲，形状就像鲁智深手上的兵器，只是比那小得多，把不长，二尺左右，顶上装一横棍，可放在肩窝里用力。我曾经偷偷地抱起来过那切铲，乖乖，傻沉。恩舅把牲口的后腿弯起来，架在自己的腿上，就横起寒光闪闪的切刀，只听嗞嗞地响，马掌就平了。恩舅从口袋里掏出几支钉子含在嘴里，又在手边的一堆马蹄铁里选出一个和马掌大小相当的马蹄铁来，放在切好的马蹄上。一伸手，一把锤子就从后腰带里拔了出来，三下两下嘴里的钉子就吃进了马蹄里去了，一松手，完了。他的节奏他的动作都快成了艺术了，就像美国的梦之队。人家进球不叫进球，那叫艺术，恩舅打掌不叫打掌，那也叫艺术。可是恩舅空练了一手好手艺，活得不像个男人，他奈何不了他们村里的队长，队长老给他戴绿帽子。恩舅常常生闷气，有时候也喝闷酒。有一年下大雪，恩舅的寡妇女人回了娘家，恩舅就独自一人在家里喝闷酒，然后躺在床上用他的烟袋锅儿吸旱烟，吸了一锅儿又一锅儿，他把烟锅里的烟灰磕出来，丢在床边的瓦盆里。没想到一锅带火的烟灰根本就没有磕进瓦盆里，那火燃着堆在床边的芦苇缨子的时候，恩舅已经躺在床上睡着了。那场大火在深夜里着起来，映红了半边天。那天恩舅被火烧醒的时候，村里人已经在外边大呼小叫了。恩舅一个人从屋里跑出来，连一件衣服都没有拿。一场大火把恩舅的家烧了个精光，也把恩舅的女人烧跑了。失火的第二天那个女人回来看了一眼，从此就再也没有回来。恩舅呢？一个人肩上背着他那些重新安装了木把的切铲和锤子，还有那些被火烧红又变黑的马蹄铁，又四处打马掌去了。

恩舅死于 1992 年，有人在村头的一堆麦秸垛里发现了他的尸体，在他的身边还放着他打马掌用的工具。那个时候已经没有人家打马掌了，现在到处都通通的机器声，谁家还用大牲口拉车干活呢？没有。现在我们已经看不到打掌艺人的身影了。马不拉车了，所以这门手艺也绝种了。

染　坊

村夫图之十

　　染坊的老八，手是蓝色的。染坊就在我们家西边，没事的时候我常常到染坊里去玩。染坊的锅台很高，我站在锅台边踮着脚还看不到锅底。染坊里来一个村姑，递上一个布牌，老八就用他那双蓝色的手在小山似的蓝布里一个一个对。布牌是竹子做的，在破开之前两面都刻上字号，然后一边钻上一个眼儿，分别系上一根细绳子，公的系在要染的白布上，母的呢，就由布的主人拿着。领布时公母对到一块儿，竹丝合缝，看不出一点破裂的痕迹。母亲常常把我们家的土白布送到老八的染坊里去。但是母亲要织花布，用的线就不送，自己染。母亲到供销社里买来几样色，朱砂、空青、石黄、靛蓝……在自家的铁锅里一拐子一拐子地染。线也是自家纺的，母亲的纺车就放在堂屋的山墙下，母亲纺出来的线又细又均匀。夜间醒来，母亲的纺车仍在嗯——嗯——地响。我迷迷瞪瞪地叫一句，妈，睡吧。妈说，你睡。等又被尿憋醒的时候，母亲的纺车仍在嗯——嗯——地响。纺好的线团肚子粗两头尖，一个个码在那儿，白白的耀眼，即使夜间屋里也会亮堂堂的。母亲把染好的线一拐子一拐子地晾在外边的绳子上，红红绿绿，真好看。我从来没有见过染坊的老八染过这种线。线染好了，就把一色一色的彩线缠到竹筒上。一切准备好后，就要上机织布了。母亲每次上土机织布都要选一个黄道吉日，烧上香，跪在堂屋的方桌前磕头。给谁烧香？给谁磕头？不知道。不知道也不敢问，很神秘。一直到现在我也没有弄明白母亲那时敬的是哪一路神仙。开机了，母亲整日坐在织布机上，枣核形的梭子从右手里飞出去，穿过两排稠密的经线，只见母亲脚下一用力，就听呱咚一声布机响，纬线就和经线织在了一起。只是一瞬之间，那梭子又从母亲的左手里飞出来，又听呱咚一声响……那声音一直响下去，花布就一寸一寸地圈粗了。等取下来的时候，那布就能用了。母亲织出的花布手感特别好，摸上去粗粗的，心痒。我们那儿的好多女人都会织这种花布。有的织成花手巾，上街赶集的时候，顶在头上，一街的灿烂。

但织出的白布就不行，还得送到染坊里去染。大多是秋季，要添棉衣了，村姑的篮子里就多了一卷粗布，粗布是白色的。她们赶完集就要拐到镇子东街来，供销社开的染坊就在那儿。一有女人来到染坊里，老八的眼睛就亮了。他忙着拿秤给女人称白布的重量，然后往一个小本上记着。实际上老八并不识几个字，只在耕读里念过半年书，但是老八却好往本子上记人家的名字。叫个啥？老八看着面前站着的女人，很有学问地说。女人说，老捏。老八看着那个女人，抬手挠挠头皮说，咋叫这个名字？那个捏字他不会写。女人就呵呵地笑了，说，让我看看，让我看看你写的啥？老八的脸红得像块布，就把本子藏在背后。等那个女人走后，他就在那个老字后面画上两个手指头。两个手指头放在一起就是捏。染坊的门前一拉溜栽有五对高大的杉木桅子，每对杉木桅子上都横着一根同样粗细的杉木。老八是个大高个，不光胳膊长，腿也长。每当看到染坊的门头上冒出蒸汽，那就是染好的布出锅了。染布的锅很大，后来我读鲁迅的《铸剑》，就想到了那口染布的锅，当然鼎和铁锅是不同的。老八站在大锅前，用一根竹竿把锅里的布一搭一搭地码在凳子两头。那凳子有三米长，很高，和老八齐胸。两头的布匹搭满了，老八就来到凳子前，一弯腰，凳子就拿起来了，老八一手拿着竹竿一手扶着凳子就出了门，大街上一路滴着蓝色的水珠，老八腿下的深腰胶鞋一路喳喳地往河道里响去。来到河道里，他把长凳放到水里去，用竹竿扯下一搭布，刷——刷——在河里摆，节奏分明，具有乐感。一搭一搭地摆，洗下的蓝色在河面上淌出几道弯弯曲曲的长线，像莫奈笔下的印象派。老八扛着长凳回到染坊门前，用一根更长的竹竿又一搭一搭地把布搭到杉木桅子上去。太阳升到头顶的时候，蓝得像海水一样的布匹已经搭满了一街，阳光下一闪一闪，微风中一荡一荡。如果张艺谋见了，这小子一准会再来一出《蓝色的海洋高高挂》。

纺车和土布机子二十多前就在我们那里消失了，现在已经没有人穿土布了，所以染坊也就没有存在的理由了。前年我回老家时还见过老八一面。使我感到吃惊的是，老八穿的还是一身蓝，土布，当年自己染的。老八的腰驼得很厉害，我几乎看不到他的脸。但他那只提篮子的手我一眼就认出来了，那手仍旧是蓝色的。老八是一个例外。多年以来，老八手上的颜色为什么一直都没有洗净过？我想，或许那蓝色早已渗到他的肌肉和血液里去了。

重　逢

他和妻子从拥挤的车站里走出来，汗水已浸湿了衬衣。

真热。他把手提箱和旅行袋放在地上，然后对妻子说，先找个地方喝一杯吧？

妻子说，也中。

于是，他们又提起行李，朝车站广场的一家冷饮店走去。店里开着空调，扑面而来的凉气给他们凉爽的感觉。一个穿红裙子的服务员走过来，微笑着迎着他们，你们好。

他对她笑了笑，就选了一个靠近窗子的桌子前坐下来。他对跟过来的服务小姐说，先来两杯冰镇啤酒。

妻子跟着说，再加两份冰淇淋。

好哩。看着服务员离开的身影，他想，这天，她不应该穿红色的。穿什么样的呢？蓝色的？绿色的？他想着看了妻子一眼，妻子穿着一件白色的衬衣。汗水已经浸湿了她的衣服，她的皮肤这个时候一定是凉的。想到这儿他不由得笑了一下。妻子说：笑啥？

他说，真是两个世界呀。说完，他的目光移到窗外。妻子的目光也跟过去。窗外是阳光下的广场，广场里到处都是匆匆行走的陌生的人群。就在刚才，他们也是其中一员，在他们走过广场的时候，谁注意过他们？就是注意到了，这些陌生人又会给我们留下什么印象呢？他想，只是一些模糊的身影而已。就像风。就像空气。就像阳光。他想，人和这些有什么差别呢？没有。

这时，他们刚才推过的门又响了，他和妻子同时把目光从广场里收回来，看到从门里进来一个中年人。那人戴着墨镜，从他的姿势来看，他墨镜后面的目光迅速地把屋里所有的人都扫了个遍，最后他的目光落到了柜台后面的服务员身上。服务员说，先生，你要点什么？

那个中年人没有说话，而是又一次扭过头来，他墨镜后面的目光又落到了他们的身上，他突然叫了一声，哎呀——是你呀！

说着，墨镜就大步过来，一下子拉住他的手晃了几晃，我说这么面熟，真想不到，是你们俩！

他怔了一下，看着妻子，妻子朝他微微地笑着。

墨镜说，快有十年没见了吧？你还是老样，没变。

墨镜看着他说，随后看一眼女人又说，一眼我就认出来了。

是呀是呀。他应和道，天真热，来来来，坐下喝一杯吧。

好，喝一杯。墨镜说着也坐下来，他朝服务员说，来几瓶冰镇啤酒。

他说，哎，我们要过了，姑娘，再加一杯。

墨镜说，那怎么行，这么热的天，一杯啤酒能到哪儿？来来来，先上几瓶。

他说，也好。

墨镜说，哎，张枚原你们还记得吗？

他说，张枚原？

墨镜说，哎，张三嘛，死了。

他说，死了？

墨镜说，哎，你不知道？出车祸死的，他去北京开会，自己开着车，那是个雾天，高速公路，汽车追尾，一下子十几辆车……

正说着，他们的冰镇啤酒和冰淇淋上来了，墨镜从服务员的手里接过啤酒启子说，姑娘，你去忙，我们自己来。墨镜说着自己动手启瓶盖，然后给他们倒啤酒，一边倒一边说，哎呀，那个惨。来，喝。

他们一气喝下一杯啤酒，墨镜又往杯里倒酒，他一边倒一边说，哎，陈国新进监狱了你知道吗？

墨镜说着看了妻子一眼。妻子看了丈夫一眼说，陈国新？

墨镜说，对，受贿，十几万块钱，搁进去了，你说值不值？你说这人，哎，喝……

墨镜又端起酒杯，他们一同碰下来，墨镜喝下去，又去启酒，他一边启一边说，上次我们同学在国王大酒店聚会，就缺你们，哎，程道义到底离婚了，我说过，他们两口子，过不到头……

正说着，墨镜的手机突然响了，墨镜一边掏出手机一边说，对不起，我接个电话。

墨镜说着站了起来，他一边往门边走一边对着接手机，喂……哦，到了，在哪儿……北出站口……好好……我这就去……好好……墨镜说完合上手机走回来，他对他说，真是不好意思，我们处长，刚下火车，我得去接他，哎，服务员，结账。

他忙站起来拦住了他，说，你去你去，咋能叫你结账呢。他说着，看了妻子一眼，妻子忙站起来。墨镜说，也好也好，下次我请客，哎，别老想着干事业，把老同学都忘了，一定到我那儿去呀。

他说，好的好的。

墨镜说着给他握了握手，说，那我就走了。说着，他又回身给站在他身边的妻子握手，墨镜说，你还是那么漂亮，那我先走了，哎，可别忘了去我家做客，我还在老地方住。

他说，好的好的。

墨镜说着走出门去，他们又重新在窗子前坐下来，他们隔着明亮的窗子，看着墨镜在强烈的阳光下匆匆地穿过广场，只片刻间就消失在陌生的人群里了。他看着妻子笑了笑，妻子说，这人是谁？

他惊讶地望着妻子，说，你不认识他？

你的朋友，我怎么会认识？

他说，那你笑什么？

妻子说，你们老朋友相见我哭吗？

他说，嘿，弄了半天，我还以为你们是老同学呢。

他看着妻子，妻子也看着他，他们相对无语，片刻，他们又不约而同地把目光移到窗外。窗外的广场里充满了阳光，阳光下仍然是一些匆忙而陌生的身影。

墨白小小说的意义

李少咏

初夏黄昏，与小说家墨白和画家段忠勇君相约漫步颍河南岸。河还很瘦，游人也不多，只有几只挖沙船在水面上发出一阵阵沉郁的轰鸣。我们边聊边缓缓移动着脚步。忽然，段忠勇停下脚步，手指下游对岸惊讶地说："看，看那边！"

我们便看见了那座白房子，在对岸水边上漂浮着的白房子。那一刻，夕阳正像一位高明的印象派画家，把那房子周围的水面涂抹得一片金黄，像凡·高倾泻在画布上的那团向日葵的投影。我心中突然涌过一阵轻微而不可名状的战栗，那房子在我的视线中缓缓移动起来。身边听到墨白一声悠悠扬扬吐出来的叹息："啊，多好！"就在那一瞬间，一种崭新的人与自然之间的关系在小说家的内心建立起来了。

渗透与重建

活动的白房子只是一个契机。套用张爱玲先生的一句话，于千万人之中遇见你所遇见的人，于千万年之中，时间的无涯的荒野里，没有早一步，也没有晚一步。刚巧赶上了，那也没有别的话可说，唯有轻轻问一声：噢，你也在这里吗？于是就有了爱，于是就有了故事。墨白的故事就来源于这里。从看见那座白房子的一刻起，墨白领悟到了人与自然之间存在的那种相互渗透和相互依存的关系。他被自然的造化给迷住了，或者说，他被自己那一瞬间的惊喜迷住了。在注视着白房子的那一瞬间，他和它们一道进入了一种新的境界。他走进了自然的灵魂世界内部，而自然也同时渗入了他的血液和他的精神。并且，开始和他一道吐露自己的情怀。这是一种能动的精神互渗，互渗的结果，是在墨白心中建立了一种新的人与自然万物的关系。墨白的小小说所展现给我们的，就是这些充满神奇的灵性的相互关系的感性外化。

《红雨伞》中这种关系的感性外化是以象征的形式出现的。那个孤独的孩子是一个象征，他手中打的那把红雨伞同样也是一个象征。在最本原的意义上，它们之间的关系是人与自然关系的一个固定形式。它们各自独立，又相互依存。但是，墨白通过自己的精神影响使它们具备了某种新的含义。在这种影响下，它们引发我们的情感和它们一起波动，又阻止我们无止境地向它们靠近，像一对相互对峙着的灵性俑。孩子是现实世界中人的存在的一个有力确证，是一种人类古老生命力的形象载体。而他手中那红雨伞，则不仅代表了一种生命的秩序，而且还是现实世界与另一个世界——冥界沟通交流的一个有力中介。孩子的父亲去世了，到另一个世界去了。他的母亲又为他找了一个父亲，他却不承认，不接受这个父亲。他心目中只有一个父亲，就是躺在坟墓里的那个。于是便有了矛盾，便出现了那神奇的红雨伞。我们可以说，红雨伞是自然和谐的往昔生活的一个证明者或依恋者。而事实上，它却受到了作为思想与灵魂的真实载体的人的侵犯。孩子的母亲便是一位侵犯者的代表。她不允许红雨伞实现自身的功能，在孩子与坟墓里的亡灵之间建立起一种心灵感应与沟通的关系。她要把孩子拉回家，拉入那个她自己建立的新的生活秩序之中。这种破坏与重建一天不完成，矛盾冲突就一天不能终止。而作为一个独特艺术世界的创造，它的过程本身也就具备了一种令人心弦颤动的美感。

墨白没有想要告诉我们那个传统意义上的故事结局，事实上我们也已不需要知道那个结局。重要的是，我们在作品已有的形态中看出了一种生活的动荡与不安，或者说是一种人的心理欲望与社会现实也即"自然"之间的严重不协调。这种不协调也就是我们通常所说的人类欲望的无限性与现实制约的局限性的矛盾冲突。作品透射出的这种冲突或不协调感方面让我们受到强烈的精神震撼，另一方面，也同时激发了我们的好奇与雄心，促使我们去思考怎样才能避免与消除这种不协调。渐渐的，我们内心开始涌出某种恐惧，同时也出现了向这种不协调的生命关系挑战的强烈渴望。这就够了，我们已经在其中获得了一种伴随着痛苦甚至酸涩的审美快感。

《哑巴》中的哑巴也是一个象征。是一种静默不语而又智慧洞明的潜在自然力的象征。尽管在形态上他是以人的方式存在的，但从精神的意义上说他更多地体现出非人也即与人相对的自然特质。他像我们所面对所处身其中的大自然一样，沉默，壮硕，仿佛有无穷无尽的神秘力量。然而他最后还是失败了。败给了人，败给了能够支配他的命运的人，也就是精神的侵入者的人。

可以看出，墨白在创造哑巴这个人物时倾注了自己满腔的同情。表面看来，这是对生活中的弱者和失败者的一种惋惜和怜悯，而实际上，它却是作者自己的思想观念的一种不自觉的流露。墨白当然热爱大自然，热爱生活，热爱自然质朴的人生。但也毋庸讳言，他本质上又是一个现代文明的热烈渴求与积极倡导者。这就决定了他不可能与哑巴一起固守某一方土地或某一种精神状态。哑巴遭受了暴烈的精神侵犯，无法再固守自己的那一方淳朴的领地，就像《红雨伞》中那个十二岁的小小男子汉君一样，虽然奋力撑起了一片粉红色的雨伞要保护脚下的一块土地不受阴雨的侵袭，勇敢地与周围不协调的现实世界抗争，最后还是守不住灵魂中那一块净土，被母亲强拉回了家，回到了被暴力蹂躏了的生活秩序中。这是生活自身的发展规律使然，而绝非某个人的意志所能决定的。当然也难以扭转。

认知方式的变化引起了艺术表现形式的变革与创新。原来小小说那种以叙述故事情节为主体的线性结构形式被墨白彻底抛弃了。他已经明白，当自然饱含了感情时，才是最美的。所以，在墨白的小小说中，他全力营造一种饱含情感的叙事氛围，并尽量想把这种情感浓郁的叙事氛围与读者的心理和视觉需求特点协调起来，从而形成一种独特的美感形式。在这样的形式中，一切都被重新审视，重新编码，重新整合了。也许，墨白在创作前甚至整个创作过程中并没有预先设计出某种特定的框架。但是，在客观外物与精神情感双向渗透的过程中，他所沉思和面临的一切已经变形并重建。这时候，情感已不再只是纯主观的个人感觉，而是已经超越出去，变成了一种精神的极度切近与相互了解。这种情形的外在显现，则是如梦如幻的语言叙述方式。一切都被激活了。正像一粒成熟的卵子被一个活跃的精子侵入而被激活一样，一个全新的具有强大活力的生命诞生了。蓬蓬勃勃地生长起来了。

《现实的颠覆》和《孤独者》，甚至《面临黄昏》，也都是这种自然被作者情感侵入后的新的衍生物。这几个作品有一个基本共同点，即由于叙述者感觉的错位，造成了时间与空间的错位，从而出现了一种令人耳目一新的审美景观。

在《现实的颠覆》中，墨白试图重建一种过去时态的生活经验。但这种生活经验在重建的过程中被他注入了自己的情感或者叫幻想，于是一切都迷离起来，悬浮如夏日的风铃，又如淡水中尚无主体意识的小鱼小虾漂游不定。剩下的，似乎只有一些固定的时间概念如"炎热的上午"，"往事"等，和作者细微的自我感知自我描绘。

一开始，我们会随着作者的叙述，把目光和思绪集中在那个炎热的上午，在那条大街上穿行的主人公谭渔身上，他正穿行在繁忙的人流中要去赴一个名叫秦君的女士的约会。然后他们走进了一座名叫"国王大酒店"的地方，共同吃一顿午餐。在餐桌上他们谈了不少问题，那些问题带有一种不容置辨的存在的真实性。后来你忽然就发觉不对了，那些真实的都是虚幻的，他根本没有见到秦君。一切都只是他大脑中产生的一种幻觉。我们于不知不觉中进入了作者的叙述圈套，跟他一道作了一次虚幻的精神旅行。

美就在这里。作者的细致而绝妙的自我感知和自我描绘，造成了一种真假莫辨的艺术氛围。换句话说，一段根本不存在的故事被这种奇妙的叙述编织出来，比真的还真，让你感觉得到它的血脉的流动。作者唯自己情绪流动为指南，放任自己沉浸在一种如梦如幻的情感旅行的快感之中，从而把握住了一种难得一见的灵魂自由状态。时空的换置与错位在这里不仅没有打乱作家思维和读者思绪的连续性，相反却使他们同时获得了某种精神的释放。

这一切，其实与过去的那些时间概念无关，它只存在于现在，存在于目前作者意识中的时间里。过去的事物不管是时间也好，空间也好，都在作者的意识中被还原为现在的某种状态，以一种变异的形式与现在的时间和空间相互交融或补充，甚至直接取代了现在。结果，自然就产生出一种新型的时空景观，纯虚构又纯审美的艺术景观。

我们至此已不必去考究谭渔究竟见没见到秦君，两个人谈了些什么没有。那已经没有什么意义。重要的是，我们在受欺骗的阅读过程中体会到了作者那种迷茫而痛苦的自我意识，那也许是他的生命意义的制高点。

《孤独者》中的孤独者同样也是作者自我意识的一个形象外化。他是孤独的，并且因而是独立的。但是，他那种遗世独立的沉思默想同样带着迷茫的痛苦。他失落了自我，他又不知道自我在哪里失落了。于是，他更加耽于幻想，耽于独立的幻想。最终，他从意识的日常世界中摆脱出来，像一个幽灵一样在世界上漂泊漫游。然而，他还是没有彻底摆脱过往的生活，这也许是宿命，他结果还是让自己的意识回到了曾经断想的地方。像飘荡的灵魂终归回到了自己的精神家园。只留下一道淡淡的然而却永远也抹不掉的哀伤的履痕。

孤独者也好，无名的痛苦老人也好，那个掉光了头发的神秘女人也好，他们的存在，都说明着一点，生活是一条无止境的漫漫长路，走上去，不必回头，也可能重新见到曾经历过的景观。时间与空间的错位造成了孤独者自我意识的复苏与随之而来的更深重的悲哀与痛苦。然而同时，也让他看到了自己心灵深处对完美生活的永恒的渴望。他意识到了死亡的不可避免，因此他愿意独自肩负起生的重负，走完全部的心理历程。

孤独成了孤独者心中永恒的风景。也许这正是作为有限的时空存在物的人类力求超越自己的局限而不得时的最后的反抗，或者说最后的栖息地。

与《现实的颠覆》和《孤独者》相比而言，《面临黄昏》虽然也表现出了时空与感觉的错位的特点。然而，实际上，它所透视给我们的东西却更具有现实的真实性。如果说《现实的颠覆》和《孤独者》的叙述语式让我们想起了格非小说的叙述语式的话，《面临黄昏》却只能说是墨白自己的。对生活的最切实的信任与拥抱通过一位"死而复生"的老战士的形象充分展示出来。虽然仍然以浓郁的情感流注其中，却始终掩遮不了生活本身的耀眼光芒。

这里，墨白走过了一个轮回。由幻想的意象世界重又跌入了现实的土壤之中。想象的翅膀软缩了，有意追寻历史感变成了在历史的色彩艳丽的脸颊上搽上了一层黄土调和成的官粉。个体的经验从而隐没，成了一片无人的旷野。我不知道这是作家的幸运还是悲哀。

梦中的宫殿

我曾经在一篇小文中说过，作为小说家的墨白从某种意义上讲是一位忧郁的王子或歌手。错了，起码，不十分正确。现在看来，墨白是一位巫师，一个在人类与万物之间，生者与死者之间，凡人与神灵仙怪之间击水为拍踏土作歌的舞者。击水为拍踏土作歌不是为了祈祷人寿年丰，也不是为了宣泄自己无形而有质的精神的郁闷，而是为了在生命与死亡之间，光明与黑暗之间，历史与现实之间找到一些同构点或者说临界点。在这些同构点与临界点上，建起一座花镜水月的宫殿。我称这宫殿为梦中的画像或风景。

在墨白渐渐神圣化了的不很英俊的脸上，总有一层梦幻的光辉在闪烁。那梦幻如烟如雾如歌如泣，迷醉着一群群一拨拨白鸽般纯洁美丽或麻雀般轻浮浅薄的少男少女，在他周围缠绵成一张梦幻之网。他在这张网中左冲右突，时而沾沾自喜时而忧心忡忡。他以魔鬼般美丽狂热的激情把优美与恐怖，高尚与卑劣，鲜花与坟墓糅合到了一起，从而打通了通向艺术高峰的那条多人梦寐以求的山林小径。

《六十年间》与《红月亮》是这张网最先网住的两堆营火。

且让我摘引两段：

"明天就是清明节了……他们站在一望无际的绿色麦田里，看着几处袅袅青烟在近处或远处晃动，心里就生出几丝凄伤。他们望着一带灰白的烟雾被夕阳染红飘在黑浓浓村子的半空中，就感到远处有一种不可猜测的神秘，就茫然地往回走。就这个时候他们看到了那位老太太像一段木雕出现在村道之上……"（《六十年间》）

"大姨的声音微弱得几乎听不见，但那声音却颤颤趔趔地在干燥的空气中飘荡。围着的人们全都受感染了，那声音渐渐地浓起来，掺和着浑黄的夜色，把人们的脸都罩得恍惚起来，汗水又从毛孔里流出来，把人们的皮肤都染成竖纹的花。"（《红月亮》）

这两段文字表面看来平缓、沉静，没有曲折也没有波澜，像一个中世纪禁欲主义的旁观者在冷漠地叙述别人的故事。然而细细读去，字里行间却包孕着某种无处不在的生命的困惑与悲凉。那个如一段木雕一般突然出现在村道上的老太太是谁？她为什么要在这样一个特殊的时候——清明时节来到这个没有人认识她的村庄？她来干什么？一连串疑问在我们尚未清醒地理出头绪时已经把我们引入了作家精心设计好的那个叙述之网或者干脆就是叙述圈套。老太太像一条连接过去与现在，历史与现实的时间通道，把与今天已经相隔六十年的一段故事重新唤醒，重新引入了小村人的现实生活。不管是作者有意设计还是偶然巧合，六十年这个概念很显然不仅具备时间上的意义。认真说来，它蕴涵着一种很明显的空间感。过去的人死了，已经属于另一重空间，我们习惯上称之为阴曹地府或冥界。而老太太还活着，她是一位联结死者生活与命运的生者。她曾经是死去的那三个男人的儿媳、妻子和情人，位置重要而又独特。像一个数学坐标系的原点，一切故事由她那里开始。而现在，三个男人早已化为尘土，坐标系不复存在，只剩下尘埃般飘浮不定的一个点，生与死之间由此达到了一种对等或者说和谐。经过六十年时间之网的过滤，残酷、血腥、愚痴、疯狂已不再具有本来意义上的威吓与恐怖，转而变成了某种可供后人瞻仰缅怀的奇异的历史风景。相反的，死亡作为人类恐怖之源在此倒回到了它最原始的所指意义上，成为类似于人类新婚之夜一般值得欣喜与回味的甜美的感受。这感受因了不可知的神秘性而更加令人心向往之。

《红月亮》中的大姨和上述那位老太太一样，也是一位往来于生与死之间的神秘而又忠诚的使者。我们摘引的是大姨临终弥留之际的一段描写。那时候大姨等待十几年的女儿小月回来已经等到了油尽灯枯之境。村里的人们没有力量也没有办法把她从虚幻的等待中拉回头来，只好临时抱佛脚，请随男朋友四平一块来探亲的秀儿冒充小月给她一点最后的安慰。

这同样是一则关于生与死的故事。大姨的死，事实上具有一种再生的意义。因为，聪明的作家通过对她的安详无比的死状的描写让我们看到了一个全新的生的希望：在大姨十几年的艰辛期望中，月儿事实上已经回来。只不过，不是以我们惯常能够感知到的方式和形态出现，而是经过某种艰难的变形过程，化成了天空中那弯月亮，橘红色的月亮。

把生与死的巨大的鸿沟用一种略带忧郁与悲凉的诗意轻轻地抚平是墨白小小说创作有别于他人的一个独特之处。在《红月亮》和《六十年间》之后的小小说创作中；这个特点一直或隐或显地保持着。比如《井》《冬景》等篇中，生与死完全超越了本原的生理意义，而变成了一种哲理的昭示，诗意的阐发，或者说一种生活观念的形象化的再现。正如作家在一篇题为《生命之体验》的创作谈中所说："死亡这一阴影使人生充满了永恒的苦涩，所以即使生命的最大欢愉也潜藏着悲怆的眼泪。"无论是《井》中"他"和菊在生与死、爱与恨、堕落与拯救中的撕心裂肺般的痛苦与挣扎，还是《冬景》中在完成一项心中神圣的使命之后安然而去的表二爷留下的几道朱红血迹，事实上都在诉说着一个共同的故事：生的艰辛与死的优雅和解脱。

一九九三年以后，墨白的小小说经过长期的探索与沉淀，突然上升到了一个新的境界。富于哲理的思想内容，充满幻想的故事情节，夸张变形的人物形象内在而有机地相互融合统一到了一起。凝重而富于荒诞色彩的现代哲学观念弥散在大部分作品中，更明显地透示出作家在生与死之间关系的深刻探求中所体验和挖掘出的神秘、空灵、朦胧的美感。

《鼠王》《神秘电话》《孤独者》《红雨伞》等，是这样探索的优秀的代表。

在《鼠王》里，作者几乎完全隐退，只剩下纯客观的叙述。一个捕鼠者与一只巨大的老鼠之间旷日持久的一场拼搏，从精神到肉体。最后，同归于尽。这又是一段生命的原始的历程。《鼠王》比《面临黄昏》高明一点，就是它把一场生死较量变成了一段原始的神话和隐喻。鼠王是谁？是人，是那个与老鼠打了一辈子交道的捕鼠者。它又是老鼠，是那只猫一般硕大，全身毛色发白的老鼠。他们之间的搏斗，说穿了是人与他精神中的某种逆向力量的搏斗。不是吗？最终，人的残暴与鼠的残忍几乎一同达到了顶点。人杀死鼠，鼠们又啮食了人。留在我们面前的，只有一缕生命力的狂躁的呐喊了。这里，就显现出一个问题，这个故事震撼人的地方在哪里？说穿了也很简单，它揭示了一种人的生命的焦虑。捕鼠者存在的意义就在于捕鼠，而他却曾经败在一只硕大的老鼠手里，留下了深刻的耻辱的创伤。所以，他一心一意要复仇。这时的复仇已经不仅是人鼠的争端，而变成了更具形而上学意义的人与自我失落的搏斗。他要通过杀死老鼠找回失落的自我，找回自我存在的意义。不杀死老鼠，他虽生犹死。而老鼠呢？它的生命原本也是一种自然存在，面临被杀的厄运时，它当然也要恐惧，有恐惧也就要抗争，更深刻一点说，这同样是一种生存焦虑的显现。在这个意义上，人与鼠达到了融合与一致。从而，这个故事也就具备了一种人类意识的发放与宣泄的功能。人类对自我意识与生存价值的追索，也就在这时候突出地表现了出来。

而那个神秘电话中不断出现的神秘女人林夕秋，则根本就是作家意念中一场凄婉的秋梦的代名词。林夕秋是一个已经死去了的女人，即现实生活中普遍认为已经不存在了的女人，而且从字面上看，林夕秋就是梦秋。这显然是现实中的作家与理想中的作家自我之间矛盾斗争的抽象化的缩影。生与死都已不重要都已成了梦中的风景，还有什么比这更令人鼻尖发酸心神动荡的呢？孤独者和红雨伞更是作家的饱蘸感情的浓墨画出的两幅生与死相交相融相偎相依的生活图景。全是生者与死者的故事，生者为生与死者为死已经没有了界限没有了区别，唯有人类强烈的生存与追求无限的渴望在字里行间跃动。

墨白的写作可以说是在进行一次形式与精神的探险。他依靠自己出色的艺术直觉，把对人类命运的深刻关注通过浓郁的情感投射到自己的表现对象上，从而重新建立起一种艺术化的生活秩序。墨白始终如一地追求着一种梦中的风景，在努力建构着一个属于自己的，奠基于人类生与死的契合点上的生命的宫殿。由此我们可以说，墨白是为小小说的创新与发展作出了极为重要的贡献的，富于独创性的优秀小小说作家，这就是墨白小小说存在的意义。

墨白复调小小说艺术简论

高 军

在小小说创作中，光有了美好的题材和立意还不能保证创作出优秀作品来。只有通过结构，把它们有机地组织起来，一篇小小说才能立起来。结构像一座骨架支撑着整篇作品，又像一座桥梁连接着作家的心灵与作品。正是通过结构，作家内在的思想、对生活的深入思考得以凝固和外化。只有当结构在作家头脑中完整地浮现，作家才可能顺利地遣词造句，奋笔疾书，原来零散的因素结合成为统一体。结构绝不仅是解决一个先说什么，后说什么的顺序问题、条理问题。从系统论的观点看来，决定系统功能的主要东西，不是构成系统的要素，而是系统的结构。结构的不同是决定作品独特面貌的最主要的内在依据，在要素已确定的情况下，巧妙地安排结构，将能直接优化小小说这个系统的功能。得体、新颖而天衣无缝的结构从何而来呢？这主要决定于艺术思维的内容和方式。由于艺术思维的内容、方式和程序不同，小小说的结构也必须千变万化、层出不穷。然而，在千变万化的结构形式中，也有些基本的类型可循。

本文就墨白小小说的结构特色作些简单的分析。

墨白虽然从 1984 年发表小小说，迄今只出版了《孤独者》《怀念拥有阳光的日子》两本小小说作品集，但却在他的小小说创作中构建了一个属于自己的艺术世界，为小小说的创新和发展作出了极为重要的贡献。富有多方面的独创性，其独特的小小说结构就是一个重要方面。

在墨白的小小说中，有以观察点的推进为线索、随时间推移或空间变化组织小小说材料的纵贯式结构，如《红月亮》《洗产包的女人》等；有情节开头与情节结尾构成相反的发展方向，给读者造成强烈惊奇感的反差式结构，如《舞轿者》《复苏》《老蚌生珠》等；有在精短的篇幅内设置多层次艺术变化，情节曲折起伏的波状式结构，如《井》《受害者》等；有让两条情节线索的艺术空间同时存在，使情节大大扩张的双轨式结构，如《声音》《画像》等；但最具独创性的是复调式结构，如《鼠王》《怀念拥有阳光的日子》等。墨白曾说过："我最注重的……比如在小小说这样局促的空间里运用'复调'的结构，用以来升华小说的母题，扩大小说的审美含量。"应该说，墨白在其小小说创作中，特别是1993年以后的创作中，是充分运用了复调式的结构，来表现哲理性的思想内容，营构充满幻想的故事情节和夸张变形的人物形象的，这使他的小小说创作又步入了一个新的境界。

墨白的复调式小小说的结构方式主要有以下三种：

一、通过对事物的双重描述构成作品的复调式结构

如《现实的颠覆》写谭渔去国王大酒店和一个叫秦君的女士会面，行走在陌生的人群之中，"就在这个时候，他想起了他的妻子。这是一种奇妙的现象，在那个炎热的上午，他要和一个名叫秦君的女士去聚会，他却一下子想起了他远在乡下的妻子。""许多日子之后，谭渔回忆起了这个炎热的上午"，接着记录了那个上午的经历，和他们的那次会面。后来他俩一同坐在黄昏来临的窗子前，秦君读他的记录。最后又写那个上午，他并没有见到秦君，结尾把前面的所有描述一下子全颠覆了。作者在这里对时间进行了双重的记忆和描述，我们必须认真阅读才能理出作品的头绪，在不知不觉中落进了作者精心设计的叙述圈套，使小小说的内在蕴涵大大加强，让人回味无穷。《神秘电话》写"我"某一夜接到一个叫林夕秋的男子从广州打来的电话，让"我"告诉44368这个号码的叫秋的女人给回电话，"我"转告了秋以后，仍接到这个电话，说秋未回电话。从此，这个电话每晚必来。后来，这个电话不来了。第2天，"我"去找时竟是一家火葬场，没人知道秋是谁，44368是骨灰架上的一个编号，骨灰盒前一天已被人取走。小小说对44368这个号码的双重描述，使作品有了一种不可

知的神秘性，使生死之间超越了本原的生理意义，变成了一种哲理性的昭示。双重描述中，包孕了生命的困惑与悲凉，使生死之间达到对等和谐，为读者提供了广阔的艺术审美天地。作品具有了多重的象征意蕴，具有了更大的艺术感染力。

二、通过描述事物的对立、对应构成作品的复调式结构

如《面临黄昏》写张市长来到林子深处的坟头前，回忆起过去的战斗中芬和洪良的牺牲，他也曾将枪对准过他们俩，接着他又在一坟前墓碑上看到了自己原来的名字"孙继峰"。小小说写出了历史与现实的对立、对应，构成一种复调式结构，产生一种对生与死的深入思考，在历史与现实、生命与死亡之间找到了一个临界点，使高尚与卑劣糅合在一起，具有了一种诗意的阐发，展现了深邃的蕴涵美。《鼠王》写了两个鼠王的对立、对应，一个被称为"鼠王"的捕鼠者和一只硕大如猫的同样被称为"鼠王"的老鼠之间进行的一场旷日持久的对立和拼搏，最后仍没分胜负，到底谁是真正的鼠王已无法分辨，作品使两位鼠王融合一致，展示了生命运行的原始历程和凄美图景。《怀念拥有阳光的日子》中两位盲人的对应，《精神病患者》中"他"两次躺到土坑里形成的对应，都构成了作品的复调式结构，收到了强烈的艺术效果，充满了歌颂生命的真实感情。

三、通过描述作品中人物的多重换位构成作品的复调式结构

如《孤独者》中的老人和孤独者、恋人和秃头女人的多重换位，《结果》中福田与李老增、妻子与浮萍、浮萍与月儿的多重换位，展现了生与死相互交融、相互依偎的生活图景，字里行间，体现出人类强烈的生存意识和追求无限的渴望。特别是《孤独者》，反复表述了追求与寻找的主题，尽管作品中的精神意象有些鬼气和阴沉，对周围世界的感悟，笼罩在心灵的压抑和精神的痛苦之中，作品总体情绪上显得忧虑、抑郁，孤独者在躁动的情绪中寻寻觅觅，在寻找过程中希图得到灵魂的放置和归依。作者以现代寓言，把人们对生命中的一切偶然的东西，如不可逆料和不可知性等，通过意象的联结，表现出人生的神秘性。如同一曲多声部的协奏，如

泣如诉，如歌如慕，使我们窥见了现代人的心理情态。同时也显示出，在现代人的生存行为中，寻找的意义和过程，往往连带着生命的代价。

墨白复调式结构的小小说作品。实践了他"抛弃旧视角，而从新的角度切入对象"，"从观念、认识、价值、语言、结构等各个方面对以往的模式来进行一次爆破或者是颠覆"的美学追求，"忠于自己的环境，忠于自身的感受，忠于自己的创作，忠于自己的表达"，使小小说作品的构成始终在双向甚至多向的槽沟里流动，并不只是遵循传统的单调的流向作直奔主题的叙述，而是让作品在复调式的结构中呈开放性的姿态，"以自己深刻的生命体验和对时代精神的感悟去把握比生活真实更深厚的精神内涵"，真正做到了"创造圣洁的领地和人生境界，来观照人生和自我"，有着震撼人心的强度和充实的能力，充满着歌颂生命的真情实感。

总之，墨白的小小说作品，特别是复调式结构的小小说作品，用散文的笔墨，抒写出诗意的韵味，建构成含蕴内在的小小说，从而在时空交错、情节联缀的错位中，引起人们的咀嚼回味，为我们提供了多方面的审美享受。

有关墨白小说评论的断片

孙青瑜

前言：我偏爱墨白的小说，同时也喜欢收集有关墨白小说的评论文章，这对我认识墨白的小说写作有着很大的益处。我不但收集有关墨白小说的评论文章，还注意保存与墨白小说相关的一些零零碎碎的评论文字，时间长了，竟有几十条。这些评论文字来自不同的层次，有评论家，有编辑家，也有普通读者。有些文字，其实就是读后感观点很新颖，角度很独特。有一天，我从睡梦中醒来，就异想天开，觉得把这些来自报纸，杂志，书籍，网络上的文字集成一块，来对照，来比较，应该是一件十分有意思的事情。这样能培养我们对文学的热爱，也可以从不同的角度，不同的侧面，以不同的时段，用不同的眼光，不同的心态，不同的观点来看一个小说家。这样从各个方面看来，小说家墨白的写作就有些立体感了。

收在这里的只限于有关墨白微型小说的评论文字，涉及的微型小说有《冬景》《鼠王》《飞翔》《风景》《飘逝》《怀念拥有阳光的日子》《神秘电话》《谋杀案》《结构》《洗产包的老人》等。

谢志强：关于《飘逝》

你读《飘逝》恐怕很难获得通常的预期效果。因为，你总力图挖出或归纳一个明朗的主题。不过，我得说，这是一篇情绪型的小小说。

主人翁是一个"飘失"的人，即失却了过去（往日的恋人），迷失了现在（他的远足是寻找、探求），在这出远门的过程中，他的过去（恋人)、现在（仅有的旅行包、照片）和未来（一派模糊）都处在一种飘飘忽忽之中。作者写出了一种情绪模式或类型（为同于塑造性格个性），至于背景，一律省略，留给读者二度创作和参与。读者可以依据自己不同的飘失经历去充实、填补。

作为小小说，《飘逝》显然接近了小小说的规模极限，但它是小小说家族中不可或缺的风格类型。而且，作者运用细节的反复手法（告别、照片）颇为精心。

汝荣兴：关于《怀念拥有阳光的日子》

"我"的那些"拥有阳光的日子"真是非常值得怀念，而就在"我"深深的怀念中，一片亮灿灿的人情又人性的阳光，便如此绚丽又如此迷人地铺展在了我们的面前……

你最好是在夜深人静时去读这篇作品。这样，你就可以在那种静谧的氛围中，慢慢地、细细地去品味"我"的那份心情，去咀嚼作者给我们讲述这个故事时的那种随意又诗意的深沉。这真的是一篇需要我们用心去阅读的作品，也真的是一篇充盈着诗意的深沉的作品，你看，那去河滨公园的6路车上竟丝毫见不着半点的嘈杂，有的只是那种或鱼贯而入的安宁，有的或者是"我"与萍给盲人让座，或者是另外一对情人请"我"入座的如歌似的善意；你再看，在写萍为那盲人而不幸遇难的过程中，作者用的是"萍在风雨中展开她的双手像一只飞翔的鸽子"这样的语言，在写"我"对萍的思念时，又说是"萍在灿烂的阳光里朝我奔过来，像一只飞翔的鸽子"；还有，在情节的构想与组织上，作品先是安排"我"与萍这对恋人在车上遇到一位盲人并给他让座，后是叙写作为盲人的"我"在车上遇到一对情人并接受他们的关怀……

哦，这一切的一切中所包含的，也只是心与心的触摸和交流，用情与情的碰撞和体验，才可以使我们真正地获得并感受的啊！是的，让我们一起来"怀念拥有阳光的日子"吧，也但愿那种"拥有阳光的日子"能体现并伴随在我们每一个人的生活中！

关于《神秘电话》（编后记）

作为当代作家，墨白具有典型中国文人式的孤独。这种孤独与生俱来，蛰伏于心，不明不白。常常的矛盾与苦痛，使他遁迹，善思，喜玄学，通术数。这些特征，使他羽化成仙，遐思而神往，化腐朽为神奇。这种本领，他独有。此篇《神秘电话》可窥见一斑。

《神秘电话》以穿越生死时限的爱情为基调。作者在巧妙叙事的同时，把读者引入圈套：似乎在现实中，一切顺理成章，但结果却如云坠雾，扑朔迷离。正是这种大开大合，使墨白反悬用得丝丝入扣，使读者在梦幻、玄虚与现实、理性的情感落差中，体味生命的丰厚，领悟爱情的哲思。

其实，神秘主义，作为智性思维的一种认识，古已有之。尤其在士大夫阶层，由于易理、辨学和鬼神之术，是玄学的丰厚一支，以至历久而不衰，形成"魏晋风骨"——中国文人极为认同的一段情怀。近年，神秘主义写作方法，在逐渐摆脱边缘化的窘境中，堂而皇之地进入主流文学殿堂，成为作家训练思维、体验生命、表达情感的叙事方式，更营造出诡异奇特的意象，得到读者认同，拓宽了小说的创作道路。

碧海云天：关于《飞翔》

墨白的《飞翔》故事很平淡，它写的是进城的打工仔统统回故里去收秋庄稼了。独独留下一个还是农民又想成为城里人的落榜生呈祥。这个叫呈祥的准农民知道，要成为城里人唯一的通道只能是"非得到这城里读大学不可！"这个愿望三番五次激起他内心深处的层层涟漪。但一想到自己名落孙山的处境，又转而恼怒、惶惑、踌躇、困扰。他是在别人的城市打工（见文中有"可是他找不到城门。""在这座城里我连一个熟人都没有了。"句)，他也有自己的家园。他幻想能自由地像鸽子一样在农村和城市都有自己的巢。他在金色的十月阳光下做一个少年呈祥之梦，于是，我们便在作家描写的现实部分及幻想部分中，分明看见了一个所谓"打工仔情结"——在别人的城市，埋藏着自己的欲望。这种深层意义上的灵魂的颤动和对城市文化的追求被描绘出来了，抑或是在梦幻中吧，少年在梦幻中仿佛于黄昏前死去，但幻想还在飞翔。

关于《鼠王》

墨白的《鼠王》，写人与兽的生死搏斗，题材奇特，气氛苍凉，感觉怵目惊心，给人的震动是很大的。作品的成功，得力于作者对超越现实主义方法的借鉴。

小小说的品质

墨 白

按照当下的小小说理论，对"小小说"划分的标准只是字数的多少。我认为，优秀的小小说和短篇小说应该没有本质的区别，因为短篇小说的一些重要特征在小小说里都能得到体现。在二十世纪末新时期的优秀小小说作品里，我们可以看到，它和短篇小说同样具备如下的一些品质：

一、精神：由于世俗的纵容，金钱的诱惑，小小说的写作对惰性的抵抗精神在当下变得尤为珍贵。当我们的写作不再面对现实精神世界里的焦虑和痛苦，不再面对人类复杂的内心世界，不再以自己的心灵来引导读者走向精神的高地，而是以"消费者"的口味来腌制文字的时候，世俗已经吞噬了我们的灵魂。这样的写作是缺少创造和发现的，于是写作便成了一种惰性。毫无疑问，惰性的写作是对一个作家的伤害。同时，惰性的阅读也是对一个民族的伤害。作为一个有良知的小说家是不会与这种惰性的写作同流合污的，他看重的应该是人类精神的复杂性。存在主义对人类社会生存的荒诞性和非理性的认识，弗洛伊德对人的潜意识存在的发现，荣格对人类的集体无意识的领悟，西方马克思主义对人的本质已经被"物化"和"异化"的学说等，这些人类复杂的精神活动，构成了我们的小说精神。如果一个小说家对此没有丝毫的察觉和反映，那么他很有可能已经是一个被"物化"和"异化"的俗人，他已经丧失了灵魂，那么他的写作也就丧失了意义。

二、表达：小小说同样应该具有穿透历史和现实的能力，我们从中能感受到它所表达的社会的情绪和民族的情绪，能感受到它所表达的更多阶层的沉默的情绪，能感受到它所表达的由对历史的回忆和对未来的向往浓缩而成的现实生活的复杂性。我们相信，善良和博爱，真诚和高尚，在这些作品里不仅仅只是一些没有生命的词语，它表达的应该是人类灵魂中最软弱的那一部分，对人性的表达应该成为我们写作的灵魂。

三、空间：小说作为一种语言建筑，与建筑学上"无"和"有"的利用，有着相似之处。我们读到的文字是具体的，就像我们看到的建筑的墙壁，是可视的，是可触摸的。而在这些文字的背后，要有更丰富的内容和更广阔的空间。我们讲的小说的空间，是小说本身能给读者带来的想象和思考的空间，同时也是读者参与二度创造的空间。我们要把语言所有的墙壁都打开，成为无所不在的门，面向阅读者。应该说小小说是小说门类里面最具有空间因素的一种体裁，当然，我们所理解的小说空间感，绝对不是那种一篇小小说所叙述的事件够写成一篇短篇小说而没写的说法，小说里的空间是小说的厚重感，是小说之外的东西，是小说里那些只可意会不可言说的东西，是唤起读者情感的东西，是能使读者感慨不已的东西，是留给读者意味深长的东西，是击中读者命门的东西。小说的空间感，同小说的长短没有丝毫的关系。

四、语言：我们知道，好的小说应该是有味道的，或者说要有气味。而小说的味道和气味都来自叙事语言，当然，小小说也不例外。真正的小说家，他的叙事语言能构成自己的世界，构成自己的现实，他的语言既有一种滋生能力，又像早晨挂在树叶上的露珠一样清新而富有耀眼的光泽。他的语言所表达的物体和事态准确而玲珑剔透，既有节奏感又富有质感，就像一条在你面前流淌的小溪，既有声音又有一种使你产生触摸的渴望。同时，他的语言又富有情感，就像一根无形的魔棒，能使阅读者感受幸福和苦难的滋味，感受焦虑和不安，感受孤独和凄伤，就像秋风一样吹拂着我们脸颊上的泪痕。是的，当一个作家目光变得锐利，而他的叙事语言变得温柔，那么，我们才感觉到他的诱人之处。

五、创造：如果一个作家的写作缺乏创造力，那是因为他的内心世界并非真正的自由。我这里所说的创造，不是指作品的形式，当然，对于形式的创新也是十分重要的，不同的叙述形式就是认识社会的不同方法。我在这里所说的创造，更多的指向小说的内部世界，即人类的情感世界和人的想象力。黑格尔说："如果谈到本领，最杰出的艺术本领就是想象。"在这里，黑格尔讲的是艺术家在创造一件艺术品时所具有的能力，想象的能力。而我说的是在一个小说家具备了这种能力之后，在他作品里所留给读者的思索，这和黑格尔所说的想象力是不同的概念，我说的是小说应该具有双重的品质，即作家的创造能力和小说本身所具有的能力。我认为这样的小说或许才更接近我们写作的本质。杰出的小说家应该有影响或改变人们的思维观念的力量。当一篇小说超出了生活在现实里人们的思维习惯和观念的时候，它往往被人们所忽视。不过这没关系，因为我们有时间。就像我们需要生活一样，我们需要时间来理解它们。

以上这些都是衡量我们这套丛书入选作家的潜在标准。当然，我们不能单单用其中的某一项来对照或打量，因为这些标准都渗透在小说家们的文字里。真正的小说家都视自己的小说为他的生命，每一个生命现象都是独一无二的，是不可替代的。我们想体会到这些小说所具有的品质，那么我们只有到他们的小说里去感悟、去寻找、去发现。

为什么活在世上的人都要寻找一种精神寄托？那是因为我们孤独的内心世界需要安慰，对于现实中我们这些已经失去信仰的人来说，文学就是安慰我们内心的教堂。一个作家写什么或者不写什么，那是由他的命运来决定的，那些伤痛的、不可回避的经历和对生命深刻的感受，也是不可替代的。同样，一个读者读什么或不读什么，那是由读者自己选择和决定的。一次有益的阅读，肯定在最大限度上避免了一次无益的阅读。我们当然要进行有益的阅读，因为我们的时间有限。我们的时间有限，那就是我们的生命有限。我们的每一次阅读，都应该是一次对自己的发现；我们的每一次阅读，都应该是一次对生活的创造。当然，这种阅读的发现和创造，首先需要你所阅读的作品，具有引发你发现和创造的因素。对读者思维的诱发，对读者观念的更变，对读者生命的感悟等，这些引发读者发现和创造的因素，也是入选这套丛书的一个重要的标准。

博尔赫斯曾经将好的读者比作珍禽，是非常稀罕的族类。他们的目光独到，充满智慧，态度客观而有分寸，比起好的作家还要稀罕。我认为，写作和阅读是一对同谋，它们有着共同的命运而且不可分割。阅读是一种交谈，既然是交谈，那么，我们就要面对智者。阅读是一种倾听，既然是倾听，那么，我们就要面对心灵的声音。阅读同样是生命的旅程，既然是旅程，那么，我们就要一起上路。

　　对于我们来说，写作和阅读是一个永远也无法完成的事实，我们永远都处在一个创造和发现的过程中，处在一个未知的状态之中。写作和阅读的意义不再是所谓的生活，而是一个通过写作和阅读进入精神世界的过程。

神秘电话

与写作有关的一些断片

墨 白

空 间

我们每一个人都生活在建筑所构成的空间里。实际建筑学讲的就是无和有关系的利用，也是老庄的哲学。小说作为一种语言建筑，同样应该有很大的空间。我们读到的文字是具体的，就像我们看到的建筑的墙壁，是可视的，是可触摸的。而在这些文字的背后，要有更丰富的内容和更广阔的空间。我们讲小说的空间，就是指你的小说能给读者带来多少想象的空间，能带来多少思考的空间，同时也是读者参与的空间，也是读者二度创造的空间。如果我们在小说里把话都说白了，说尽了，那就等于你把所有的门都给堵上了。如果你把所有的门都堵上了，那么这个建筑还有什么用呢？

应该说小小说是小说门类里面最具有空间因素的一种体裁。当然，我们所理解的小说空间感，绝对不是那种一篇小小说所叙述的事件够写成一部短篇小说而没写的说法。小说里的空间感是小说的厚重感，是小说之外的东西，是小说里那些只可意会不可言说的东西，是勾起读者情感的东西，是能使读者感慨不止的东西，是留给读者意味深长的东西，是击中了读者命门的东西。小说的空间感，同小说的长短没有丝毫的关系。好的小小说应该具有空间感，比如许行的《立正》，比如汪曾祺的《陈小手》，比如孙方友的《蚊刑》等，这些小说都具有很强的空间感，这些小说所具有的空间感，有些几十万字的长篇小说也未必能具备。

气 味

我们知道，好的小说是应该有味道的，或者说要有气味。而小说的味道和气味都是来自叙事语言。当然，我所说的语言绝对不是咬文嚼字，更不是用课堂上学来的修辞学去一句一句地规范。叙事语言的光彩是在你一扎笔就已经蕴涵在了你的文字之间的。那些文字会像小溪一样在你的注视下流动，它清澈透底而又充满了活力，你语言所表达的物体和事态要准确，玲珑剔透，你的语言要有情绪要有节奏感。你的文字表达人物心理时要富有一种质感，像有一张薄薄的粉红的彩纸摆在你的面前，使你有一种想触摸的渴望。你的语言要富有情感，富有一种生命，就像一只洁白的鸽子，它从阅读者的眼睛里飞出去，一直飞向纯净的蓝天。你的文字要带着读者进入你的感情世界，你哭他也哭，你笑他也笑。你叙事的语言应该是一根无形的魔棒，你要使阅读者感受幸福和苦难的滋味，使他焦虑和不安，使他孤独和凄伤，就像秋风一样吹拂着他脸颊上的泪痕。这就是小说的味道，这就是小说的气味。

精 神

在二十世纪，存在主义发现了人类社会生存的荒诞性和非理性，弗洛伊德发现了人的潜意识的存在，荣格发现了人类的集体无意识，而西方马克思主义也认为，人的本质已经被"物化"和"异化"。这些哲学思潮，使得我们认识到人类精神的复杂性。而我认为，正是人类的这种复杂精神，才构成了我们的小说精神。人的"物化"和"异化"的本质，在现实生活里，概括了人类的生存状态。生活的"荒诞性"和"非理性"在我们身边到处可见。可是由于世俗的纵容，金钱的诱惑，却使得我们的写作变成了一种惰性。当写作不在面对现实精神世界里的焦虑和痛苦，不是面对人类复杂的内心世界，不是以自己的心灵来引导读者走向精神的高地，而

神秘电话

231

是以"消费者"的口味来腌制文字时候，实际世俗已经吞噬了我们的灵魂。因此，这样的写作是缺少创造和发现的。因此，写作形成了一种惰性。毫无疑问，惰性的写作是对一个作家的伤害。同时，惰性的、不假思考的阅读也是对一个民族的伤害。

质　感

二十世纪，在我们赖以生存的土地上，真正利于文学发展的机会有多少呢？我们都知道，二十世纪中国真正意义上的大师都出现在三四十年代。到了二十世纪末，大批的农民往城市的流动，使得我们的民族有一种漂泊和动荡的感觉。我们的写作不能回避现实，不能有意或无意地虚构我们所实际遭遇的现实，如果我们的表达与在现实生活里的经历不一致，如果我们感受不到光明与黑暗并存，那么我们的写作从根本就没有表达出现实生活的质感，也没有穿透现实表象看到它的本质。缺少对生命的独到体验，缺少对艺术和精神的探索的写作，是麻木和盲目的。

品　质

小说所呈现出的不应该单单是一个外部的世界，即生活的表象，更重要的应该是她的内部世界，即人类的情感世界，人的想象力和人的创造力。黑格尔说："如果谈到本领，最杰出的艺术本领就是想象。"在这里，黑格尔讲的是艺术家在创造一件艺术品时所具有的能力，想象的能力。而我说的是在一个作家具备了这种能力之后，在他作品里所留给读者的想象空间。这和黑格尔所说的想象力是不同的概念，我说的是小说应该具有双重的品质，即作家的创造能力和小说本身所具有的能力。

时　间

有一只苍蝇出现在我刚刚装修好的房间里，它使我感到了厌恶，我决定把它消灭掉。可是为此我浪费掉了一个下午的时间，也没能把它从空中打下来。夜晚渐渐降临，在明亮的灯光下，我仍然在不停地追打……在这个过程中，在我的思维空间里，出现了不同时间的并列，或者说是同一环境里的不同环境的并列。用海德格尔的话说，这种原始的时间现象包括了三个方面："将来"（我要把苍蝇打死）、"曾在"（苍蝇是从哪里来的）和"此在"（我正在追打苍蝇）。而这三个方面在我的思维里不停地交叉出现，形成一种无次序的现象，我可以由此回忆往事，也可以想象将来，可是在现实里，由于疲劳和仇恨，苍蝇又成了我叙说的对象。这个复杂的过程就是小说叙事的过程。小说里的时间指涉应该是三维共存的，是有别于生活中的物理时间的。在现实生活里，时间只有"此在"这一维，在我们的感觉里，我们的时间在一分一秒地消失，而实际时间没有发生一点变化，时间一分没有少，一分也没有多。之所以我们意识到时间的存在，那是因为人的生命本身成了时间的载体，由于我们生命的出现和消失，才显示出了时间的意义。时间只不过是我们人类自己定的一个概念而已。由于人类的记忆和想象，使我们小说里的时间概念发生了变化，同时，也使我们的小说叙事发生了变化。在人的思维里，除去现实，还真实存在着记忆和想象。我们思想的过程就是记忆的过程，在我们的生命过程里，记忆是人类思维的极其重要的一部分，在这里，记忆构成了我们小说空间里"曾在"的一维，而我们意识里的时间是流动的，时间流动的方向又构成了小说空间里"将来"的一维。"曾在"和"将来"都是人类世界精神的具体体现。

自　省

很多时候我都会在匆忙的时间里停下来，来反思自己，反思自己是不是缺少自省意识？因为我生活在一个缺少自省意识的民族里。从现实社会来看，这种现象真实地存在着。"文化大革命"证明，我们都是一些丧失了精神自我的人，我们存在的只是肉体，我们的思想都是别人给予的。我们是一个不张扬个性的民族。我们的文化漠视，甚至恐惧和仇视个体生命的独立性。当然，我们不应该一味地去指责别人，我们要做的是应该更多地从我们自身去找一找原因，找一找形成譬如"文革"这种灾难的思想根源和土壤在哪里。在这种情况下，我们的文学最要关注的应该是我们自身的精神。小说家创作的过程应该是对自己灵魂不断进行拷问的过程，就是不断地对我们的人民的精神拷问的过程。

记　忆

母亲已经年迈，她的记忆常常发生错位。一些毫不相关联的事情常常被她老人家搅和在一起。在她老人家唠唠叨叨的叙述里，我不得不时时去给她纠正时间和事件的错位。事后想想觉得自己真是可笑。我为什么要去纠正那些被母亲自己认为是正常的时间和事件呢？从我们创作的角度来讲，或许母亲的叙述更具有现代意义，而我自己的思想已经僵化。我为什么要去固守那些已经失去了时间意义的事件的秩序呢？三十年前的事件和昨天刚刚过去的事件对于我这个以记忆为源泉的写作者来说，它们之间已经没有什么差别了。

自己的孩子

小说写什么不是一个难题，怎样忠实于自己的生存环境、忠实于自身的感受、忠实于自己的表达才是一个重要的问题。每个小说家写出每一篇像样的东西都不容易，就像生孩子那般难，十月怀胎，一朝分娩。孩子是父母之精血，作品是小说家灵魂之呈现。谁不希望自己的孩子有出息？谁不希望自己的孩子最漂亮？但我更希望这个孩子确确实实是我的孩子，这孩子四肢健壮充满着旺盛的生命力。好的小说必须有震撼人心的强度和充实的能力，没有丝毫的卖弄和做作，充满着歌颂生命的真情实感。

大众的口味

一个有出息的小说家，他不会去迎合读者，他首先考虑的应该是怎样去表达自己对这个世界的真实的感受和思考。大众的口味只能使一个小说家变得庸俗不堪。艾特玛托夫说："大众读物不能使人变得进步，它只能使人开心和逗乐，使人停留在原处。"一个只会写出所谓的畅销小说的作家不会给人类带来思考，只能给读者带来惰性，只能使读者变得更加庸俗。

一个人忘记思考是可怕的，同样，一个民族忘记思考也是可怕的，他有的只是盲目地随从。同样，一个庸俗的民族也是一个没有生气和希望的民族。从这个角度来讲，给读者带来惰性的作家是不负责任的，是有罪的。

虚构的背后

虚构对于一个小说家极为重要，但是他对外部世界的感受绝对应该是真实的。在我的小说里，每一条街道，每一棵树，每一场雾，每一个黄昏，一个人和他的孤独，都是来源于现实生活。我们靠什么了解历史？靠什么去寻找流失的时间，靠什么去探寻比海洋更浩瀚更丰富的内心世界？一方面是靠文字对世界的记载，而另一方面就是靠文学艺术的再现。文字记载的只是事物的表象，而文学艺术再现的是事物的内部本质，有了这两方面我们才能使后人了解我们的存在。我们为什么而写作？那是对人类精神世界再创的渴望。一个小说家呕心沥血地要把一些空灵的东西形成文字，再创一个世界，这是一件很苦的事儿，应该说是一种具有宗教意味的劳动。能来做这种劳动创造的人不光光是因为他有天才，而更重要的是他良知的发现。

心灵的自由

1954 年 5 月 17 日，美国最高法院依据美国《宪法》第十四条修正案，宣布公立学校种族隔离是违法的。1954 年，我还没有出生，那个时候就已经有无数个黑人在为自己的权利而斗争。《宪法》终于颁布了种族隔离是违法的条款。我认为这只是外部的原因，而黑人真正的要想摆脱种族歧视还得从自己做起，自己的内心必须强大起来，自身的解放才是至关重要的。作为一个人，最深的恐惧可能不是来自外部，而是来自我们内心深处。这就像我自己的写作，我最终所要面对的不是别人，而是我自己。当我拿起笔面对自己灵魂的时候，那是需要勇气的。当然，这种勇气不是天生的，他需要修养，成年累月的修养。《宪法》已经修正，但真正要从那块土地上站起来，还不是一句空话。

偶然与必然

在现实生活中，我们每天都会遇见许许多多与我们毫不相关的人，或者说会见到许多我们根本无法了解的人。那些陌生人在我们的视线里匆匆忙忙，一闪而过。我们不知道那些人从何而来，又为何而去，我们不知道他或她从事什么职业，不知道他或她姓啥名谁，他们的一切对于我们来说充满了神秘感。那我们自己呢？在别人眼里同样是这样，人们同样对我们不了解，这就构成了生活的陌生化和神秘感。而且我们对未来又一无所知，在我们身边，我们不知道随时会发生什么样的事情。生活中的偶然真是太多太多，我们的写作对这些既是偶然又是必然的事件，对这些神秘不可预猜的事件不能熟视无睹，只有面对这些的时候，我们的写作才能更加丰富多彩。对这些我们要有所感觉。尽管小说是虚构的艺术，但是只有建立在对生活的感受之上的虚构才能成为真正的艺术。

认识的本质

就素材来说，首先要解决的是一个认识问题。我们所处的环境使我们形成了一种认识事物的习惯，我们往往对生活表面的东西非常敏感，却常常忽视事物内在的东西，这种习惯对于写作者来说是一个很大的障碍。我们应该从生活的相互关系中去把握认识世界。比如我们感知某件白色物体的颜色偏蓝或者偏红，那是因为光是以其周围环境色为参照的。比如我们把手放在茶瓶上，那时你映在茶瓶上的手形就会发生变化，变成各种各样的形状。如果那个茶瓶是一个社会的缩影的话，那么作为人的象征的手也就失去了本有的形象，一只正常的手被圆形的环境所改变，那么这样说来你以前视为正常的形象就太单调了。那么同样是一只手在不同的环境里所呈现出来的色彩也是完全不同的，所以我们应该抛开对事物以往固有的概念，把它放到更广阔的社会背景上去考虑。

一瞬之间

历史存在于现实之中。现实存在于一瞬之间。我们所经历的一切都要依靠回忆来完成。我们的写作也要依靠回忆来完成。而回忆是什么呢？回忆是可以把十年前或者二十年前的往事与刚刚过去的事情混淆在一起的。二十年前的往事可能要先于昨天的事情来到我们的脑海里，来到我们的意识里，这是事实。

有时候我们在回忆往事的时候，现实就离我们很远，往事就成了现实。

记忆是跳跃性的。在一瞬间我们的脑海里可以连续出现许多毫不相关的往事。

我们的记忆和思想是浩瀚的，我们像面对海洋一样面对我们的思想和记忆，我们没有办法把握它的全部内容，我们说不准有一件什么往事在一晃之间就会突然回到我们的眼前，我们往往都处在这样一种情景里。所以我们不能不尊重自己的思想和记忆，我们不能不尊重这种事实。而现实的情况是我们偏偏忽视了这一点，我们的写作也忽视了这一点。这就是我们的浅薄之所在。真正的文学所要关注的应该是那些被历史和时间所遗漏的东西，关注那些被遗漏的生命之体验。对生命最强烈最深刻的体验都是不可能被临摹和代替的。

无论是记忆还是历史，无论是潜意识和梦境，这些都存活于我们当下的生命过程里，因而它们也都是现实本身，因而我们的叙事无论是在什么情况下都是正在进行时。

阅　读

我们阅读。我们阅读世间一切我们能够阅读的。而这一切都是为了阅读我们自己。阅读使我们想起我们的过去，阅读使我们发现了我们自己。

一个写作者最难的不是发现别人，而是发现自己。一个写作者最困难的不是面对世界，而是面对自己的灵魂。

种　子

一部好小说不可能是被改出来的。在你写完一部作品再回过头来重新审视它的时候，更多的时候你注意到的只能是表面的语言，而你往往忽视作品的神韵和内涵。作品深刻的主题和骨肉只能是在你最初的创作中流于笔端的，作品的精髓是你最初的写作就赋予小说本身的，而不是你后来修改出来的，那些让人拍案的东西在你最初的文字中就播下了种子。

血　肉

我读 M. 普鲁斯特。在那里我最初接触到的全是一些过着富贵生活的人们。那种生活方式离我十分遥远，在我的生命里没有过这样经历。读这样的书使我深深地认识到那片我生活了三十多年的故土对我是多么最要。

M. 普鲁斯特没有我所经历过的乡村生活的感受，M. 普鲁斯特不认识麻狗也不认识瞎老一、大赖、老四和张保德。但他使我意识到那里的每一寸土地每一个生命和我的血肉都连在一起。母亲从乡下来，她说，麻狗死了。麻狗死了？这使我感到吃惊。他还不到五十岁呀？可是他死了。母亲又说，瞎老一也死了。瞎老一也死了？是呀，那些我曾经熟悉过的人一个一个都悄悄死去了。我跟随母亲回到故里去，而镇上的人对那些死去的人只是轻描淡写地说一句，是的，他死了。他们接着就去忙碌自己的事去了，人们渐渐地把他们忘记了。他们像风一样在这个世界上消失了，有谁还能记起他们呢？很少。我是能时常记起他们的一个。我用我的小说，让这些平平常常的却曾经有过鲜活的生命的小人物重新回到人们的记忆里。我有这个责任。

挑　剔

我们在读博尔赫斯或者卡夫卡的时候常常带着一种崇敬的目光，因为他们是大师。可是大师从何而来？我们见到一个陌生的名字，往往是用一种挑剔的眼光。这样我们往往会把那个东西说得一无是处，许多名著在最初都有如此的境遇。之所以这样是因为那东西是出新的，它给我们带来了感受世界和生活的不同方式，因而使我们感到不习惯，所以我们诋毁它。

在一些人眼里创新是所谓的大家名家的事儿，而真正的事实是创新往往出自那些无名小辈的手中。我们如果有情趣能用公允的目光看完一部作品，然后再去下结论也不迟，或许我们还能从中看到许多闪光的东西。当然你有没有情趣那是另一回事，或许你对它根本就不屑一顾，这都可以。但我们不能像浴池里的搓背者那样老瞅着她身上哪个地方有灰，而忽视了她的肉体。立志于艺术创新的小说家往往会受到世人的挑剔，但他的心灵是博大的，他并不感到孤独。

神秘电话

事　件

二十世纪，在福克纳那里，在普鲁斯特那里，在乔伊斯和卡夫卡那里，我们都可以看到有划时代的文学事件的产生。在这些现代主义作家那里，我们一再看到传统的规范的叙事方法的消亡，看到新的叙事艺术的产生。我们从他们那里不断地接受认识世界的新视角，文学关注个体生命日常的生活状态是二十世纪现代主义的一个重要标志。而在我们的现实主义里，我们明显地感受到了作品的史诗意识，而作为个体生命的人往往显得是那样的微不足道，在这里，对社会学的，历史学的，政治学的关注淹没了纯粹的作为个体生命本身的叙事。强烈的史诗意识已经成为我们进入纯粹叙事的障碍。所谓的全知全能的现实主义叙事是一种不可靠的伪现实主义。

过　程

一个精神病患者呼叫着从大街上奔跑过来，我们停下脚步站在那里看着她从我们的面前像风一样呼啸而过。她为什么会这样？她是受到了怎样的刺激和打击，才导致了她的精神崩溃？我想，这才是我要关注的问题。我们应该注重事件发生的过程，关注她的精神是怎样从一个正常人逐步走向失常的过程。对一个小说家来说，还有什么比叙述某个事件的过程更重要呢？在这里，事情的结果已经显得是那样的微不足道了。

小说是注重过程的叙事艺术。一切意义都会在过程中显现出来。

比　较

读西方的《黑镜头》和我们的《老照片》，我明显地感受到两种文化的差异。

《黑镜头》里面的照片所反映的大多是突发的，是一些人们根本没法预测的历史事件。我从中感觉到的是强烈的艺术感染力和艺术家的献身精神。

在《老照片》里，我看到的大多是一些预设的，有着明确主题的照片。从中我也能明显地感受到我们这个民族文化的存在。

在《老照片》里，我是从理性上来对某个历史事件作一次回顾。

在《黑镜头》里，我更多的是从人性上对那个历史事件的关注。

词　语

词语本身只是一个记号。比如你、我、他这些人称代词，在我们写作者还没有赋予它一定意义的时候，它只不过是一个词语而已。但是我们一旦在写作中注入情感，那么这些词语就会活起来。我想，我要做的就是要把自己的情感世界注入那些死板，没有生命感觉的词语。比如一个女人把一朵花献在她刚刚离开人世的情人的坟墓前，这花便有了人性，便有了文化意味。而在这之前，那朵花只不过是生长在泥土里的一朵花而已，虽然那花儿也有生命，但那花没有被注入人类的情感。对于我们人类来说，自然界里的万事万物都是因为我们的情感而才有了一定的意味。

生　命

在我的眼里，不论是皇帝还是平民，他都是一个独立的存在。每一个人都是一个完整的世界。他们都是一片叶子，他们有发芽变绿的日子，也都有发黄飘落的岁月，他们对我同等重要。有良知的小说家是受生命的驱使来从事创作的，他们总是以自己深刻的生命体验，对人类精神的感悟，去把握比生活真实更深厚的精神内涵。

苦涩的快乐

人的生命是短暂的。死亡这一阴影使人生充满了永恒的苦涩，所以既是生命里最大的欢愉也潜藏着悲怆的眼泪。写作是我对生命存在的认识。文学竟能留住生命的过程，这是让人神往的事情。但究竟是什么神秘的力量，使我去表现生命的过程呢？是因为生命的短暂？是因为我生命存在的过程用别的方式无法体现？当然，生命的呈现形式有各种各样的，比如音乐舞蹈绘画等，可我却选择了文字。因为在我的写作过程中，能为再现生命过程而感到快乐，尽管那快乐充满了苦涩。

创 作 年 表

（主要作品）

1984 年

《画像》发表于《南风》，《远行》（短篇小说）发表于《个旧文艺》第 1 期，《模特儿》（短篇小说）发表于《百花园》第 8 期。

1985 年

《复苏》（短篇小说）发表于《百花园》第 8 期，《绿色邮车》（短篇小说）发表于《广州文艺》第 6 期，《命运》（短篇小说）发表于《百花园》第 11 期，《等待》（短篇小说）发表于《百花园》2 期。

1987 年

《光》（短篇小说）发表于《当代小说》第 2 期，《红月亮》（短篇小说）发表于《朔方》第 5 期，《岸的影》（短篇小说）发表于《河北文学》第 6 期，《油菜花飘香的季节》（短篇小说）发表于《淮河》1986 年 5 月 6 号。《冬暖》（短篇小说）发表于《辽河》第 3 期，《受害者》（短篇小说）发表于《东京文学》第 5 期。

1988 年

《祝寿》（短篇小说）发表于《辽河》第 1 期，《真相》（短篇小说）发表于《山西文学》第 10 期，《灾难》（短篇小说）发表于《飞天》第 10 期。

1989 年

《兽医、屠夫和牛》（中篇小说）发表于《清明》第 3 期，获 1989 年《清明》文学奖。

《寒秋》（短篇小说）发表于《钟山》第 4 期，《黑房间》（中篇小说）发表于《收获》第 5 期，《流行死亡》（短篇小说）发表于《山东文学》第 7 期，《鹅魂》（短篇小说）发表于《百花园》第 1 期。

1990 年

《灰色时光》（短篇小说）发表于《作家》第 4 期，《过程》（短篇小说）发表于《小说林》第 3 期，《蟾蜍》（短篇小说）发表于《百花园》8 期，《秋夜》（短篇小说）发表于《小小说选刊》1990 年第 8 期转发表于，获《小小说选刊》（1989－1990）年度全国小小说佳作奖，《蒙难记》（中篇小说）发表于《清明》第 5 期。

1991 年

《苦涩的旅程》（中篇小说）发表于《长城》第 3 期，《秋日辉煌》（短篇小说）发表于《萌芽》第 1 期，《红色作坊》（短篇小说）发表于《莽原》第 6 期，《同胞》（中篇小说）发表于《收获》第 1 期，《爱情与颅骨》（中篇小说）发表于《莽原》第 2 期，《六十年间》（短篇小说）发表于《百花园》第 2 期，《小小说选刊》第 4 期转发表于，《洗产包的老人》（短篇小说）获《小小说选刊》（1991－1992）年度全国小小说优秀作品奖。《失踪》（短篇小说）发表于《人民文学》第 9 期，收入浙江文艺出版社 1993 年版《中国当代最新小说文库·新历史小说选》。《魔术师》（短篇小说）发表于《星火》第 5 期。

1992 年

《逃亡者》（中篇小说）发表于《百花园》第 11 期，《寻找乐园》（中篇小说）发表于《山西文学》第 11 期，《异地》（短篇小说）发表于《太湖》第 11 期。

1993 年

《白色病室》（中篇小说）发表于《花城》第 2 期，《风车》（中篇小说）发表于《当代作家》第 2 期，收入蓝天出版社 2003 年 7 月版《2002 年中国文学最佳排行榜》。《偶然》（短篇小说）发表于《太湖》第 11 期，《风景》（短篇小说）获《小小说选刊》（1993－1994）年度全国小小说优秀作品奖，收入《新中国 60 年文学作品精选·小小说卷》长江文艺出版社·2009 年版。《父亲的黄昏》（中篇小说）发表于《清明》第 4 期。

1994 年

《穿过玄色的门洞》（短篇小说）发表于《小说林》第 3 期，《酒神》（短篇小说）发表于《小说林》第 3 期，《苍凉之旅》（中篇小说）发表于《飞天》第 7 期，《俄式别墅》（中篇小说）发表于《花城》第 5 期，《民间使者》（中篇小说）发表于《江南》第 4 期，《哑巴》（短篇小说）发表于《萌芽》第 5 期，《小说月报》第 10 期转发表于，《最后》（短篇小说）发表于《萌芽》第 1 期，《小小说选刊》第 2 期转发表于，《孤独者》（短篇小说集）1 月由河南人民出版社出版，《油菜花飘香的季节》（短篇小说集）1 月由河南人民出版社出版。

1995 年

《透明框架里的画像》（短篇小说）发表于《小说林》第 1 期，《七步诗》（中篇小说）发表于《当代作家》第 1 期，《鼠王》（短篇小说）发表于《山花》第 2 期，收入中国文学出版社 2001 年版《天衣无缝》。

1996 年

《夜游症患者》（短篇小说）发表于《小小说月报》第 12 期，《神秘电话》（短篇小说）发表于《太阳》1996 年第 6 期，收入 2006 年 5 月河南文艺出版社版《怀念拥有阳光的日子》，《琳的现实及其以后的生活》（短篇小说）发表于《鸭绿江》第 12 期，《怀念拥有阳光的日子》（短篇小说）发表于《小小说选刊》第 1 期，获《小小说选刊》（1995－1996）年度全国小小说优秀作品奖，收入上海辞书出版社 2008 年 11 月版《中国新文学大系 1976－2000·第十六集·微型小说卷》，收入《中国当代小小说大系》河南文艺出版社，2009 年 5 月版。《寻找旧书的主人》（中篇小说）发表于《作品》第 9 期，收入新世纪出版社 2004 年 5 月版《2003 年中国文学金榜作品》。

1997 年

《迷失》（中篇小说）发表于《四川文学》第 6 期（发表时题为：《走进你胸膛中的梦游者》），《错误之境》（中篇小说）发表于《漓江》第 6 期。

1998 年

《局部麻醉》（中篇小说）发表于《花城》第 1 期，《惜别阳光》（短篇小说）发表于《小说林》第 1 期，《梦游症患者》（长篇小说）发表于《大家》第 6 期，《丧失》（短篇小说）发表于《天津文学》第 1 期，《结构》（短篇小说）发表于《天津文学》第 1 期，《一夜风流》（中篇小说）发表于《广州文艺》第 5 期。

1999 年

《谋杀案》（短篇小说）发表于《短篇小说》第 11 期，《寒冷》（中篇小说）发表于《当代作家》第 6 期，《从乡村到京城的路途》（中篇小说）发表于《江南》第 6 期，《夏日往事》（短篇小说）发表于《时代文学》第 6 期，《阳光》（短篇小说）发表于《天津文学》第 2 期；《映在镜子里的时光》（长篇小说）1999 年 6 月长江文艺出版社初版（初版题目为：《寻找外景地》），2004 年 1 月群众出版社版再版。《打赌》（短篇小说）发表于《天津文学》第 2 期，《门》（短篇小说）发表于《天津文学》第 2 期，《小小说选刊》1998 年 21 期转发表于，收入漓江出版社 2003 年版

《中国当代小小说排行榜》;《光荣院》（中篇小说）发表于《花城》第 2 期，《事实真相》（中篇小说）发表于《花城》第 6 期；《爱情的面孔》（中篇小说）发表于《东海》第 12 期。

2000 年

《模拟表演》（短篇小说）发表于《广西文学》第 4 期，《爱情的面孔》（中篇小说集·突围丛书）2 月由花山文艺出版社出版。《重访锦城》（中篇小说集·橄榄树丛书）11 月由长江文艺出版社出版。

2001 年

《老鼠》（短篇小说）发表于《创作》第 11 期，《告密者》（中篇小说）发表于《收获》第 2 期，《事实真相》（中短篇小说集）5 月由四川文艺出版社出版。《谋杀者》（中篇小说）发表于《传奇故事》第 12 期。

2002 年

《欲望与恐惧》（长篇小说）1 月由长江文艺出版社出版。《胡言乱语》（中篇小说）发表于《电影·电视·文学》第 1 期，发表于《芙蓉》2009 年第 6 期。

2004 年

《飘逝》（短篇小说）发表于《延河》第 3 期，《恐惧》（短篇小说）发表于《延河》第 3 期，《回家，我们从清晨一直走到黄昏》（短篇小说）发表于《莽原》第 3 期，《霍乱》（中篇小说集）7 月由群众出版社出版。

2006 年

《中国当代名家小小说精粹·怀念拥有阳光的日子》（短篇小说集）4 月由河南文艺出版社出版。《最后一节车厢》（短篇小说）发表于《花城》第 5 期。

2007 年

《裸奔的年代》（长篇小说）发表于《十月·长篇小说》第 6 期；2009 年 1 月由花城出版社出版。《隔壁的声音》（中篇小说）发表于《山花》第 10 期；《墨白作品精选》（中短篇小说集·跨世纪文丛精选）10 月由长江文艺出版社出版。

2008 年

《重逢》（短篇小说）发表于《百花园》第 12 期，《阳光下的海滩》（短篇小说）发表于《山花》第 1 期。

2009 年

《别人的房间》（中篇小说）发表于《芙蓉》第 1 期，《中华文学选刊》第 4 期转发表于；《尖叫的碎片》（中篇小说）发表于《山花》第 5 期。